CLANSROMAN:
BRUJAH
GHERBOD FLEMING

Autor	Gherbod Fleming
Umschlagillustration	John van Fleet
Deutsch von	Monika Hummel
Lektorat	Oliver Mir Momtaz
Korrektorat	Oliver Hoffmann und Desirée Scheffler
Art Director	Oliver Graute
Satz und Gestaltung	Oliver Graute und Oliver Mir Momtaz
Mitarbeiter der US-Originalausgabe	John H. Steele und Stewart Wieck (Lektorat), Anna Branscome (Korrektorat), Aaron Voss (Grafikdesign), Richard Thomas (Art Director)

Copyright © 1999 White Wolf Publishing.
Copyright © der deutschen Ausgabe Feder & Schwert, Mannheim, 2001.
1. Auflage 2001
ISBN 3-935282-21-4
Originaltitel: Clan Novel:Brujah

Der Clansroman: Brujah ist ein Produkt von Feder & Schwert unter Lizenz von White Wolf 1999. Jegliche Copyrights mit Ausnahme dessen an der deutschen Übersetzung liegen beim White Wolf Game Studio.
Alle Rechte vorbehalten. Nachdruck, auch auszugsweise, außer zu Rezensionszwecken nur mit schriftlicher Genehmigung des Verlags.
Die in diesem Buch beschriebenen Charaktere und Ereignisse sind frei erfunden. Jede Ähnlichkeit zwischen den Charakteren und lebenden oder toten Personen ist rein zufällig.
Die Erwähnung von oder Bezugnahme auf Firmen oder Produkte auf den folgenden Seiten stellt keine Verletzung der jeweiligen eingetragenen Warenzeichen oder Copyrights dar.

Feder & Schwert im Internet: http://www.feder-und-schwert.com

Für meine Eltern.
(Diesen Roman könnt Ihr lesen: Es ist eine zarte,
gewaltfreie Liebesgeschichte. Versprochen!)

Über den Autor

Gherbod Fleming lebt mit seiner Frau und drei Katzen zusammen. Dank des Monopols in Sachen Primatendaumen haben die Menschen im Hause derzeit die Oberhand. Fleming ist der Autor der **Clansromane Gangrel** und **Ventrue** sowie der Trilogie **Der Blutfluch** für **Vampire: Die Maskerade – Advocatus Diaboli, Die Zeit des Schnitters** und **Die dunkle Prophezeiung**.

BRUJAH

Teil Eins:
Rauch und Spiegel
7

Teil Zwei:
Zuckerbrot und Peitsche
111

Teil Drei:
Das Hütchenspiel
171

Teil Eins:
Rauch und Spiegel

Donnerstag, 14. Oktober 1999, 1:47 Uhr
Hafenanlagen, U. S. S. Apollo, Innerer Hafen
Baltimore, Maryland

Da würde er niemals mitmachen. Theo Bell lief das Hafenbecken entlang und dachte nach. Er machte sich keine Illusionen. Seine Aufgabe war zum Scheitern verurteilt. Die Chancen zu gewinnen schätzte er nur gering ein, und das Risiko zu verlieren war vermutlich hoch. Die schwache Brise, die vom Nordwestarm des Patapsco herüberwehte, teilte Theos Mangel an Begeisterung. Die Nacht war für die Jahreszeit zu warm, aber der Brujah-Archont trug immer noch seine schwarze Lederjacke und die unvermeidliche schwarze Baseballkappe.

Wir spüren den Atem des Sabbat schon im Nacken, und ich spiele den Diplomaten, dachte er und schüttelte den Kopf.

Der Bereich um den Hafen war ruhig. Soviel Schnuckeligkeit brachte ihn zum Würgen. Er mochte andere Viertel lieber, *echte*, wo *echte*, ehrliche Leute lebten und starben. Wo die Gelder der Baulöwen nie hinsikkerten. Aber der Prinz und seine Kumpels verbrachten ihre Zeit ohnehin nicht in diesen echten Vierteln, also war ihnen das alles ziemlich egal. Sie waren bereits die Herrscher auf dem Berg. Da oben hatten sie, was sie wollten, und für die anderen blieb nicht viel. So mußte es aber nicht sein. Geld und Einfluß waren wie Wasser - sich selbst überlassen flossen sie nach unten. Nur wurden sie nie sich selbst überlassen. Irgendein gieriger, krawattentragender Wichser baute immer einen Damm, so daß die armen Schlucker drunten am Berg mit Scheiße vorlieb nehmen mußten.

Die Welt brauchte dringend einen, der ein paar dieser verdammten Dämme sprengte.

Aber Bell konnte nicht von sich behaupten, nach dieser Philosophie zu leben. Jedenfalls nicht immer. Nicht mal meistens. Heute etwa fühlte er sich wie ein verdammter Hausneger. *Ja, Sir. Nein, Sir.* Das Vertrackte daran war, daß er mit Garlotte umspringen konnte, wie er wollte. Er konnte ihn dazu bringen, die Dinge so zu sehen wie er - oder wenigstens seine Zustimmung bekommen. Aber leicht war das alles trotzdem nicht. Wenn er jetzt zu plump vorging, bekam er später Probleme. Zurückhaltung war der Unterschied zwischen einem Archonten und einem Gangster.

Vielleicht hat ein Gangster die besseren Karten, dachte Theo Bell. Laß die Köpfe jetzt rollen und stell die Fragen später, wenn überhaupt. Diese Vorstellung war zwar auch einem Archonten nicht völlig fremd, aber es war bestimmt nicht die richtige Vorgehensweise, wenn es um einen Prinz ging. Besonders um einen Ventrue-Prinzen. Die Blaublütigen waren verdammt fest organisiert. Hatten zu viele Freunde oder mindestens Arschkriecher in hohen Positionen. Bedrohe einen Ventrue und er wird eher nachgeben als zuschlagen. Aber als nächstes hetzen sie dir Interpol auf den Hals, und deine Bude wird von den lokalen Baubehörden beschlagnahmt und niedergerissen, und deine ganzen Kreditkarten sind plötzlich ungültig. Schlimmer Fehler. So werfen sie dir ihre feinen Fehdehandschuhe hin, einen nach dem andern.

Als wenn ich für sowas Zeit übrig hätte.

Es käme nicht mehr darauf an, wessen Gefühle verletzt werden, wenn der Sabbat in die Stadt einfallen würde. Aber Theo spielte das Spiel ohnehin mit.

Ein paar hundert Meter von Garlottes Schiff entfernt hielt er an - Garlottes verdammter *Schoner*, besser gesagt.. Eine ziemlich einfallslose Reproduktion eines Handelsschiffs aus dem 19.Jahrhundert. Das Ding erinnerte Theo an ein Sklavenschiff. Diese Epoche lag zwar Jahrzehnte zurück, aber jedes Mal, wenn er das Schiff sah, mußte er wieder daran denken. Garlotte hatte weiß Gott einen Riesenspaß daran, den Herrn und Meister zu spielen. Aber welcher Prinz hätte das nicht ?

Theo wußte aus sicherer Quelle, daß Garlotte vor seiner Aufnahme nur ein kleiner bankrotter Adliger aus England gewesen war, und daß es ihm im Unleben tausendmal besser ging als im echten Leben. Aber Garlotte war der Prinz von Baltimore und das schon seit ein paar Jahrhunderten. Das sagte einiges über den Mann. Er mochte ein hochfahrender und arroganter Hurensohn sein, aber er hatte es in sich. Vielleicht hatte er auch nur Glück.

„Mehr Glück als Verstand, und das jede Nacht", murmelte Theo vor sich hin.

Er griff in seine Jacke und zog eine Packung filterlose Kippen und eine Schachtel Streichhölzer heraus. Alles in allem fand er Krebs nicht so schlimm. Er riß ein Streichholz am Reißverschluß seiner Jacke an, zündete sich die Zigarette an und nahm einen tiefen, krebserregenden Zug. Der Rauch kroch ihm in die Kehle und trat durch die Nase in zwei verwirbelten grauen Rauchsäulen wieder aus. Einige Verbündete - solche, die alles übervorsichtig angingen -rauchten gern im Winter, damit die Sterblichen das Fehlen ihres Atems in der kalten Luft nicht merkten. Theo dagegen mochte einfach den Geschmack.

Er mochte auch alten angebrannten Kaffee, und gelegentlich einen Schluck Blut von einem Leichnam, der eine Woche alt war.

Eine graue Wolke hinter sich herziehend, ging Theo weiter auf das Schiff des Prinzen zu.

Er würde es niemals tun, dachte Theo wieder. Er wußte es; Jan wußte es. Aber sie mußten zumindest einen höflichen Versuch machen, den Prinzen zu überzeugen, daß Jans Plan gelingen würde. Garlotte würde sich sperren, und dann müßten sie mit harten Bandagen kämpfen. Darauf lief es hinaus. Kein Zweifel. Politisch verbrämte Kuhscheiße. Nur darum ging es bei diesem Besuch. Nichts als tarnen und täuschen hoch zwei. Theo haßte es, und er haßte es umso mehr, als er selber mitspielte. Aber da stand er nun. Egal, daß der Sabbat sich schon nördlich von Washington seinen Weg bahnte. Egal, daß es hunderttausend produktivere Dinge zu tun gab für ihn. Dieser Besuch, rief sich Theo ins Gedächtnis, überhaupt der ganze Plan, hatte etwas zu tun mit dem Sabbat. Aber dieser Gedanke konnte seine Stimmung kaum aufhellen.

Als er zum Schiff des Prinzen kam, erschien eine dunkle Silhouette oben am Landungssteg. Die Figur blieb eine Sekunde lang stehen, dann trat sie aus dem tiefen Schatten hervor. Katrina, Tochter des Prinzen Garlotte, bewegte sich geschmeidig und sicher mit einer raubkatzenhaften Anmut, als sie das Schiff verließ. Auch sie trug eine schwarze Lederjacke und eine schwarze Baseballkappe, aus der hinten ein kurzer Pferdeschwanz heraushing.

Theo lächelte fast, als er und sein hübscheres Ebenbild sich am Rand des Anlegers trafen. Mit ihrer ähnlichen Kleidung war es fast, als würde er in einen Spiegel schauen - einen Zerrspiegel vom Jahrmarkt, der einen viel kleiner und mindestens hundert Pfund leichter erscheinen ließ, und leichenblaß statt dunkelbraun. "Zieht dich deine Mama immer so komisch an?" polterte er mit dunkler, ernster Stimme.

„Hast 'ne Verabredung?" fragte Katrina als Antwort.

Jetzt lächelte Theo ein bißchen und verschränkte die Arme. „Ich denk', er will mich treffen."

Katrina verschränkte ebenfalls ihre Arme. „Ich würde jetzt nicht reingehen."

„Und warum das?"

Die plötzliche Explosion war die Antwort auf Theos Frage und blies sie alle beide um. Einen langen Augenblick, als er durch die Luft vom Wasser wegflog, konnte Theo den gigantischen Feuerball sehen, der noch vor wenigen Sekunden Garlottes Schiff gewesen war. Dann landete der Brujah-Archont mit der ganzen erschütternden Gewalt der Explosion, die ihn in die Luft geschleudert hatte, auf dem Boden. Beim Aufprall drehte sich ihm alles.

Als er schließlich wieder zu sich kam, lag Theo noch einige Sekunden auf dem Rücken. Noch einmal brach Feuer aus und ließ den Hafen erzittern. Glühender Schutt traf ihn wie der Massagestrahl einer Dusche. Instinktiv bedeckte er sein Gesicht, nur seine Hände blieben ungeschützt.

Als die meisten Überreste der U.S. S. Apollo um ihn herum gelandet waren, setzte sich Theo auf. Er war gut ein Dutzend Meter durch die Luft geflogen. Ein großer Teil des Schiffsrumpfs war bereits zischend versunken, eingehüllt in dichten Rauch, und dann war das Schiff - abgesehen von den glimmenden Teilen, die auf der Mole lagen oder im Wasser schwammen - verschwunden.

„Scheiße." Theo richtete sich auf, ohne sich abzuklopfen. Er seufzte tief. Prinz Garlotte hatte genug Beziehungen zu den Stadtvätern, daß die Bullen ihn in Ruhe ließen. Aber das hier... würde wirklich Aufmerksamkeit erregen.

Theo schaute sich ein paar Sekunden lang die Trümmer an - und sah Katrina, die nicht weit weg auf dem Hafengelände lag. Er schüttelte den Kopf. „Scheiße."

Als er zu ihr hinüberschlenderte, stöhnte sie und stützte sich auf die Ellbogen. Ihre Kappe war weg, Haare und Kleider wirr und zerrissen. Die blasse, einst perfekte Haut ihres Gesichts war abgeschürft, obwohl ihr Blut schon begonnen hatte, den schlimmsten Schaden zu beheben. Sie sah Theo an, schien aber viel zu betäubt, um zu fliehen.

Bell stand über ihr und stemmte die Fäuste in die Hüften. „Los, steh auf."

Sie nickte zuerst nur. Dann schienen Theos Worte zu ihr durchzudringen. Sie stellte einen Fuß auf und kam nur unter Schmerzen hoch. Theo blickte finster auf sie hinab. Die Sirenen, die aus der Ferne schon zu hören waren, kamen näher.

„Du weißt ja", sagte er, "wenn ich dich hier gesehen hätte, müßte ich dir das verdammte Genick brechen."

Katrina starrte ihn an und blinzelte zweimal. Der Schleier der Verwirrung löste sich von ihren Augen. Sie beobachtete ihn argwöhnisch. Sie war nicht so dumm, einen Fluchtversuch zu wagen. Vielleicht war sie aber auch zu mitgenommen von der Explosion. „Ja??" Es klang mehr skeptisch als hoffnungsvoll.

„Ja." Keine Frage, er konnte es tun. Er mußte nur hinlangen und sie in zwei Teile reißen. Keine Frage, er *sollte* es tun. „Diese Stadt ist nicht der Ort, wo du jetzt sein solltest", sagte er statt dessen.

Katrina nickte wieder. Sie begriff nur langsam, was er sagen wollte. Sie schien nun auch die herannahenden Sirenen wahrzunehmen und begann, von Theo abzurücken. Vorsichtig testete sie die Belastbarkeit ihres verletzten Beins, beeilte sich aber sichtlich nach den ersten paar Schritten.

„He", rief Theo.

Sie duckte sich beim Ton seiner Stimme, hielt aber an und drehte sich zu ihm um.

„Auf den beiden Gebäuden da hinten sind zwei Wachposten des Prinzen", sagte Theo und deutete über seine Schulter, als wollte er ein Auto anhalten. „Oder möchtest du Augenzeugen?"

„Ja, ich weiß", sagte Katrina. „Ich paß' schon auf." So rasch sie konnte humpelte sie weg von diesem verwüsteten Teil des Hafens.

Theo schüttelte den Kopf. „Scheiße", murmelte er nicht zum ersten Mal an diesem Abend.

Als die Feuerwehr und der Notarzt kamen, war er längst fort.

Donnerstag, 14. Oktober 1999, 2:51 Uhr
Babcox-Industriepark
Green Haven, Maryland

„Siehst du sie?"

„Nein, ich seh sie nicht. Sei still", sagte Clyde gereizt.

„Ich versteh nicht, wie man sich von einer *Chevette* abhängen lassen kann, um Himmels willen", setzte Maurice trotzdem noch hinzu.

„Jetzt sei endlich *still*", Clyde griff das Lenkrad fest. Zwischen zwei alten Lagerhallen drehte er scharf um. Jenseits der Reichweite seiner Scheinwerfer schien die Nacht fast unheilvoll still und leer.

Gespanntes Schweigen - aber nur einen Moment lang, dann: „Es ist ja nicht einmal ein echtes Auto."

„*Schau*", Clyde zwang sich, ruhig zu bleiben, „sie haben eine Kehrtwendung hingelegt, sind direkt auf uns zugefahren...Was verlangst du von mir, sollte ich sie einfach umpflügen?"

„Schrei mich doch nicht so an", sagte Maurice.

„Ich schrei doch gar nicht!" schrie Clyde.

„Es hört sich aber *ganz* so an", sagte Maurice und wurde nun langsam auch ärgerlich.

„Vielleicht haben Reggie und Eustace sie gefunden."

„Das bezweifle ich", sagte Maurice. „Und wie kommt's, daß *sie* den Pikkup kriegen? Ich wette, uns hätte keine *Chevette* von der Straße abdrängen können, wenn wir im Pickup gewesen wären."

„Hör doch endlich auf mit dem Pickup!"

„Du schreist schon wieder."

„Nein, tu ich ni... schau. Hast du gesehen, wie viele das waren?"

„Es war eine *Chevette*, in Gottes Namen. Da können nicht mehr als zwei oder drei gewesen sein."

„Vielleicht haben Reggie und Eustace sie gefunden", wiederholte Clyde ohne viel Hoffnung.

„Ich bezweifle es."

Die verschiedenen Lagerhallen ließen sich jetzt, wo es dunkel war, kaum voneinander unterscheiden. Clyde jagte ihr eigenes Auto eine lange Reihe von Eingangstoren und Aluwänden entlang. Zwischen zwei Gebäuden bog er links ab.

„Waren wir hier nicht schon mal?" fragte Maurice.

„Nein", antwortete Clyde. Er war sich keineswegs sicher, wollte das aber vor Maurice nicht zugeben.

„Wo sind Reggie und Eustace eigentlich, wenn man sie braucht? Sie sollten da sein. Nicht, daß sie eine große Hilfe wären. Aber sie haben den LKW."

„A-ha!"

Clyde brachte den Wagen mit einem Ruck zum Stehen und schaltete die Scheinwerfer ab. Vor ihnen, am Eingang einer der Lagerhallen, stand eine verlassene *Chevette*. Clyde and Maurice saßen einen Augenblick und starrten den Wagen an. Clydes Mund fühlte sich plötzlich ganz trocken an. Er spürte, wie seine Fänge herunterglitten wie immer, wenn er nervös oder aufgeregt war. Er schaute zu Maurice hinüber, doch der starrte immer noch auf die leere *Chevette*.

„Hast du deine Waffe?" fragte Clyde.

„Ja. Was immer sie uns nützen mag."

„Genau." Clyde griff hinter den Sitz. Er hatte einen Baseballschläger. Er war kein besonders guter Schütze und spürte gern das Gewicht des Schlägers in der Hand.

Die Autotüren knarrten, als sie ausstiegen. Die beiden Kainskinder schlichen sich an die *Chevette* heran, bückten sich, spähten unter den Wagen. Sie schauten durch die Seiten- und Heckfenster. Auf dem Boden war Blut. Clyde leckte sich die Lippen und wußte nicht, ob es wegen des Bluts war oder um seine aufgesprungenen Lippen zu befeuchten.

Als sie langsam auf die Lagerhalle zugingen, kamen Clyde Bedenken... Vielleicht waren das gar keine Sabbat-Vampire gewesen, die ihn von der Straße abgedrängt hatten. Vielleicht hatte er nur *geglaubt*, er hätte einen rotäugigen Wahnsinnigen mit Vampirfängen am Steuer der *Chevette* gesehen. Vielleicht hatte auch das Blut hinten im Wagen gar nichts zu bedeuten....

Maurice schlug ihm auf die Schulter und flüsterte: „*Geh du zuerst.*"

„*Danke.*"

Clyde griff mit der Linken nach dem Türgriff und hob mit der Rechten seinen Baseballschläger. Die Tür war offen. Innen war alles schwarz. Rabenschwarz, dachte Clyde. Dicht hinter der Tür roch er Blut - ein paar Tropfen, ein Spritzer auf dem Zementboden. Langsam gewöhnten sich seine Augen an die Dunkelheit, und er konnte große Metallregale voller großerKartons auf hölzernen Paletten erkennen, die den dunklen Raum ausfüllten. Neben der Tür war ein Lichtschalter, aber vielleicht hatten die Sabbatanhänger - oder wer immer es war - noch nicht gemerkt, daß sie da waren. Clyde fand ein Stück Holz und schob es zwischen die Tür, damit sie nicht zufiel. Maurice folgte ihm tiefer hinein in die Dunkelheit.

Sie folgten dem Gang entlang der Wand und spähten in jeden Quergang hinein, zwischen den endlosen Reihen der Lagerregale hindurch. Auch in diesem Gang war Blut. Alle paar Meter zuckte Clydes Nase und er roch die Tropfen auf dem Boden. Als er darüber stieg, dachte er, er könne sie vielleicht ausfindig machen, aber sicher war er sich nicht. Er und Maurice hatten sich nun soweit von der Tür entfernt, aus deren Spalt ein spärlicher Lichtschein drang, daß es mit jedem Schritt dunkler wurde. Alles war ruhig, nur das Geräusch ihrer Füße auf dem Zementboden war zu hören.

Eine der nächsten Reihen - vielleicht der Zentralgang - war breiter, und Clyde konnte bis zur gegenüberliegenden Wand des Lagerhauses durchsehen, ungefähr fünfzig Meter entfernt. Dort hinten stand ein Lagertor offen. Von draußen fiel ein schwacher Lichtschein herein und erhellte ein langes, verzerrtes Rechteck auf dem Boden der Lagerhalle. Fast in der Mitte dieses Fleckens lag eine Frau, fast noch ein Mädchen. Sie war gefesselt, und über den Mund lief ein graues Klebeband. Sogar aus dieser Entfernung glaubte Clyde die Abschürfungen an Ihren Hand- und Fußgelenken zu riechen, wo sie gegen die Fessel gekämpft hatte. Vielleicht war es auch die klaffende Wunde in ihrem Gesicht, oder das verschmierte Blut, in dem sie lag, oder das dünne Rinnsal, das von ihr bis zu Clydes Füßen führte.

„OhJesses... ", flüsterte Maurice, und dann: „Das ist eine Falle."

Clyde nickte. Wahrscheinlich war es eine Falle. Aber die Augen des Mädchens waren offen. Sie sah Clyde und Maurice nicht, aber sie war noch am Leben und bei Bewußtsein, sie hatte sich noch nicht aufgegeben.

In all den Jahren seiner Nahrungssuche hatte Clyde nie jemand schlagen müssen. Er hatte nie eine offene Wunde hinterlassen müssen... aber diese Sabbat-Monster schienen sich an Schmerz und Torturen zu weiden. Auch wenn es eine Falle war, jetzt gewann er seine Entschlußkraft wieder. Er faßte seinen Baseballschläger fester.

„Komm mit."

„Mm... du meinst doch nicht da lang? Clyde?"

Maurice taumelte und fiel hinter Clyde zurück, ehe dieser weit im Mittelgang vorangekommen war.

Clyde konnte seine Augen nicht von dem Mädchen abwenden. Sie lebte. Sie blutete, aber er sah jetzt, daß sie bei Bewußtsein war und ihre Wunden hauptsächlich oberflächlich waren. Verletzungen im Gesicht bluteten meistens stark. Er und Maurice könnten sie zum Lagertor hinausschaffen. Sie könnten sie retten.

Genau in diesem Moment hörte Clyde erstickte Laute und ein Handgemenge hinter sich. Er drehte sich um und sah, wie eine große, muskulöse Gestalt Maurice von hinten gepackt hatte und ihm in die Kehle schnitt. Das war zwar noch nicht Maurices Ende, aber wenn einem jemand an die Kehle geht, flippt man einfach aus. Und genau das tat Maurice. Sein Angreifer entwand ihm seine Pistole, hielt sie ihm an die Schläfe, und drückte auf den Abzug.

Clyde zuckte zusammen. Der Schuß schien nicht wahr, konnte nicht wahr sein. Der Inhalt von Maurices Schädel, der überall verspritzt war, konnte nicht wahr sein. Das blutbespritzte Grinsen seines Angreifers konnte nicht wahr sein.

Maurices schlaffer Leib glitt zu Boden. Sein Mörder war von Kopf bis Fuß in hautenges schwarzes Gummi gekleidet, hier und da von Reißverschlüssen und Metallnieten unterbrochen. Sein Kopf war rasiert und tätowiert. In einer Hand trug er Maurices Gewehr, in der anderen ein Messer, in einer dritten eine Machete.

Clyde blinzelte entsetzt. *Eine dritte Hand?*

Er - oder *es* - hatte in der Mitte der Brust einen dritten Arm.

Clyde drehte sich um und rannte. *Schnapp dir das Mädchen. Und dann nichts wie weg.* Das war alles, was er denken konnte. Wie verrückt dieser Fluchtgedanke war, konnte er nicht erkennen. Konnte überhaupt nicht richtig überlegen. *Schnapp dir das Mädchen. Und dann nichts wie weg.*

Aber das Mädchen war nicht mehr allein. Zwei weitere Sabbatmitglieder in Bondageklamotten standen über ihr, und beide grinsten sie wie der andere vorhin. Aber etwas stimmte nicht... war ganz unnatürlich. Clyde sah sich um. Das dreiarmige tätowierte Ding, das Maurice getötet hatte, kam näher. Die dritte Hand winkte affektiert. Clyde schaute wieder zu dem Mädchen und den beiden Gummianzügen. Die zwei Verbrecher waren die gleichen wie der erste. Sie sahen nicht nur gleich aus - gleiche Kleider, gleicher Glatzkopf, gleiche Tätowierung - sie hatten das gleiche Gesicht, als wären sie aus dem gleichen Stoff gemacht. Clyde schaute vom einen zum andern. Er taumelte. Dunkelheit breitete sich um ihn aus. Er fragte sich, in was für einen Alptraum er da geraten war.

Doch, es gab einen Unterschied zwischen den Drei. Die Arme. Die beiden Sabbats vorne beim Mädchen hatten keine drei Arme - oder doch, aber nur alle beide zusammen. Das heißt, einer hatte zwei, der andere nur einen Arm. Clyde schaute auf seine eigenen Hände, zwei. Das war doch richtig, oder? Das Bild des dreiarmigen Monsters, wie es Maurice die Kehle aufschnitt, hatte sich so unauslöschlich in Clydes Gedächtnis eingebrannt, daß ihm drei Arme irgendwie normal vorkamen.

Egal. Diese Dämonen hatten sicher seine Gedanken gelesen und ließen ihm nun etwas Zeit, sich an sie zu gewöhnen. Während Clyde sie noch ungläubig betrachtete, begann der Arm des Einarmigen zu verschwinden, und aus der Brust seines Gefährten sproß ein dritter Arm, der den straffen Gummi seines Anzugs erst ausbeulte und dann durchbrach.

In diesem Moment wurde Clyde von einer heftigen Abscheu gegen diese Kreaturen erfaßt, die selbst den schlimmsten Widerwillen, den er jemals für sich selbst und das, was aus ihm geworden war, gehegt hatte, noch bei weitem übertraf. Seine eigene kleine Angst war ein Zeichen von Bewußtheit, ein Meilenstein von Menschlichkeit, den diese Kreaturen längst hinter sich gelassen hatten. Er trat vor und hob seinen Baseballschläger, der ihm von hinten aus der Hand gewunden wurde. Ein Hagel von Schlägen zwang ihn in die Knie, als sich die dreiarmigen Bestien auf ihn stürzten. Zu Füßen des armlosen Sabbat flehten die verzweifelten Blicke des Mädchens aus hervorquellenden Augen Clyde an und baten ihn um das Unmögliche.

Der Armlose tanzte buchstäblich und hopste dabei fröhlich herum. „Hier, Kätzchen, liebes Kätzchen", sagte er in einer hohen, zwitschernden Stimme, immer wieder unterbrochen von einem quiekenden Kichern. „Ein bißchen Milch fürs Kätzchen, Kätzchen... ", sagte er, und dann begann er das Mädchen zu treten, gegen den Kopf und mit dem Stiefel ins Gesicht.

Clyde konnte ihr nicht helfen. Er duckte sich unter den Schlägen der Dämonen, sein eigener Schläger trümmerte auf ihn ein, Fäuste, die Machete. Er war ein wenig erleichtert, als einer der ersten Schläge auf den Kopf des Mädchens der Kleinen das Bewußtsein raubten. Ein schwacher Trost. Clyde hoffte, diesem Wahnsinn auch entfliehen zu können. Er wünschte sich ein rasches Ende.

Aber so viel Glück sollte ihm nicht vergönnt sein.

Donnerstag, 14. Oktober 1999, 23:48 Uhr
Telegraph Road
Südlich von Baltimore, Maryland

Irgend etwas an dem Lieferwagen erregte Theos Aufmerksamkeit. Da war kein verräterisches Zeichen oder sonst etwas, auf das sich sein Verdacht stützen konnte. Der Lastwagen war nicht gekennzeichnet, aber er war nicht außergewöhnlich alt, dreckig oder heruntergekommen. Und es gab eine Menge Orte, zu denen so ein Lieferwagen unterwegs sein konnte. Das Gebiet zwischen Baltimore und Washington D.C. war schließlich eine einzige Ausdehnung von Vorstädten mit Büros und Einkaufszentren. Und viele dieser Typen arbeiteten nachts - da war weniger Verkehr. Der Laster fuhr nur ein paar Meilen schneller als erlaubt. Vielleicht war es das, was Theos Aufmerksamkeit erregte.

Diese Typen rasen normalerweise, als ob sie auf Crack wären.

Aus irgendeinem Grund war die Straßenpolizei von Maryland der gleichen Meinung. Theo fuhr ein gutes Stück hinter dem Laster, als er merkte, wie das Polizeiauto von hinten aufholte. Erst dachte er, der Polizist sei an ihm interessiert - ein Schwarzer auf einem Motorrad. In seinen Augen war die Polizei zwar keine extreme Bedrohung, aber immerhin eine Komplikation, die man tunlichst mied. Das Geschäft war schon häßlich genug, da brauchte es nicht auch noch ein paar bewaffnete sterbliche Paramilitärs, die mitmischten. Gewiß, der zuständige Prinz hatte sich einige der mittleren und vielleicht auch oberen Kommandanten um den kleinen Finger gewickelt, aber das sagte dem kleinen Streifenpolizist herzlich wenig, der dich auf der Straße anhielt. Dieser Bulle jedenfalls holte jetzt auf und folgte Theo dicht.

Theo fuhr schon langsam genug, daß er den Lieferwagen nicht erreichte. Er ging noch mehr vom Gas runter - bis zur erlaubten Höchstgeschwindigkeit, und dann noch mal drei, fünf Meilen drunter. Der Bulle zog nach links, an ihm vorbei und hatte in Sekundenschnelle den Laster aufgeholt. Theo behielt seinen Abstand bei.

Die Streife folgte dem Lieferwagen ungefähr eine halbe Meile, bevor das Blaulicht aufleuchtete und blaue flimmernde Muster in das einfarbige Gelb der Straßenlampen warfen. Theo wurde langsamer und blieb weiter zurück.

Der Fahrer des Lasters wurde auch langsamer und bog dann in die nächste Seitenstraße des Büroparks ein. Theo fuhr hinterher und sah gerade noch, wie der Streifenwagen um die nächste Ecke nach links fuhr. Das Blaulicht war noch zu sehen und verschwand dann auf einem Parkplatz, hinter einer Reihe von Zierbäumen und Sträuchern.

Der Brujah drosselte seine Maschine und stellte den Motor ab. Als er über das gepflegte Rasenstück in die Deckung der Bäume und Büsche lief, empfing ihn freundlich der tiefe Schatten. Kein Zweig, kein Blatt, nicht einmal eine Fichtennadel raschelte oder rührte sich unter seinen Riesenstiefeln.

Theo beobachtete aus dem Schatten heraus, wie der Bulle ausstieg und dem Laster von hinten näher kam. Die Polizisten mußten einfach nervös sein, denn in den letzten Monaten hatte es so viel Bandenkriege gegeben. Drogenkrieg nannten es die Zeitungen und das Fernsehen.

Eine gewaltsame Umverteilung war da zugange, weil König Crack seine Attraktivität verloren hatte und neuere, tödlichere Zubereitungen von Kokain und Heroin - und ihre Dealer - um die Marktführerschaft wetteiferten. Alles Kuhscheiße, natürlich. Aber das änderte nichts an der Tatsache, daß viele Schüsse abgefeuert wurden - von irgendwem, aus irgendeinem Grund - und daß Unschuldige, die zufällig dabeistanden, einen hohen Preis zahlten. Darüber wußten die Bullen nur zu gut Bescheid. Dieser Streifenpolizist hatte sein Gewehr im Anschlag, als er auf den Laster zuging.

Theo wartete. Wenn es eine Routinekontrolle war, war er schnell wieder auf seinem Motorrad und niemand hatte ihn gesehen, dachte er. Genau in dem Moment packte die Hand, die dem Bullen den Führerschein entgegenstreckte, den Polizisten beim Handgelenk und zog ihn mit einem Ruck vom Boden weg und durch das offene Fenster ins Wageninnere.

„Scheiße."

Theo trat aus den Büschen hervor und rannte zum Laster, versuchte, außer Sichtweite des Fahrerfensters, des Rückspiegels und der Videokamera zu bleiben, die innen an der Windschutzscheibe des Streifenwagens angebracht war. Der Windschutzscheibe hinter der der Streifenpolizist saß. *Der tote Streifenpolizist*, dachte Theo.

Als er in Position war, griff Theo in seine Jacke und entsicherte seine Kleine: eine Franchi SPAS 12, eine Sturmschrotflinte Kaliber 12. Mit gewohnter Routine öffnete und entsicherte er den Metallschaft und stellte dann die doppelte Sicherung ab. Es war auf Einzelschuß eingestellt, was Theo bevorzugte.

Der Motor des Lieferwagens wurde angelassen. Ohne zu zögern legte Theo an und schoß. Fast gleichzeitig erschütterten der Knall des Schusses und des explodierenden linken Vorderreifens die Nacht.

Der Fahrer lehnte sich aus dem Fenster, um den Reifen zu begutachten, und merkte zu spät, was seinen Reifen zum Platzen gebracht hatte. Theo hatte bereits auf halbautomatisch umgestellt. Aus einer Entfernung von weniger als zwanzig Metern traf sein erster Feuerstoß den Fahrer direkt in Gesicht, Hals und Schulter. Vier Patronen, achtundvierzig Bleischrotkugeln, drangen durch Fleisch und Knochen ein. Der Kopf des Fahrers war weg. Sein linker Arm fiel auf den Asphalt.

Noch bevor das Knallen der Schüsse verebbt war, war Theo hinter dem Polizeiauto herumgelaufen und kam nun zur Beifahrerseite des Lasters - gerade als der Beifahrer blutbespritzt aus der Tür sprang. Er trug eine Lieferantenuniform - braun, mit einem grünen Abzeichen, auf dem „Wallace" stand. In Theos Augen ließ sich dieses leblose Fleisch nicht verbergen, das so leblos war wie sein eigenes, nur von geborgtem Blut versorgt .

Wallace schaute ängstlich zurück in die Richtung, aus der Theos erste Schüsse gekommen waren und er bekam gar nicht mehr mit, was geschah, als der nächste Schuß seine Brust traf und aufschlitzte.

Theo trat näher an die blutige Masse heran, die einmal Wallace gewesen war und schaute schnell in die Führerkabine des Lasters. Der Polizist, der noch mehr mit Blut und Körperfetzen bedeckt war als Wallace, war zu einem Haufen zusammengekrümmt. Sein Genick war gebrochen - nach dem Winkel zu schließen, in dem sein Kopf zum Körper stand - aber seine Augen standen offen. Vielleicht war er noch am Leben.

Keine Zeit für Mitgefühl. Theo wußte nicht, ob der Polizist Verstärkung angefordert hatte, aber was wichtiger war: Er hörte Bewegungen aus dem Laderaum des Lasters. Weniger als eine Minute war vergangen, seit er in den Reifen geschossen hatte. Innerhalb weniger Sekunden griff er in eine Tasche, nahm mehrere Patronen heraus - solide Stahlschrotmunition diesmal - und lud wieder auf. Seine langen, gewandten Finger bewegten sich, angestachelt von dem vielen Blut, so schnell, daß sie wie tanzende Schatten aussahen.

Theo ging ein paar Schritte vom Laster weg. Die erste Salve schickte er in die Seitenwand des Laderaums.

Die Kugeln, die für leichte Panzerung gedacht waren, zerrissen mühelos das dünne Metall. Alarmierte Schreie drangen nach außen. Theo konnte hören, wie jemand in Deckung ging. Er glitt um den Laster und jagte eine weitere Ladung durch die Ladeklappe. Noch mehr Angst- und Schmerzensschreie.

Das sollte sie für eine kleine Weile am Boden halten. Theo nutzte diese Schrecksekunde, um nachzuladen.

Die Patronen waren drin, noch bevor er sich einige Meter zurückgezogen hatte. Als ein Mitglied der Sabbat-Ladung den Mumm hatte und die hintere Tür aufstieß, feuerte er zwei Ladungen auf den Benzintank.

Das scheußliche Krachen von Flammen und Metall ließ die Fenster der nahegelegenen Bürogebäude erzittern. Die Explosion warf den Streifenwagen mehrere Meter weit zurück. Theo blieb stehen und betrachtete sein Werk ein paar Sekunden. Das Fahrerhaus des Lasters war schwarz und brannte. Fahnen aus schwarzem, beißenden Rauch stiegen in den Nachthimmel hoch. Kein Sabbat mehr. Nicht viel Leichen übrig - ein bißchen Staub zwischen der Asche, und ein unglückseliger Polizist.

Theo fragte sich einen Moment, ob der Polizist schon vorher tot war oder ob er bei der Explosion umgekommen war. Aber was machte das jetzt schon für einen Unterschied. Schließlich ging Theo zum Streifenwagen und öffnete die Tür. Er riß die Videokamera von der Windschutzscheibe, öffnete sie und warf den Film ins Feuer.

Das war's dann. Er war kaum mehr als ein kleiner Windhauch in der Dunkelheit. Die Waffe ins Halfter, zurück zum Motorrad. Kaum zehn Minuten war er von seinem Motorrad weg gewesen. Und er war verschwunden, bevor die Putztruppe in einem der Bürogebäude die Explosion melden konnte.

Freitag, 15.Oktober 1999, 3: 01 Uhr
Little Patuxent Parkway
Bei Columbia, Maryland

Heilige Scheiße!
Octavia schwang das Beil - sie hatte kaum genug Platz; das Lenkrad schien sich ihr direkt ins Gesicht zu drücken -, und jemandes Hand fiel auf den Beifahrersitz neben ihr. Der Rest des Arms schnellte verdammt rasch zurück aus dem Fenster. Sie hatte nicht die Zeit, sich an dem Anblick zu weiden.

Irgendwas Hartes - eine Faust - zerschmetterte das Fenster nur wenige Zentimeter vor ihrem Gesicht. Sie ließ sich zur Seite fallen, preßte die Wange gegen die abgetrennte Hand auf dem Sitz, um dem Zugriff der Finger von der anderen Seite zu entgehen. Sie riß das Beil herum, schmetterte ihren Unterarm gegen das Lenkrad, aber die Klinge glitt zwischen Finger und Knöchel. Eine weitere blutige Hand zuckte zurück.

Sie und Jenkins hatten angehalten, um ein verlassenes Auto zu überprüfen. Ganz nach Anweisung. Verdammt, wenn nur diese *Dinger* nicht über ihr Auto hergefallen wären, sobald sie den Motor abgestellt hatte. Und wie schnell! Eins von ihnen hatte einen Metallbolzen *mitten durch* den verdammten Motorblock getrieben. Das war passiert, ehe die Dinger Jenkins unter Schreien und Schlägen aus dem Fenster gezerrt hatten.

Jetzt waren überall nur noch Hände, herumfliegendes Glas und Blut. Das Rückfenster war weg, und durch seine Öffnung wanden sie sich jetzt herein. Andere schlugen gegen die Windschutzscheibe. Die würde in wenigen Sekunden auch weg sein, und dann würden sie auch von vorne reinkommen.

Octavia holte wieder aus. Das Beil landete in jemandes Stirn, wurde ihr dann aber ihrem Griff entwunden. Sie hörte Schreie und Gelächter.
Krach!
Soviel zur Windschutzscheibe. Durch den Druck blies sich der verdammte Airbag auf und stieß hart gegen sie, drückte sie zurück in den Sitz. Hände griffen nach ihr, dann traf sie das eigene Beil....

Freitag, 15. Oktober 1999, 3:27 Uhr
Pendulum Avenue
Baltimore, Maryland

„Bitte hier entlang, mein Herr", sagte der Diener, als klar war, daß der Gast seine Jacke nicht ablegen wollte. Obwohl die Halle offen und sehr geräumig war, fühlte sich Theo Bell eingeschlossen. Die tadellose Ausstattung, die perfekte Plazierung jeder einzelnen Vase und Nippes-Figur schufen eine exquisite Inneneinrichtung und vermittelten den Eindruck dezenter Eleganz. Nicht geschmacklos oder protzig. Geschmackvoll kultiviert. Theo Bell kannte das alles. Immerhin hatte Don Cerro einen großen Teil des 19.Jh. damit zugebracht, ihn von einem der feinsten Kainskinder-Höfe in Europa zum anderen zu begleiten. Theo war also vertraut mit dem verfeinerten Geschmack der Oberschicht. Er mochte ihn nur nicht.

Ein jüngerer Brujah hätte es vielleicht drauf angelegt, Schmutzspuren auf den Fliesen und dem orientalischen Läufer zu hinterlassen, etwas umzuwerfen oder den Diener zu schlagen und ihm die Rippen zu brechen. Theo spürte zwar zerstörerische Zwänge - aber nicht so poplige, kleine, kindische. Warum sollte er einen Mann anspucken, wenn er seine Nase brechen könnte? Die Wut war nie weit unter der Oberfläche. Das kam vom Blut. Vielleicht hatte Theo in all den Jahren schon genug erlebt und gesehen, um zu wissen, daß Gainesmil nicht der Feind war. Er war nur ein Symptom.

Theo folgte also dem Diener durch die weiten Flure mit den hohen Decken. Normalerweise hätte der Brujah-Archont diese Einladung Gainesmils einfach ignoriert.

Aber heute war nichts wie sonst - denn in der vergangenen Nacht hatte Theo den früheren Prinzen von Baltimore in die Luft gehen sehen. Theo hatte es gesehen, er hatte gesehen, wer es getan hatte, und er hatte sie gehen lassen. Es war jetzt durchaus der Mühe wert, hellhörig zu sein. Auch wenn er sich normalerweise nicht drum scherte, was die Ortsansässigen dachten. Deswegen war Theo, nach seinem Anschlag im Süden der Stadt und nach einem weiteren Schlag gegen eine Vorstadtstreife, obwohl die bestimmt keine Ahnung von dem Ganzen hatten, zu dem Entschluß gekommen, Gainesmil einen Besuch abzustatten, nachdem er eine entsprechende Nachricht von ihm bekommen hatte.

Nach wenigen Minuten erreichten sie das Arbeitszimmer - oder was immer das für ein Raum war. Er war weit genug entfernt von der Eingangstüre, um einen Eindruck von der riesigen Ausdehnung des Anwesens zu vermitteln, aber nicht weit genug, um die Sache nochmal zu bedenken. Der Diener drehte den Türknauf, und mit einem sanften Schwung öffnete sich die Flügeltüre ganz leicht und leise.

„Mr. Theo Bell."

„Danke, Langford", sagte der Toreador-Hausherr.

Gainesmil saß in einem Stuhl mit gerader Lehne, hoch aufgerichtet, die Knie beieinander und die Füße in Mokassins flach auf dem dunkelbraunen Teppich. Er trug einen roten Morgenmantel mit Hermelinbesatz und darunter ein Seidenhemd mit einem Kragen, der mit seinem Namenszug verziert war. Hinter ihm brannte ein kleines Feuer. Theo fiel auf, daß die Holzscheite nicht echt waren: Gasöfen. Eine Gasleitung im Haus eines Kainskindes war vielleicht keine gute Idee.

Verrückt, so was anzulassen, nach dem, was letzte Nacht passiert ist, dachte Theo.

„Möchten Sie etwas trinken?" fragte Gainesmil und deutete auf eine Karaffe, die auf einem Beistelltisch stand.

„Nein danke", sagte Theo. Abgefülltes Blut. Nein danke.

„Das wär's dann, Langford."

„Ja, Sir." Der Diener ging hinaus und zog die Türen hinter sich zu.

„Bitte, nehmen Sie Platz." Gainesmil deutete auf den Sessel, der gegenüber seinem stand. Theo setzte sich und verschränkte die Arme.

„Ich freue mich sehr, daß Sie gekommen sind, Archont Bell", begann Gainesmil. „Ich weiß, Sie sind sehr beschäftigt."

„Kein Problem... solange der Sabbat nicht angreift."

Gainesmil lachte höflich über den etwas gewagten Scherz und merkte dann erst, daß Theo Bells Gesichtsausdruck unverändert blieb, wie fast immer. Der Toreador räusperte sich. „Gut. Machen wir es kurz." Und dann machte er eine lange Pause, als könne er sich doch nicht ganz zu der angekündigten Kürze entschließen. Ganz offenbar wählte er seine Worte sehr sorgfältig, als er ein Thema anschnitt, bei dem er nicht mit der Tür ins Haus fallen wollte.

„Sheriff Goldwin glaubt", sagte Gainesmil, „der gestrige Angriff auf den Prinzen... auf den *früheren* Prinzen sei höchstwahrscheinlich die erste

Phase einer Sabbat-Offensive gegen unsere Stadt gewesen." Er machte eine Pause, als ob er eine Antwort erwartete, aber Theo schwieg.

„Prinz Garlotte ist jetzt natürlich nicht mehr bei uns... ", sagte Gainesmil mit einem leichten Stocken in der Stimme, das eine Gefühlsregung erkennen ließ.

Theo merkte das, reagierte aber nicht darauf. War es echtes Bedauern über den Verlust eines alten Freundes und Verbündeten oder nur der Versuch, solch zarte Gefühle vorzutäuschen? Gainesmil hatte die Tat nicht selbst begangen, aber hatte er einen Anteil daran? Theo dachte über diese Möglichkeit nach. Hatte Gainesmil Katrina angestachelt zu dem, was für die Kainskinder einem Vatermord gleichkam?

„Einige Mitglieder von der Sicherheitseinheit des Prinzen sind bei der Explosion umgekommen", fuhr Gainesmil fort. „Und zwei Wachposten auf nahegelegenen Gebäuden wurden tot aufgefunden. Wichtiger als die Ghule freilich", er machte eine wegwerfende Handbewegung, als er den Tod der Ghule erwähnte, „wichtiger ist, daß Malachi und Katrina vermißt werden."

Wieder machte er eine Pause, aber Theo schaute ihn nur an.

„Wahrscheinlich sind sie auch umgekommen."

Theo wartete. Was immer du zu sagen hast, mach schon, raus damit.

„Sie waren etwa zehn oder fünfzehn Minuten nach der Explosion da." Theo nickte.

„Sie patrouillierten das Gebiet."

„Ich hatte das Gebiet weiter draußen überwacht und kam gerade zurück. Der Innere Hafen war ziemlich sicher." sagte Theo ruhig.

„Ziemlich ruhig, ganz richtig", stimmte Gainesmil zu. Er hob einen Finger und klopfte sich dreimal langsam an die Lippen. „Es gab aber auch eine Zeit... ja, vor drei Monaten, da war der Innere Hafen nicht so sicher."

Wieder wartete Theo unbewegt. Er wußte genau, worauf das hinauslief, aber hatte nicht vor, Gainesmil dabei zu helfen.

Spuck's aus.

„Das Attentat auf Mr. Pieterzoon. Sie wissen, was passiert ist?"

Theo nickte. Das konnte heikel werden. An jenem Abend war er Pieterzoon gefolgt, weil er dem Bastard nicht über den Weg traute und ein bißchen mehr darüber herausfinden wollte, wie der Ventrue seine Nächte zubrachte. Er hatte Glück, daß die Sabbat-Schlagtruppe in dieser

Nacht hereinschneite - schlecht für sie, aber gut für Jan und die Camarilla, dachte Theo bei sich.

Nur, wenn Gainesmil wußte, daß Theo bei dem Attentat auf Pieterzoon dabei war *und* noch näher dran war, als die *U. S. S. Apollo* in die Luft flog... Auch wenn es keine reale Verbindung zwischen den beiden Vorfällen gab, es würde einfach nicht gut aussehen. Es könnte ausreichen, um Ärger zu provozieren, falls es das war, worauf der Toreador hinauswollte.

„Warum sagten Sie kein Wort zu dem Attentat auf Mr. Pieterzoon?" fragte Gainesmil.

„Aus dem gleichen Grund, warum Prinz Garlotte und Mr. Pieterzoon nichts sagten", erwiderte Theo. „Vermutlich auch der gleiche Grund, warum Sie nichts sagten. Es ist sozusagen peinlich für den Prinzen, wenn ein Gast von ihm mitten in der Stadt angegriffen wird. Ich hatte keinen Grund, Garlotte bloßzustellen."

Gainesmil dachte darüber nach. Er schien es zu akzeptieren. Oder es war einfach nicht das, was er wirklich wissen wollte. „Bei dem Attentat... bei der Explosion", begann er, „haben Sie da irgend etwas bemerkt... irgend etwas, das den Schluß zuließe, Sheriff Goldwins Annahme, der Sabbat sei dafür verantwortlich, könne falsch sein?"

„Worauf wollen Sie hinaus?"

„Nichts Bestimmtes. Irgendwas, das darauf hindeutet, daß *jemand anderes* beteiligt sein könnte."

Theo schaute ihn gelangweilt an. „Ich bin kein Detektiv, klar. Und ich bin nicht über den Tatort gelaufen auf der Suche nach irgendwelchen Beweismitteln."

„Natürlich nicht. Natürlich nicht. Aber es hätte ja sein können, daß Sie etwas bemerkt hätten... irgend etwas Ungewöhnliches?"

Theo dachte eine Zeitlang nach. Dreimal schlug er sich leicht an die Lippen, um Zeit zu schinden. „Nein", sagte er schließlich.

Robert Gainesmils erwartungsvolle Miene fiel sichtlich in sich zusammen. „Ich will Sie nicht drängen. Nehmen Sie sich ruhig Zeit für — "

„Nein. Ich habe nichts bemerkt."

Einige Sekunden vergingen, ehe Gainesmil merkte, daß sein Mund immer noch offen stand. Er schloß ihn. „Sehen Sie", fuhr er fort, leicht angespannt, aber immer noch freundlich, „einige Mitarbeiter Sheriff Goldwins haben den Tatort untersucht, und — "

„Und Sie trauen denen nicht", sagte Theo Bell.

Gainesmil schloß den Mund mit Bedacht und sagte mit einem falschen Lächeln: „Ich denke, Sie werden mir voll und ganz zustimmen, Archont Bell, wenn ich sage, daß man immer so viele Blickwinkel wie möglich in Betracht ziehen sollte."

„Zumeist vertrete ich meine eigene Perspektive", sagte Theo. „Es sei denn, Jaroslav Pascek erzählt mir etwas anderes. Dann halte ich mich normalerweise an seine Sichtweise."

„Aha." Daß Theo plötzlich den Brujah-Justicar erwähnte, schien Gainesmil etwas aus der Fassung zu bringen.

Überleg dir, mit wem du redest, du Arschkriecher. Theo scherte sich nicht darum, wenn man ihn unterschätzte. Sollten sie ruhig denken, er hätte nichts im Kopf. Aber er hatte wenig Geduld, wenn er sich bevormundet fühlte. Es war schon erstaunlich, was es bewirkte, wenn man nur einen Namen fallen ließ - nur ein kleiner Wink mit dem Zaunpfahl, daß Theo von einem der rücksichtslosesten, fanatischsten und niederträchtigsten Hurensöhne, die die Camarilla seit verdammt langer Zeit hervorgebracht hatte, als Archoont ausgewählt worden war.

„Aha."

„Sie denken also, Goldwins Leute hätten was vermasselt, oder er verheimlicht, was er wirklich herausgefunden hat", sagte Theo.

„Natürlich ist es sehr wahrscheinlich, daß der Sabbat verantwortlich ist", sagte Robert Gainesmil. Etwas ungeschickt beeilte er sich, die vorher angestellten Vermutungen wieder zu zerstreuen. „Aber der Sheriff hat wenig echte Beweise vorgelegt, wenn überhaupt. Und es gibt... noch andere Möglichkeiten."

„Was für Beweise wollen Sie denn - außer einer Menge verdammter kleiner Splitter vom Schiff, die über den ganzen Inneren Hafen verstreut sind?"

„Also... natürlich werden wir vielleicht nie einen endgültigen Beweis finden. Aber wir sollten andere Möglichkeiten nicht ausschließen, wenigstens jetzt noch nicht, auch wenn wir sie nicht beweisen können. Immerhin ist auch die Annahme, der Sabbat sei es gewesen, nur ein bloßer Verdacht."

„Andere Möglichkeiten", sagte Theo. „Was zum Beispiel?"

„Wie ich schon sagte, Malachi und Katrina sind *vermutlich* umgekommen."

„*Garlotte* ist auch nur *vermutlich* umgekommen", betonte Theo.

„Ich traf den Prinzen - auf dem Schiff - gerade mal eine Stunde vor der Explosion. Er hatte nicht vor auszugehen."

„Hätte er Ihnen das gesagt?"

„Wir hatten keine Geheimnisse voreinander."

„Das sagen Sie!"

Robert Gainesmil warf ihm einen wütenden Blick zu, aber dann lenkte er ein: „Auch wieder wahr."

„Sie glauben, Malachi und Katrina hatten ihre Finger im Spiel", sagte Theo.

Gainesmil runzelte die Stirn. Er stand auf und ging langsam im Zimmer auf und ab.

Wenn das jetzt die Kurzfassung ist, dachte Theo, dann möchte ich die volle Länge auf keinen Fall serviert kriegen.

„Kein Zweifel, es *war* der Sabbat..." sagte Gainesmil, „*aber*", er hob beschwörend einen Finger, „solange es keinen Beweis dafür gibt, ist es weder verrückt noch abwegig, wenn man auch andere Täter mit bösen Absichten in Betracht zieht."

„Verrückt oder nicht", sagte Theo, „es bleibt Spekulation. Ich sehe da keinen Unterschied."

„Es ist *möglich*", beharrte Gainesmil.

„Schauen Sie", sagte Theo Bell. „Wollen Sie ohne jeden Beweis hingehen und Xaviar erzählen, der einzige Gangrel auf Garlottes Liste sei der, von dem Sie glauben, daß er ihn in die Luft gejagt hat?"

„Mit Xaviar hat das überhaupt nichts zu tun! "

„Es hat sehr viel mit Xaviar zu tun, oder mit jemandem wie ihm. Sie bringen solche Verleumdungen in Umlauf, und ein beleidigter Gangrel wird sich bei Ihnen blicken lassen. Und er wird nicht wissen wollen, was Sie *glauben*, und wird auch nicht nur Ihren Briefkasten anpinkeln. Er wird Sie zerfleischen."

Gainesmil ging immer noch auf und ab - bis das Wort „zerfleischen" fiel. Der Gedanke daran gefiel ihm offenbar nicht. Er schürzte die Lippen und nahm wieder Platz.

„Nebenbei", setzte Theo Bell hinzu, „glauben Sie, Sprengstoff war Malachis Stil? Ich meine, der Junge war zufrieden, wenn man ihm einen rohen Knochen hinwarf."

Seine Worte riefen bei Gainesmil ein schiefes Lächeln hervor, aber es dauerte nur einen Moment.

„Katrina?" dachte Theo laut nach. "Ich hätte nie geglaubt, daß sie so..."

„Wild entschlossen?" schlug Gainesmil vor.

„Ja, genau", stimmte Theo zu. „Das paßt". In gewisser Hinsicht stimmte das auch.

„Aber sie war gehässig. Gott, was war die gehässig."

„Zeigen Sie mir ein Mädchen, das das nicht ist."

Gainesmil schmunzelte wieder, blieb aber in seinen eigenen Gedanken versunken.

„Jedenfalls", sagte Theo und erhob sich, „wer immer es war, wenn sie sich selbst in die Luft jagen, ist es ziemlich egal. Wenn sich herausstellen sollte, daß jemand immer noch keine Ruhe gibt, dann müssen wir noch einmal darüber reden. Bis dann habe ich was anderes zu tun."

„Natürlich. Selbstverständlich." Gainesmil wurde aus seinen Gedanken gerissen. Er stand mit Theo auf, griff zu einer Klingelschnur und läutete. Theo hörte die Glocke, sie war nicht allzu weit weg - ein Läuten, das sterbliche Ohren nie wahrgenommen hätten. Innerhalb von Sekunden war der Diener da und öffnete die Zimmertüren.

„Langford", sagte Gainesmil.

„Ja, Sir?"

„Archont Bell war sehr freundlich. Begleiten Sie ihn bitte hinaus."

„Jawohl, Sir."

Theo Bell nickte Gainesmil im Hinausgehen zu und folgte dann dem Diener durch die Flure des Toreadors. Auf dem Weg rauchte Theo eine halbe Zigarette und warf den Stummel in eine Blumenvase in der Nähe der Eingangstür. Manchmal, fand er, reichten kleine Gesten aus.

Freitag, 15. Oktober 1999, 4:11 Uhr
Little Patuxent Parkway
Bei Columbia, Maryland

Der Dodge Pickup wurde langsamer, als er den Hügel hinauffuhr, und stoppte ganze zwanzig Meter hinter dem kaputten Crown Victoria. Der Motor des Lasters lief noch. Die Scheinwerfer fielen über die Beulen und die zertrümmerten Fenster.

„Ist das Octavias Auto?" fragte Reggie.

Eustace schaute sich das andere Auto lang an. Er kurbelte sein Fenster herunter und spuckte auf den Split. „Verdammt, ja."

„Dacht' ich mir's doch."

Sie saßen und starrten das Auto an. Eustace griff zum Radio und stellte einen anderen Sender ein. Durchs Fenster kam eine angenehme Brise.

„Denkst du, da ist noch jemand drin?" fragte Reggie.

„Weiß nicht", sagte Eustace. Er griff hinter seinen Sitz und fischte sein abgesägtes, doppelläufiges Zwölfkaliber-Gewehr heraus und vergewisserte sich zweimal, daß es geladen war. Bevor er ausstieg, spuckte er nochmal aus und wischte sich den Mund am Ärmel ab.

Als Eustace sich dem anderen Auto näherte, paßte Reggie gut auf; nur einmal wandte er den Blick eine Sekunde ab, um das Radio wieder anders einzustellen. Eustace hielt bei dem Crown Victoria an und schaute ihn sich genau an. Er kratzte sich am Kopf und spuckte wieder. Kurz darauf kam er zurück.

„Jemand hat ihn zu Schrott gefahren", sagte Eustace.

„Sag bloß."

„Wir rufen am besten Slick an. Wir wollen ja nicht, daß die Polizei hier noch drüberstolpert."

„Gut, einverstanden."

Reggie ging zur Telefonzelle, während Eustace einen neuen Sender suchte.

Samstag, 16. Oktober 1999, 23:20 Uhr
McHenry Auditorium, Lord Baltimore Inn
Baltimore, Maryland

„Theo! Gott sei Dank... " Lydia traf ihn im Flur zum Versammlungsraum. Hinter ihr waren hitzige Auseinandersetzungen zu hören. Im Gang, der mit teuren Teppichen ausgelegt war, standen bewegungslos die Ghule aus Garlottes Sicherheitstruppe, die drei Tage zuvor nicht mit dem Schiff über den Jordan gegangen waren. Auffallend war, daß Malachi, die Gangrel-Geißel und normalerweise Wächter des Konferenzraums, nicht da war.

Das Geschrei aus dem Auditorium hielt an. Theo Bell erkannte eine Stimme sofort - die lauteste von allen, die immerfort die anderen niederschrie.

„Lladislas ist da", sagte Theo.

„Ja", sagte Lydia. Sie war vorgerannt, um Theo zu treffen, aber er war einfach weitergegangen, so daß sie jetzt die Richtung wechseln und wieder auf die große Flügeltür zugehen mußte, um mit ihm Schritt zu halten. „Er will neuer Prinz werden und verlangt eine Abstimmung zu seiner Unterstützung."

Theo blieb stehen. Lydia, die schon weitergelaufen war, kehrte erneut um, als sie sah, daß er stehengeblieben war. *„Eine Abstimmung?"* knurrte Theo. „Was will er werden - Prinz oder Schönheitskönigin?" Der Archont ging weiter und ließ Lydia stehen, die ihn nun wieder einzuholen versuchte.

Er stieß die Flügeltür nicht mit Gewalt auf. Er war nicht wütend oder verstimmt, jedenfalls nicht mehr als sonst auch; er brauchte keinen dramatischen Auftritt. Er ließ andere den Showmaster spielen. Aber als er den Raum betrat und den Seitengang hinunterging, verstummte die Debatte. Die Kainskinder am unteren Ende des schräg abfallenden Raums sahen ihn nicht mit Furcht oder Scheu an, jedenfalls nicht alle; die ganze Auseinandersetzung ging denn auch nach einer Pause wieder weiter. Theo war nicht ihr Schiedsrichter. Aber seine Anwesenheit ließ die ganze vorhergehende Diskussion in einem neuen Licht erscheinen.

Er spürte die Veränderung in den ersten paar Sekunden - die Anspannung im Raum wurde nicht weniger, sondern spitzte sich zu. Und noch etwas anderes spürte er, etwas, von dem er annahm, daß es eine direkte

Folge von Garlottes Zerstörung war - einen gefährlichen Mangel an Zurückhaltung im Streit.

Also denn, dachte er, vielleicht soll es Lladislas sein.

„*Theo Bell.*" Lladislas' Stimme dröhnte und füllte den gesamten Saal. „Genau der Mann, den wir sehen wollten."

Niemand sagte etwas. Die anderen - unter ihnen Jan, Vitel, Gainesmil und Isaac - sahen schweigend zu, wie Theo auf den Konferenztisch zuging - ein *neuer* Tisch, wie er bemerkte. Irgendjemand hatte den alten ersetzt, in den Xaviar damals seine Klauen hineingetrieben hatte. Das war in einer besonders prekären Situation gewesen. Garlotte und der Gangrel-Justicar hatten beide eine Persönlichkeit, die so groß war, daß sie schwerlich zusammen in einen Raum paßten. Wie sich die Dinge doch geändert hatten! Garlotte war jetzt Fischfutter, und Xaviar in seinem verletzten Stolz führte wahrscheinlich seinen Clan aus der Camarilla hinaus. Theo schüttelte stirnrunzelnd den Kopf.

Lladislas bezog diese Geste auf sich. Seine Augenbrauen zogen sich bis dicht an seinen Haaransatz hoch. „Diese Stadt wird belagert", führte der im Exil lebende Prinz von Buffalo aus. „Sie braucht einen neuen Prinzen, und zwar *sofort*. Ich bin ein Mann mit Erfahrung. Ich habe bereits eine Stadt geführt. Und zwar als erster Mann - und nicht die zweite Geige gespielt." Er warf Isaac und Gainesmil einen bedeutsamen Blick zu. Beide starrten ihn eisig an. „Ich hab einen harten Job gemacht, Entscheidungen über Leben und Tod lagen bei mir", fügte er noch hinzu.

„Und die neueste Meldung in deinem Unlebenslauf", sagte Marcus Vitel, früher Washington D. C. , „müßte lauten, daß du deine Stadt an den Sabbat verloren hast."

Lladislas' Augen weiteten sich langsam. Sein Gesicht, sonst immer rosig - was für einen Vampir ziemlich ungewöhnlich war -, wurde sichtlich dunkler.

„Deine Stadt fiel an den Sabbat", fuhr Vitel fort und wirkte plötzlich ganz matt, „wie meine auch." Er streckte die Hände zur Seite aus, die Handflächen nach oben gekehrt, als seien seine Worte bar jeder Böswilligkeit.

Diese versöhnliche Geste veranlaßte Lladislas zu einer kleinen Pause und hielt ihn davon ab, zu einem gewaltsamen Angriff überzugehen, aber er war keineswegs besänftigt. Marcus Vitels Stachel saß tief und fest.

„Unter allen Verbündeten würde ich mir von dir, Rivale und *Ventrue* zugleich, am allerwenigsten Unterstützung erwarten", stieß Lladislas hervor.

Vitel behielt seine ruhige Haltung bei und erlaubte sich sogar ein leicht amüsiertes Lächeln. „Sicher bin ich Ventrue... aber Rivale?" Er zog eine Augenbraue in gespielter Neugier hoch. „Du hast nichts, was ich begehre, Lladislas, und ohne meine Stadt besitze ich nichts, was du begehren könntest." Dann erstarb Vitels Lächeln. Sein Gebaren wurde hart, vielleicht sogar gequält. „Was *diese* Stadt angeht, sie ist für mich nur ein Zufluchtsort. Betrachte dich meinetwegen als Nachfolger ohne Rivalen. Beschäftige dich mit irgendwelchen Kinkerlitzchen, wenn es das ist, was du willst. Ich werde mich mit nichts Geringerem zufrieden geben, als mit der Suche nach der Perle, die man vor die Säue geworfen hat."

Lladislas blieb genauso ruhig wie alle anderen, die um diesen Tisch saßen. Theo merkte, daß er stehengeblieben war, um Vitel und seinen Worten zu lauschen, in denen ein solch tiefes Gefühl des Verlusts mitschwang. Der Brujah-Archont setzte sich jetzt erst hin, und Lydia nahm neben ihm Platz.

Diese kurze Rede war, soweit Theo zurückdenken konnte, die längste öffentliche Erklärung gewesen, die Vitel je abgegeben hatte, seit er als Prinz abgesetzt und aus Washington geflohen war. Vitel war bei den meisten Versammlungen der Führungsschicht dabei gewesen und tat gelegentlich seine Meinung kund. Er hatte sogar seine guten Kontakte zur Hauptstadt benutzt, um eine zeitweilige Sperrstunde in der Stadt einzuführen - zugegebenermaßen kein Allheilmittel, aber immerhin ein Hindernis für den Sabbat, sich ausgerechnet zu dem kritischen Zeitpunkt in die Stadt vorzuarbeiten, als die Camarilla-Flüchtlinge, die nach Baltimore strömten, zu einer recht passablen Streitmacht zusammengeschweißt wurden. Vitel hatte viel dazu beigetragen, aber die letzten Monate sehr zurückgezogen zugebracht. Was immer er vorhatte – und er war ein Ventrue, also hatte er *irgendwas* im Sinn -, niemand konnte es wissen. Pieterzoon hatte mehrmals versucht, seine Mauer von Einsamkeit zu durchdringen, und Victoria hatte, bevor sie nach Atlanta eingeschifft worden war, ganz bestimmt öfters versucht, Vitel zu integrieren. Jan hatte Theo gegenüber sogar erwähnt, daß Vitel wie ein gebrochener Mann wirkte, daß der Verlust seiner Stadt und seiner Nachkommen ein großer Stein auf seinem Herzen war.

Nichts als Rattenschiß, dachte Theo. Die kleinen persönlichen Dramen der Blaublütigen hielten den Sabbat nicht davon ab, in die Stadt einzufallen. Und im Augenblick half es der Sache gar nichts, daß Lladislas, obwohl er selbst ein Brujah war, mit allen Mitteln versuchte, Prinz zu werden.

„Wenn du erst um Erlaubnis fragen mußt", unterbrach Theo die Stille, „bist du nicht der Prinz." Er verschränkte die Arme und blickte Lladislas direkt ins Gesicht und forderte damit seinen Clansbruder geradezu heraus, sich mit ihm anzulegen.

Es kostete Lladislas Mühe, sich zu beherrschen und Ruhe zu bewahren. Sein Gesicht rötete sich wieder, und seine Hände krampften sich zu Fäusten, aus denen die Knöchel weiß hervortraten, aber er hielt den Mund geschlossen. Theo nahm es als ein hoffnungsvolles Zeichen für Lladislas' Zukunft. Offenbar erkannte Lladislas auch, was für Theo und einige andere Anwesende, besonders Jan und Vitel, ganz offensichtlich war: Lladislas hatte in Baltimore keine große Unterstützung. Er hatte nur wenige treue Anhänger, zu viele Verbündete konnten seinen Weg nach oben vereiteln, und anders als in seiner eigenen Stadt hatte er niemanden, der ihm einen Gefallen schuldete.

Trotzdem, Lladislas war kein Dummkopf - ein schlichtes Gemüt, ja, aber dumm? Nein, das war er nicht. Unter normalen Umständen hätte er diesen Versuch nicht unternommen. Aber hier herrschten keine normalen Umstände, nicht jetzt, wo Garlotte zerstört war und der Sabbat von Washington in Richtung Norden jede Nacht vordrängte. Konventionelle Politik konnte da nichts ausrichten. Auch wenn er keine Machtbasis hatte, konnte Lladislas immer noch Prinz werden - wenn der Ältestenrat ihn unterstützt hätte. Und der Fall wäre sicher eingetreten, wenn Theo für seinen Clanskameraden eingetreten wäre. Aber Theo wußte so einiges, das Lladislas unbekannt war.

Lladislas kochte vor Wut, sagte aber nichts. Ohne Theos Unterstützung hatte es keinen Sinn, Druck auszuüben.

„Es ist absolut wahr", sagte Jan Pieterzoon in das unbehagliche Schweigen hinein, „daß jede Stadt einen Prinzen braucht. Unser Sinn für Recht und Ordnung unterscheidet uns schließlich von den Monstern im Süden."

Der schmächtige Pieterzoon mit seiner Nickelbrille und dem kurzen, struppigen blonden Haar war eine völlig unauffällige Erscheinung, konnte aber durchaus gefährlich werden. Er besaß eine Durchtriebenheit, die aus jahrhundertealter Erfahrung geboren war, und einen Stammbaum, der viele Kainskinder bei der bloßen Erwähnung seines Namens blaß werden ließ. Wenn andere ihn weniger hoch schätzten, nachdem Hartford an den Sabbat gefallen war, dann nur deswegen, weil sie, genauso wie Lladislas, nicht in Einzelheiten eingeweiht waren, von denen Theo wußte.

Nun, da Theo Lladislas eingeschüchtert hatte, konnte der Archont beobachten, wie sich das Blatt wendete und Jan sehr gut darauf reagierte.

„Wenn man in Betracht zieht, daß Prinz Garlotte selbst diese Körperschaft eine *ad hoc*-Versammlung von Ahnen nannte, die die regionale Verteidigungsstrategie gegen den Sabbat koordinieren sollte", fuhr Jan Pieterzoon fort, „ist es vollkommen angemessen, einen Kandidaten aufzustellen, der die Verantwortung des Prinzen übernehmen kann."

Theo gab weder ein Zeichen der Zustimmung noch der Ablehnung, obwohl er ahnte, worauf Jan hinauswollte. Guter Schachzug, dachte Theo. Einfach jemanden vorschlagen. Nicht zu viel Autorität für sich in Anspruch nehmen, obwohl niemand in der Stadt auf die Typen in diesem Saal losgehen würde. Jetzt wird er gleich jemand rauspicken, einen lokalen...

„Ich bin sicher, wir sind alle der Meinung", sagte Pieterzoon, „daß wir in dieser unheilvollen Zeit eine stabile Führung unbedingt brauchen. Wenn wir sichergehen wollen, die gleiche Stabilität und gekonnte Führung zu bekommen, wie es Baltimore unter der Leitung von Prinz Garlotte hatte, dann brauchen wir jemand, der vollkommen vertraut ist mit dieser Stadt."

Theo brauchte nicht in die Runde zu blicken, um die beiden möglichen Kandidaten zu kennen. Einen von ihnen hatte Jan zweifellos im Visier. Wen konnte man ausschließen? Lydia. Sie war zwar intelligent, aber im Augenblick nur Vertreterin Theos, wenn dieser verhindert war. Lladislas hatte sein Pulver verschossen und war aufgelaufen. Vitel war ausgeschieden. Marston Colchester, die Nosferatu-Verbindung, war nicht einmal anwesend - jedenfalls nicht offiziell. Keiner von den Malkavianern, Roughneck oder Quaker, hatte das Format, geschweige denn das Temperament, eine Stadt zu befehligen.

Übrig blieben nur Robert Gainesmil, über viele Jahre Garlottes Vertrauter, und Isaac Goldwin, Sheriff und Günstling des früheren Prinzen.

Aber der Malkavianer Roughneck hatte eine andere Idee. „Was Sie sagen, ist alles schön und gut, Mr. Pieterzoon. Ich will nicht streiten, wissen Sie..." Sein Haar und sein langer Bart waren wild und ungepflegt. Unentwegt kämmte er beim Sprechen mit den Fingern durch seine Koteletten. Sein Blick war ständig auf einen Punkt auf dem Tisch gerichtet. „Aber Theo würde einen teuflisch guten Prinzen abgeben. In schlechten Zeiten wird keiner was gegen ihn haben. Höchstens später..."

„Ein teuflisch guter Prinz", wiederholte der Quäker, der die Nächte bei den Obdachlosen verbrachte und auch so aussah.

Theo spürte alle Blicke auf sich gerichtet. Als er den beiden Malkavianern einen wütenden Blick zuwarf, schien Roughneck unter diesem Blick zu vergehen, obwohl er nicht einmal aufgeschaut hatte. Und Quaker begann ganz leicht zu zittern und sandte verstohlen besorgte Blicke in die Runde - nur Theo wagte er nicht anzusehen.

„Ich habe schon einen Job", sagte Theo schließlich.

„In der Tat", fiel Jan ein und ging wieder zur Tagesordnung über, was die Malkavianer sehr erleichterte. „Obwohl der Vorschlag gut war." Verstimmt wandte sich Theo an Jan, aber der Ventrue lächelte nur höflich zurück und setzte hinzu: „Justicar Pascek würde auf die Dienste seines hochgeschätzten Archont nicht freiwillig verzichten." Jan machte eine Pause. „Also bleiben Mr. Gainesmil und Sheriff Goldwin als Kandidaten für die Nachfolge von Prinz Garlotte. Möchten Sie etwas dazu sagen, Archont Bell?"

Theo Bell hätte am liebsten gestöhnt. Jan Pieterzoon schien die Situation zu genießen. Aber er wußte nur zu genau, daß Theo sich einen Scheißdreck um diese politischen Versteckspielchen scherte. So etwas sollte nicht im Komitee beschlossen werden. Königswahlen waren Unterhaltung für die kleinen Leute. Das hier wahrte doch sowieso nur den Schein. Theo sah sie an: Goldwin, der Ventrue und Gainesmil, der Toreador. Er warf einen langen, kühlen Blick auf sie und wandte sich dann ab:

„Werft halt eine Münze oder so."

Die Bemerkung machte Isaac ein wenig zornig, Robert Gainesmill zeigte keine Regung. Der Toreador hatte natürlich in seinem Gespräch mit Theo Bell nach dem Tod des Prinzen versucht, den Brujah mißtrauisch zu machen gegenüber Isaac. Er wollte Zweifel säen, was Isaac Goldwins Glaubwürdigkeit und Loyalität anging, obwohl er natürlich den Sheriff nicht direkt in Zusammenhang mit der Explosion gebracht hatte. Theo hatte Gainesmil keinen Grund geliefert, sich von ihm Unterstützung zu erwarten, und so kam sein offen gezeigtes Desinteresse nicht überraschend. Wieder legte sich unbehagliches Schweigen über die Versammlung.

„Wie ich schon sagte", meinte Jan und nahm den Faden des Gesprächs an der Stelle wieder auf, wo er von den Malkavianern unterbrochen worden war. So konnten Theos beißende Worte nicht zu lang im Raum stehen. „Um einen reibungslosen Machtwechsel sicherzustellen... "

Theo schaltete bei Jans Geschwätz ab. Wie die meisten Mitglieder seines Clans hatte auch Pieterzoon eine gewisse Art, hundert Worte zu brauchen, wo eines gereicht hätte. Einige Verbündete wollten sich nur ihrer eigenen Wichtigkeit versichern, indem sie so viel Worte machten. Das war vielleicht nicht unbedingt Jans Art, aber auch wenn die blumenreiche Sprache nur als Deckmantel gemeint war für das, was er wirklich vorhatte, mußte Theo es sich anhören.

„... wäre der echte Nachfahre des früheren Prinzen und langgediente Sheriff, Isaac Goldwin, als der neue Prinz von Baltimore ein würdiger Nachfolger", kam Jan endlich zum Ende.

Während Jans Wortschwall hatte sich Theo in seinem Sitz leicht zur Seite gewandt, so daß er die Reaktionen von Gainesmil und Isaac erkennen konnte. Auf diese Weise mußte der Archont nicht das geringste Interesse heucheln, wenn Jan endlich zu einem Schluß kam. Er mußte nicht einmal den Kopf heben oder sich umdrehen. Isaac oder Gainesmil würden schon protestieren - und zwar der, den er nicht auswählen würde.

Isaac, der geschmeichelt und sehr erleichtert war, versuchte seinem Grinsen eine großmütige Note zu verleihen und wuchs in seinem Sessel zu beträchtlicher Größe. Gainesmil nickte eigentümlicherweise nur, als wenn er mit Jans Ankündigung voll übereinstimmen würde.

Ich frage mich, was Pieterzoon ihm versprochen hat, wunderte sich Theo. Es fiel auf, daß Jan, anders als Lladislas, Unterstützung für seinen Kandidaten schon *vor* dem entscheidenden Treffen gesammelt hatte. Lladislas wiederum war nie gezwungen gewesen, sich mit vielen Abweichlern auseinanderzusetzen – nicht, daß es keine anderen Meinungen gegeben hätte, man hatte sie ihm nur nicht ins Gesicht gesagt.

„Ich fühle mich sehr geehrt", begann Isaac Goldwin, „von einer so erhabenen Gruppe unterstützt zu werden... "

Theos Gedanken schweiften wieder ab. Jetzt war Isaac dabei, sich dem Ältestenrat anzudienen, der ihn gerade zum Prinzen gekürt hatte. Niemand machte viel Aufhebens um das, was soeben vom Nachkommen Hardestadts des Älteren, den letzten Camarilla-Prinzen Washingtons und Buffalos und einem Brujah-Archonten entschieden worden war. Robert Gainesmil und die beiden Malkavianer, auch die Wahl Goldwins, verliehen dieser Entscheidung den Anstrich von Rechtmäßigkeit. Doch wer wäre sonst als Prinz in Frage gekommen? Es stand niemand anders zur Verfügung - vorausgesetzt, Gainesmil gab wirklich nach, und es sah ganz danach aus. Auch außerhalb der Stadt gab es niemanden; schließlich hatte Prinz Garlotte einen Großteil seiner Energie eingesetzt, um jegliche Konkurrenz zu unterdrücken. So waren sie alle politisch nicht gut genug organisiert, um selbständig handeln zu können. Theo Bell wollte den Job nicht ums Verrecken. In und um Baltimore waren zur Zeit viele Kainskinder zugange, aber die meisten waren damit beschäftigt, sich gegen den Anschlag des Sabbat zu wappnen, der früher oder später kommen mußte.

„... und ich plane eine Fortsetzung des strengen, aber fairen Führungsstils, den mein Herr so lange verfolgt hat..."

Der Sabbat. *Darüber* mußte man sich wirklich Sorgen machen. *Das* verdiente die Aufmerksamkeit der Versammlung. Die Überfälle im Norden wurden immer häufiger und brutaler. Die Schweinehunde testeten den Widerstand und bereiteten den großen Angriff vor. Theo hatte schon in den letzten beiden Nächten den Großteil seiner Patrouillen vom äußeren Stadtgürtel ab- und am Fort Metal zusammengezogen und die zweite Linie beim Flughafen verstärkt. Das war eine List, die er schon vor einiger Zeit ausgearbeitet hatte. Er und Jan hatten schon vor Monaten darüber gesprochen, im August, als Buffalo gefallen war und sie das weitere Vorgehen geplant hatten. Jan war nicht so hirnrissig, wie es manchmal den Anschein hatte. Aber diese Versammlungen nahmen zu viel Zeit und Energie in Anspruch. Wenn nicht doch gelegentlich - sehr selten - auf diesen Treffen von lauter steifen Krägen etwas Wichtiges passiert wäre, hätte sich Theo schon längst nicht mehr hier blicken lassen.

„... weil Baltimore eine Stadt der Hoffnung für die Kainskinder geworden ist..."

Natürlich, schließlich hatte Theo sich persönlich so stark für die Sicherheit der Stadt eingesetzt, daß Jan und jetzt Isaac, und vor ihnen Garlotte und Victoria, in aller Ruhe Hof halten konnten. Nach dem Motto, Überlaßt dem Brujah die Drecksarbeit.

Nur so erledigt man echte Arbeit, dachte Theo. Nur davon reden hilft nichts...

Während Isaac noch über die Pflichten eines Prinzen gegenüber den Kainskindern schwadronierte, faßte Theo in seine Tasche und nahm seinen Terminkalender heraus. Er studierte ihn eingehend, steckte ihn wieder ein und stand auf.

„Ich muß weg", sagte er ohne weitere Erklärungen, als Isaac seine Rede unterbrach. Theo klopfte Lydia auf die Schulter. Sie folgte ihm nach draußen und an den Sicherheits-Ghulen vorbei. Theo wartete nicht auf den Aufzug, sondern nahm die Treppe. Er beeilte sich nicht, aber er war so viel größer, daß Lydia laufen mußte, um mit ihm Schritt zu halten, als sie durch das pompös ausgestattete Foyer gingen.

„Ein Sabbat-Überfall?" fragte sie fast erwartungsvoll.

„M-mm."

„Gibt es Probleme mit einer Polizeistreife?"

„Nein."

Gemeinsam verließen sie das Lord Baltimore Inn. „Wer zum Teufel hat dich dann rufen lassen?"

„Gar niemand", sagte Theo. „Ich mußte da einfach mal raus."

„Also hast du es nicht eilig?" fragte Lydia.

„Nein, im Moment habe ich's nicht eilig."

„Kannst du mich dann mitnehmen, zu Slick ? Ich habe keine Lust, schon wieder ein Auto zu klauen."

„Klar doch", sagte Theo. „Wo sind eigentlich deine Jungs?"

„Die sind wahrscheinlich schon dort."

Theo hatte sein Motorrad nicht weit vom Lord Baltimore Inn geparkt. Er wartete, bis Lydia hinter ihm aufgestiegen war, und ließ dann den Motor an. „Halt dich gut fest."

„Tu' ich doch."

Theo sah an sich herunter. Wehe, Lydia hielt sich nicht richtig fest! Ihre Arme reichten nicht um seinen Körper herum, aber sie klammerte sich mit ihren weißen Händen an seine Jacke. Theo paßte ausschließlich XXL. Diese Jacke war dicker als eine aus normalem Leder - verstärkt, um wenigstens Kleinkalibermunition oder eine Klinge abzuhalten. Auch das bißchen Blut, das man zum Heilen einer Wunde brauchte, konnte im Nahkampf wichtig werden. Theo wußte das sehr gut.

Hätte Theo nicht gewußt, daß Lydia hinter ihm saß, er hätte sie gar nicht wahrgenommen, als sie jetzt quer durch die Stadt rasten. Sie war klein und leicht wie eine Feder, aber Theo hatte schon erlebt, wie stark ihre leidenschaftlichen Worte auf ihre Anhänger wirkten - die Anarchen-Gruppe. Viele davon waren Brujah. Die meisten gehörten zu den jüngsten Kainskindern. Das relativ geringe Alter der Anarchen hing damit zusammen, daß sie eben Anarchen waren: Am Totempfahl nahmen sie einen niedrigen Rang ein und hatten keine Geduld für Kräfte, die an der Macht waren. Nur selten blieb ein Anarch über seine eigene Ära hinaus am Leben, es sei denn, er genoß den Schutz eines Prinzen oder irgendeines einflußreichen Herrschers.

Theo hatte Glück gehabt und hatte von einem Herrn den Kuß empfangen, der seinen Schützling über viele Jahre hinweg betreute und ausbildete. Heute gab es nicht mehr viele solche Herren mit soviel Geduld. Vielleicht war es aber auch so, daß die Jungen zu Lebzeiten sehr unabhängig waren und deshalb auch im Unleben eine große Unabhängigkeit wollten. Der Anarch wollte Freiheit, und zwar *jetzt*. Das paßte schlecht zu einem Herrn, der den „Kainsfluch" als Gabe betrachtete und der von seinem neuen Schützling sklavische Unterwerfung erwartete. Viele Kainskinder überlebten die Züchtigungen ihres Herrn nicht.

Theo sah über die Schulter zu Lydia. Normalerweise spielte der Archont nicht den Taxifahrer für sein Fußvolk, aber diese Frau hier hatte durchaus Format. Sie schien zur pragmatischen Sorte zu gehören, zu den Vernünftigen. Sie würde nicht auf Fallstricke hereinfallen und es zu etwas bringen. Oder eben auch nicht. Das würde sich zeigen. Jedenfalls war es am besten, sich nicht zu sehr von ihr faszinieren zu lassen.

Sie bemerkte seinen Blick und lehnte sich nach vorn, um näher an seinem Ohr zu sein und den Motorenlärm überschreien zu können. „Ehe du in die Versammlung kamst", rief sie in den Wind hinein, „redeten sie über Prinz Garlotte und über die Explosion."

„So?" fragte Theo gleichgültig.

„Sie sagten, es sei unmöglich ein Unfall gewesen. Viel zu groß für einen Unfall."

Theo nickte. Er hielt sein Gesicht zur Seite gedreht und beobachtete die Straße aus dem Augenwinkel.

„Es muß der Sabbat gewesen sein," fuhr Lydia fort. „Assamiten wären nicht so schlampig vorgegangen."

Theo nickte wieder und wandte sich nach vorn. Lydia hatte nichts gesagt, was er nicht schon wußte, und mit ihren wenigen Kommentaren hatte sie alles gesagt, was er herausfinden wollte. An ihr konnte er immer die Stimmung unter den Anarchen und auf der Straße ablesen. Lydia glaubte an das, was sie ihm sagte. Es schien ihr absolut glaubwürdig, daß der Sabbat in die Stadt geschlichen und den Prinz in die Luft gejagt haben könnte. Warum auch nicht? Es war genau der Verdacht, den Theo selber ausgestreut hatte.

Nach der Explosion war er aus den Hafenanlagen in den Westen der Stadt abgehauen und zehn Minuten später zurückgekommen, um den Behörden der Sterblichen zuzuschauen, wie sie den Schauplatz des "Unfalls" abriegelten. Unfall, so würde es in der Presse der Sterblichen genannt werden. Gainesmil war keineswegs glücklich über die Art, wie Isaac mit der ganzen Angelegenheit umging, aber er kannte Garlottes Verbindungen zum Stadtrat und zu den Medien. Er hatte darauf geachtet, daß keine weiteren Nachforschungen angestellt wurden. Gainesmil glaubte vielleicht nicht, daß Garlotte vom Sabbat zerstört worden war, aber der Toreador unterwarf sich der Parteilinie.

Gut für ihn, dachte Theo. Das ganze Getue um Garlotte diente ohnehin nur der Ablenkung. Theo vermied den Gedanken, daß er der Geschichte ein Ende hätte bereiten können, wenn er gewollt hätte.

Die beiden Brujah rollten nach Norden, zerfetzte Rauchschwaden hinter dem Motorrad, das die Ruhe der Nacht durchbrach. Sie brauchten nicht lang, bis sie den sanierten Inneren Hafen hinter sich gelassen hatten. Die Blöcke, die jetzt kamen, waren eine Mischung aus Büros, Antiquitätenläden, Restaurants und gepflegten Häuserreihen. Am Straßenrand stand eine Luxuskarosse nach der anderen: BMW, Mercedes, Geländewagen, Geländewagen, Geländewagen... Theo fragte sich, ob diese Leute im Ernst glaubten, sie bräuchten einen Allradantrieb für die Asphaltstraßen mit ihren paar Schlaglöchern.

Bald wichen diese privilegierten Viertel den weniger aufpolierten Gebieten. Hier war nicht alles frisch gestrichen und nicht jedes Graffiti war entfernt worden. Läden und Wohnungen waren mit Balken über den Fensterläden gesichert. Und die meisten Autos waren irgendwie zusammengeflickt, verschrammt und verbeult.

Beim Fahren dachte Theo jetzt nicht mehr an Lydia, sondern an ein anderes weibliches, bleiches Kainskind: Katrina. Eine beunruhigende Frage stieg immer wieder in ihm auf, die Frage nach ihr und nach dem, was er getan - oder besser nicht getan hatte. Während der letzten paar Nächte, als er auf Patrouille war oder auch bei Gainesmil, wo er sichergehen wollte, daß dieser keinen Verdacht schöpfte, hatte Theo die Frage immer weggeschoben, wie es nun mal seine Art war. Es gab einfach zu viele knifflige Einzelheiten, die einem im Lauf der Ewigkeit in die Quere kamen. Nach ungefähr zweihundert Jahren hatte Theo für sich entschieden: Man kann nicht auf jede Kleinigkeit Rücksicht nehmen. Das meiste ließ er erst einmal auf sich beruhen. Meistens erledigten sich die Dinge nach einiger Zeit von selbst. Je mehr Zeit verging und je weniger Beachtung man den Dingen schenkte, desto unwichtiger wurden sie, bis sie schließlich ganz vergessen waren. Den wirklich wichtigen Dingen konnte die Zeit dagegen nichts anhaben. Sie waren da und blieben hartnäckig. Solche Dinge verlangten nach einer Entscheidung.

Drei Nächte waren noch keine lange Zeit. Nicht lang genug, um einen Entschluß zu fassen. Aber die Ereignisse überstürzten sich in diesen Nächten. Die Welt sah jetzt ganz anders aus als noch zu der Zeit, als Theo zu den Untoten gestoßen war. Computertechnologien und der enorme Fortschritt im Kommunikationsbereich veränderten das Leben schneller als es die industrielle Revolution getan hatte. Das Leben wurde von Nacht zu Nacht schneller. Und mit dem Tod war es nicht anders.

Theo hatte sich besser angepaßt als manch anderer, besser als die meisten sogar. Er hatte sich nie aus der Welt zurückgezogen wie so viele der Kainskinder. In den meisten Nächten hatte er mit irgendjemandem Kontakt, Kainskinder oder nicht oder mit beiden. Viele der verbohrten Alten, mit denen er zu tun hatte, sprachen oft jahrelang mit niemandem. Theo schüttelte den Kopf. Nicht soviel nachdenken. Nicht soviel in sich hineinhorchen.

„Stimmt was nicht?" schrie Lydia durch das Gedröhne des Motors.

„Nee."

Nicht soviel nachdenken, dachte Theo. Wahrscheinlich denk' ich zuviel nach. Vielleicht werd' ich langsam alt.

Ob er nun zu alt war, ob drei Nächte zu kurz waren, um den nagenden Gedanken zu vergessen, die Frage nach Katrina beschäftigte ihn jedenfalls so stark, daß er regelrecht abgelenkt war - und Ablenkung war etwas, das er sich in Zeiten, in denen der Sabbat praktisch jede Nacht angriff, nicht leisten konnte, wenn er nicht selber in die Luft fliegen wollte.

Das Brummen des Motors hüllte Theo ein. Er hatte sich nicht ganz von seinen Gedanken forttragen lassen und nahm die Stadt um sich herum noch wahr - die rote Ampel, die Schlaglöcher. Aber das Motorengeräusch umfing ihn in seiner Innenwelt, in die er mit seinen Gedanken und Überlegungen abgetaucht war. Es war eine Welt, in der er sich immer noch nicht so ganz wohl fühlte, eine Welt, in der Blut und Fäuste nicht immer das Mittel der Wahl waren. All die Jahre als Sterblicher und viele Jahre als Kainskind hatte er von dieser Welt keinen blassen Schimmer gehabt. Viele Jahre hatte Don Cerro gebraucht, ihm diese Welt nahezubringen. Theos erster Impuls war immer Wut und Gewalt gewesen.

Aber Katrina gegenüber hatte er sich anders verhalten. Er hatte sie noch vor Augen, wie sie auf dem Steg stand und aus dem Schatten heraustrat. Sie war so ähnlich angezogen wie er selbst, was keineswegs ungewöhnlich war. Denn Baltimore war derzeit voll von Kainskindern, und man stieß garantiert an jeder Ecke auf einen Vampir in schwarzem Leder. Gab's sonst noch was?

Ja, sie hatte ihn daran gehindert, auf das Schiff zu gehen. Sie hätte sich genauso gut wegstehlen können. Dann wäre er an Bord gegangen und - boom, als Archont Fischfutter geendet. Aber sie hatte ihn gewarnt und wäre beinahe selbst dabei draufgegangen. Hatte er sie deshalb ziehen lassen? Das war es nämlich, was ihn beschäftigte - nicht was sie getan hatte, sondern wie er gehandelt hatte. Es war dumm gewesen, sie weggehen zu lassen. Es war eine Komplikation, die er sich nicht leisten konnte. Womöglich würde er sich noch mal in den Arsch beißen deswegen. Hatte er sie verschont, weil sie ihn verschont hatte?

Verdammt nochmal, das sieht mir doch nicht ähnlich, dachte er sofort. Er war nicht mehr so ein Hitzkopf wie in seiner Jugend, aber er war auch nicht sentimental geworden. Er würde bestimmt nicht zu heulen anfangen, wenn jemand Garlottes Tochter umlegte - aber *irgendwas* hatte ihn davon abgehalten, ihr den Schädel einzuschlagen, obwohl er genau das hätte tun müssen. Aber was nur?

Eigennutz? In gewisser Weise hatte Katrina Theo seinen Job erleichtert. Was die Pläne anging, die er und Jan geschmiedet hatten, wäre Garlotte ein gewaltiger Stachel im Fleisch gewesen. Jetzt war Isaac der neue Prinz, und es schien kaum denkbar, daß er ihnen so im Weg wäre wie sein Vorgänger.

Aber auch diesen Gedanken verwarf Theo im Grunde. Schließlich war er es gewöhnt, mit Hindernissen umzugehen. Das war sein Job. Dazu kam, daß die Camarilla langfristig ohne ihn schlechter dran war, egal wie unangenehm Garlotte geworden wäre. Immerhin stand er für Stabilität, und das war das Markenzeichen der Camarilla.

Was zum Teufel? fragte sich Theo angewidert. Er hatte natürlich keine komplizierten Rechnungen angestellt, als er beschloß, Katrina laufen zu lassen. Er hatte es nicht mal richtig *beschlossen*. Er hatte es einfach getan. Es war Instinkt. Wie bei dem verdammten Laster, der als Sabbat-Transport diente. Da hatte er auch sofort gewußt, daß etwas nicht stimmte. Aus dem Bauch raus. So machte er das, und meistens machte er seinen Job verdammt gut. Unzählige Male hatte er versucht, Don Cerro davon zu überzeugen, daß diese Entscheidungen aus dem Bauch seine besten waren.

Wenn man seinem Instinkt ganz unkritisch folgt, hatte Don Cerro immer erwidert, dann ist das für das Tier der erste Schritt zum Sieg.

„Ja, kann schon sein."

„*Was?*" schrie Lydia durch den Motorlärm.

„Nichts."

Theo setzte eine finstere Miene auf und beschleunigte ganz plötzlich bei einer gelben Ampel. Lydia mußte sich festklammern, um nicht runter zu fallen. Der Archont wollte nicht über Katrina nachdenken. Und erst recht nicht über sie reden. Noch ein paar Blöcke, und sie waren bei Slick angekommen. Jetzt waren andere Dinge wichtig. Er fuhr an den Randstein.

In diesem Stadtteil war alles voller Graffitis; beschmierte Wände waren die Norm, nicht die Ausnahme. Manche waren bunt und künstlerisch, andere ziemlich grell und gewalttätig. Von den Häuserreihen, sofern sie nicht ganz verlassen und mit Brettern vernagelt waren, bröckelte der Putz und blätterte die Farbe ab. Es gab mindestens doppelt soviel Pfandhäuser wie Lebensmittelläden. Die wenigen Autos, die auf der Straße parkten, waren entweder Schrottkisten oder Kleintransporter - die Drogenhändler brauchten schließlich viel Platz für den Stoff und ihre Waffen.

Von außen sah das Slick genauso aus wie die ganzen anderen heruntergekommenen Häuserreihen. Ein stiernackiger Weißer in Jeansjacke und schwarzer Mütze saß beim Eingang. Er beobachtete Theo und Lydia, als sie näher kamen.

„Paß auf meine Maschine auf, Jeb" sagte Theo.

„Aber klar doch", sagte Jeb, und dann zu Lydia: „He, Süße!"

Sie zeigte ihm den Mittelfinger. „Paß auf die Maschine auf, Dummkopf."

Innen sah es schlimmer aus als von außen. Das vordere Zimmer war wie ein Wrack mit alten, zerrissenen Polstermöbeln. Zerknüllte Zeitungen lagen auf dem Boden, auf den Sofas und Sesseln. Im Raum verstreut standen eine Handvoll Aschenbecher - alles Notbehelfe wie Plastiktassen, Flaschendeckel, eine Sardinenbüchse, in der noch ein paar Sardinen lagen. Alle quollen über vor Asche und Zigarettenkippen. Hinter dem Vorderzimmer - war buchstäblich nichts mehr. Kein Haus mehr. Genau wie bei den beiden benachbarten Häusern auf der rechten und den drei Häusern auf der linken Seite. Nur die Endhäuser des Blocks waren noch intakt. Die sechs Häuser in der Mitte bestanden praktisch nur noch aus Fassade.

Das Innere des Häuserblocks war nach vorne durch die Fassaden abgegrenzt, zu den Seiten hin durch die beiden erhaltenen Häuser und nach hinten durch eine hohe Ziegelmauer mit zwei großen Toren. Innen war alles vollgepackt mit Autos, die zur Reparatur herumstanden.

Auf der rechten Seite hatte jemand eine provisorische Hebebühne eingerichtet. In der Mitte standen zehn Autos eng zusammen geparkt. Die meisten ziemlich verbeult. Einige waren mit Einschußlöchern übersät. Windschutzscheiben waren gebrochen oder ganz zerschmettert. Auf der linken Seite arbeiteten einige Männer an Karosserien. Andere waren mit Spritzlackieren beschäftigt. Theo blieb einen Moment lang stehen und schaute den verschiedenen Kainskindern und Ghulen bei der Arbeit zu.

Bei der Menge von Polizeistreifen jede Nacht und den vielen Zusammenstößen mit dem Sabbat - die alle gewalttätig und meistens mit Schießereien verbunden waren - mußte man die Autos schnell auswechseln. In den ersten Wochen, als der Sabbat gerade die Ostküste von Atlanta nach Washington D. C. entlang vorgerückt war, waren Theo und seine Truppen jede Nacht nach Süden gefahren, um die schlecht organisierten Sabbat-Streitkräfte in der Hauptstadt herauszufordern. Dabei drangen sie oft tief bis in den Verkehrsgürtel der Stadt vor. Wenn man so weit wie möglich hineinkommen wollte, durfte man nicht jedesmal dasselbe Auto fahren. Ein bißchen Farbe oder ein neues Nummernschild tun es oft schon, aber manchmal war das Auto auch ein wenig ramponiert. Einschußlöcher waren verdammt verräterisch und ein rotes Tuch für die Bullen und den Feind. Man konnte sich die Autos natürlich auch stehlen, und die Camarilla vergrößerte ihre „Flotte" ständig, um Fahrzeuge mit Totalschaden zu ersetzen, aber die Autodiebstahlquote hatte sich in den vergangenen Monaten bereits verdreifacht. Etwas so Banales wie gestohlene Autos in dieser Größenordnung stellte dennoch eine Gefährdung der Maskerade dar. Also hatten sich Theos Jungs auf Recyceln eingestellt, und Slick war ihr Chef.

„Mann, Theo!" Der alte Farbige grinste unter seiner hochgeschobenen Schutzbrille. In seinem Goldzahn spiegelten sich blau-orangefarbene Lichter von dem zischenden Lötkolben, den er in der Hand hatte. "Bist du gekommen, weil du mir sagen willst, daß ich nicht schnell genug schaffe?"

Sein Grinsen wurde noch breiter und entblößte einige Lücken rund um den glänzenden Goldzahn. „Versucht lieber mal, nicht so viele Autos zu Schrott zu fahren!"

„Ich war nur gerade in der Nähe", sagte Theo.

„Scheiße."

Theo ging langsam auf den Automechaniker zu. Slick ging leicht gebückt. Das war schon immer so. Er hatte einen großen Knubbel am Rücken - eine gekrümmte Wirbelsäule, vielleicht von einer Verletzung, irgendsowas. Theo wußte es nicht genau und er hatte nie einen Grund gesehen, danach zu fragen. Aber er hatte einmal mitbekommen, wie irgendein dummer Hurensohn „du Krüppel" zu Slick sagte. Das Wort war nicht so schnell draußen wie Slicks Reaktion, und soweit Theo wußte, hatte sich seither keiner mehr getraut, auf Slicks Buckel anzuspielen - was Theo daran erinnerte, daß...

„Machst du bitte das Ding da aus", bat Theo. Es war eher eine Aufforderung als eine Frage.

Slick grinste noch breiter und stellte das Gas für die Lötlampe ab.

„Welcher dumme Hurensohn von einem Kainskind benutzt hier einen Schweißbrenner?" fragte Theo und schüttelte den Kopf.

„Du schätzt mich doch gerade deswegen", sagte Slick. Er nahm die Schutzmaske ganz ab und strich sich das dünne, schmierige Haar zurück.

„Ja, klar." Theo legte seinen Arm um Slick, der viel kleiner war als er selbst, und führte ihn ein wenig abseits, wo sie niemand belauschen konnte. Im Gehen warf Theo einen Blick auf die einzelnen Autos und erinnerte sich an die Zwischenfälle, deretwegen sie jetzt hier instandgesetzt werden mußten. Reggie und Eustace hatten den Dodge Pickup auf eine Zementwand gesetzt; der Camaro hatte ein paar harte Schläge in einem Feuergefecht in Sandy Springs abgekriegt; Lydias Pontiac war zerschossen worden; der Pinto - *Gottverdammt noch mal, warum bloß?* - ging auf Roughnecks Konto. Unter den fast zwanzig Autos in der Werkstatt gab es nur einen, den Theo nicht kannte.

„Ihr seid zwei Idioten", hörte Theo Lydias Stimme über den Lärm der laufenden Motoren und die Hammerschläge. Ein paar aus ihrer Bande waren da und schauten zu, wie der Grand Am gerade fertig gemacht wurde. Ihr Zusammentreffen mit Lydia verlief wohl nicht sehr harmonisch.

„Du und deine Jungs, ihr macht gute Arbeit", sagte Theo zu Slick und drückte seine Schulter, bis der Ältere eine Grimasse zog. „Wie sieht's denn so aus?"

Ohne Kommentar hörte sich Theo Slicks Bericht über die Autos an: Welche schon fertig waren, welche noch repariert werden mußten und welche nur noch zum Ausschlachten gut waren. Als Slick mit seinem Bericht zu Ende war, stellte Theo ein paar Fragen - über PS und welche Kainskinder die am schwersten demolierten Autos vorbeibrachten - alles nur zur Bestätigung dessen, was er schon wußte.

„Übrigens", setzte Theo hinzu, als sie alles besprochen hatten, „wer zum Teufel fährt eigentlich einen Lexus?"

Er starrte auf den einzigen Wagen, den er nicht kannte. Er war mit einer Plane zugedeckt, aber Theo erkannte die Marke am Umriß. Vielleicht hatte ihn jemand zum Spaß gestohlen, oder vielleicht...

Slick zögerte. „Niemand. Einer von ganz oben."

„Wer?"

„Na ja... streng geheim. Einer von denen halt."

Theo legte seinen Arm um Slick, drückte aber nicht. „Wer?"

Slick zögerte wieder, kam aber rasch zu dem Schluß, daß sich ein Theo Bell nicht mit einem 'streng geheim' zufriedengeben würde. Jedenfalls nicht, wenn er was wirklich wissen wollte. „Pieterzoon."

„Pieterzoon? Er hat doch schon Autos. Er hat ein paar eigene mitgebracht."

Slick zuckte die Achseln. „Keine Ahnung." Er spürte, wie Theos Blick eisig wurde. „Ich meine... ich meine, ich *weiß* es nicht", verbesserte sich der Mechaniker. „Vielleicht will er nur angeben. Das kann er auch, weil er das ganze Zeug dafür hat: Schußsichere Reifen, Panzerung, kugelsicheres Glas..."

„Wann holt er ihn ab?"

„Der ist noch nicht fertig. Noch ein paar Nächte", sagte Slick. „Schau. Ich ruf die nicht an. Seine Männer setzen sich mit mir in Verbindung. Er will, daß wir *ihnen* das Ding übergeben."

„Mit wem hast du gesprochen?"

Slick fuhr sich mit den Fingern erneut durchs Haar und machte sich den Kopf damit noch fettiger. „Eines dieser kleinen Arschlöcher. Ich weiß nicht wer."

„Van Peel?"

„Ja, kann sein. Hört sich richtig an."

Theo wußte nicht, was er davon halten sollte, und er wußte auch nicht, warum ihn das störte. Nachdem er angegriffen und fast vollkommen eingemacht worden war, hatte Jan ein paar von seinen eigenen, auffrisierten Autos aus Amsterdam importiert. Warum mußte ihm Slick jetzt noch eins herrichten, und warum mußte es so klammheimlich sein?

„Ich sag dir was", wandte Theo sich an Slick. „Wenn du diesen Anruf kriegst, läßt du es mich wissen - und zwar sofort. Verstanden ?"

„In Ordnung."

„Gut." Theo klopfte ihm auf die Schulter und wollte schon weggehen, blieb aber nochmal stehen und drehte sich um. „Ach, und noch was."

„Ja?"

„Vorn im Laden." Er deutete über seine Schulter zurück. „Zigaretten und Müll überall. Wenn ich in den Nachrichten höre, daß es hier ein Feuer gegeben hat und die Bullen und Feuerwehr hier zu Besuch waren, tret' ich Dir in deinen verdammten Arsch." Theo drehte sich um und ging.

Lydia folgte Theo in Slicks Werkstatt. Jeb saß wie immer vor der Tür und benahm sich wieder mal wie ein Arschloch. Fast erwartete Lydia schon, daß Theo den Typ ohrfeigen oder ihn mit seinem eiskalten Blick in die Knie zwingen würde. Aber Theo ignorierte ihn einfach. Nicht daß es Lydia was ausgemacht hätte. Jeb war es einfach nicht wert, daß Theo seine Zeit wegen ihm vergeudete. Sie war es nur langsam müde, Theo nicht richtig einschätzen zu können. Nie konnte man bei ihm sagen, was er tun oder lassen würde. Manchmal beschützte er sie. Dann wieder ließ er sie ganz allein. Lydia wünschte sich, seine Reaktionen besser vorhersehen zu können.

Wenn sie mit dem Archont zusammen war, hatte sie immer das Gefühl, sie würde zuviel reden. Wie eben auf dem Motorrad. Mit anderen Leuten ging ihr das nie so. Sie war bestimmt keine Quasselstrippe, aber Theo brachte es irgendwie fertig, daß sie sich geschwätzig vorkam. Vielleicht weil er sich selbst selten die Mühe machte, einen ganzen Satz zu grummeln. Manchmal wiederum tat er es. Auch das war bei ihm schwer vorauszusehen.

Auf dem Weg hierher wollte sie sich eigentlich nur ein bißchen nützlich machen. Er hatte sie gebeten, auf das Treffen zu gehen, weil er selber erst später kommen konnte. Da dachte sie natürlich, er wollte erfahren, was dort vorgegangen war. Aber er schien gar nicht daran interessiert. Oder vielleicht hatte er sie in dem Motorenlärm gar nicht hören können.

Was soll's.

Bei Slick sah Lydia sofort ihre Gang. Sie waren die einzigen, die nicht arbeiteten. Slick hatte seinen Laden fest in der Hand. Seine Leute machten ihre Arbeit gut und sie hielten sich ran. Lydias Kerle waren Trottel. Zwei von den Dreien jedenfalls. Während Theo mit Slick sprach, ging Lydia auf den Grand Am zu, der offenbar schon fast fertig war. Der Lack sah gut aus. Die Kotflügel waren gut repariert. Es mußte nur noch eine neue Windschutzscheibe rein und die Nummernschilder ersetzt werden.

Als Frankie sie sah, begann er zu kalauern: „Lydien, ach Lydien, sie schenkte mir ihre Chlamydien... " Wenn es um Zoten ging, war Baldur immer dabei - jetzt lachte er hysterisch.

„Ihr seid zwei Idioten", sagte Lydia. „Welches von euch Arschlöchern hat denn heute sein Gehirn dabei, laßt mich mal raten - ich wette, ihr habt es beide zuhause gelassen."

Frankie schlug sich auf die Brust und stolperte zurück bis an die Wand. „Oh! Jetzt hast du mich aber *verletzt!*"

„Verletzt, ja?" Lydia zeigte ihm den entsprechenden Finger und ging weiter zu dem vierten Mitglied ihres Teams, Christof. Sein wirres rotes Haar hatte er zusammengebunden. Er saß auf einer Kiste an der Wand, und sein Regenmantel war fast wie ein Zelt um ihn ausgebreitet. Lydia sah, daß er deprimiert war - wie so oft. Er starrte versunken in eine Radkappe des Pontiac.

„Was ist los?" fragte Lydia. „Setzt du schon langsam Rost an?"

Christof nickte ihr stumm zu. Sein Ausdruck veränderte sich keine Spur. Lydia wartete, die Hände auf den Hüften, aber er blies einfach weiter Trübsal.

„Also, was ist?" fragte sie. „Warum schärfst du nicht dein Schwert oder machst einfach irgendwas?"

„He, Lydia", rief Baldur, der sich von seinem Heiterkeitsanfall erholt hatte. „Warum sollen wir eigentlich losziehen, wenn alle andern daheim bleiben?"

„Was redest du da, zum Teufel? Wer geht nicht raus?"

„Alle. Ich meine niemand. Niemand geht raus." Baldur hielt inne und kratzte sich verwirrt am Kopf.

Lydia seufzte und sagte mit Betonung auf jedes einzelne Wort: „Wer... zum Teufel... geht... nicht... auf... Patrouille?"

„Also... Jasmine meint, wir sollten es lassen."

„Jasmine erzählt viel."

„Ja, aber... ich meine, also was hat denn die Camarilla schon mal für uns getan?"

Frankie murmelte zustimmend.

Lydia sah die beiden ungläubig an. „Gut. Theo ist grad hier. Wollt ihr's ihm gleich selbst sagen?"

Baldur öffnete den Mund, wußte aber nicht was er sagen sollte.

Lydia zwinkerte ihm zu. „Das hab ich mir gedacht."

"He, wir sind der Camarilla gar nichts schuldig", sagte Frankie beleidigt.

„Frankie, was zum Teufel glaubst du, was passiert, wenn wir nicht auf Patrouille gehen? Willst 'ne Party geben? Mit ein paar süßen Jungs ? Und was ist *danach*, wenn der Sabbat in der Stadt ist - und dich an einem Fleischerhaken aufhängt wie das häßlichste schrumpelige Stück Fleisch der Welt?"

„Ich bin nicht häßlich."

„Ich finde, er ist eher ein Würstchen", sagte Baldur.

„Ihr zwei habt euer Hirn wirklich zuhause vergessen, hm?" seufzte Lydia und wandte sich wieder an Christof.

Frankie und Baldur grummelten leise hinter ihr her.

„Also wenn Jasmine das gesagt hat, isses richtig."

„Paß auf dich auf, Christof", sagte Lydia. "Diese beiden denken so angestrengt nach, da muß man sich direkt in Acht nehmen."

Christof achtete nicht auf sie. Er schien gar nichts zu hören. Lydia nahm einen ölverschmierten Lappen und warf ihn ihm ins Gesicht. „He, du", schrie sie ihn an. „Was zum Teufel ist los mit dir? Herrgott nochmal, was für eine verdammte Blutverschwendung du doch bist."

„He, ihr vier Wichser da hinten", kam jetzt Slicks Stimme über den Hof. Lydia drehte sich um und sah, wie Theo gerade wegging. „Kriegt eure Ärsche hoch", sagte Slick, „und macht mal alles schön sauber. Kippt die Aschenbecher auf die Straße oder sonst wohin."

„Sehe ich aus wie dein Dienstmädchen?" fragte Frankie.

„Oh, entschuldige", sagte Slick. „Robbie, mach schon, den Grand Am machen wir später. Wir haben noch über fünfzig andere Autos, die vorher dran sind. Oder noch besser, mach den gottverdammten Aschenbecher sauber, denn genau darin wird dieser Wichser einmal landen."

Lydia klopfte Frankie auf den Kopf. „Wir sind schon dabei, Slick." Dann drehte sie sich zu Frankie um und gab ihm noch einen Klaps. „Möchtest wohl gern einmal nach Fort Meade laufen und wieder zurück? Also los. In zwei Minuten ist das alles aufgeräumt, du faules Ei. Oder willst du's dir mit ihm verscherzen?"

Frankie und Baldur - und sogar Christof - folgten ihr jetzt fast ohne Murren.

Sonntag, 17. Oktober 1999, 1:12 Uhr
In einer unterirdischen Grotte
New York City, New York

Langsam fügten sich die Puzzleteile zusammen, aber das konnte Calebro kaum trösten. Nach jahrelanger Arbeit war er fast am Ziel, und doch fühlte er, wie Dinge, die außerhalb seines Einflußbereichs lagen, immer wieder gegen ihn arbeiteten und damit die Dinge unnötig und hoffnungslos komplizierten. Gottseidank würde Emmet bald zurückkommen. Seine Aufgabe mit Benito hatte er fast erfüllt. Vielleicht würde die Anwesenheit seines Ziehbruders den Druck vermindern, der auf ihm lastete wie die Tonnen von Erdreich über seinem Kopf.

In der Zwischenzeit versuchte Calebro die Spannung zu lockern so gut er eben konnte - er zerriß Modemagazine. Stumpfe Scheren, eine Rasierklinge, seine eigenen Klauen, und manchmal preßte er sogar sein Gesicht aufs Papier und hinterließ einen Bißabdruck im glänzenden Gesicht einer Frau oder in einem perfekten, straffen Körper. Er wußte noch nichts von den allerneuesten Nachrichten seiner Clangenossen.

17.10.1999
Betr.: Prophet von Gehenna

10/16 Jeremias berichtet – nachdem er Anatole wochenlang angeleitet hatte, sah der Prophet Jeremias (für wen war er?) und schickte ihn weg; Jeremias war nicht in der Lage zu widerstehen. *Das überrascht nicht*
Anatole blieb in der Höhle zurück.

Der Bericht ist im Ton ziemlich durchgedreht; ist J. vielleicht einfach urlaubsreif? *Sind wir das nicht alle, verdammt?!*
Anatole müssen wir im Auge behalten.

Ramona spricht davon, in die Höhle zurückzukehren; vielleicht könnte Hesha mitkommen?

Sonntag, 17. Oktober 1999, 22:48 Uhr
Präsidentensuite, Lord Baltimore Inn
Baltimore, Maryland

„Sag das noch einmal!"

„Kardinal Ambrosio Luis Monçada wurde vernichtet."

Ja. Jan Pieterzoon hatte genau das gesagt, was Theo schon gehört hatte, und seine Worte waren beim zweiten Mal nicht weniger schockierend.

„Und wie?"

„Von den Assamiten. Fatima al-Faqadi."

„Scheiße." Theo setzte sich in den Sessel gegenüber Jans Schreibtisch. Diese Zimmerflucht im siebten Stockwerk hatte bis vor kurzem Prinz Garlotte gehört. Nach seinem Umzug in das restaurierte Schiff hatte er sie Jan überlassen - eine Entscheidung, die ihm nicht gut bekommen hatte. Jan hatte es sich in der neuen Unterkunft bequem gemacht und konnte mit der Pacht von Garlotte wahrscheinlich so lange hier bleiben, wie er wollte. Theo schätzte, das würde nicht mehr allzu lang sein.

„Hast du sie je getroffen? Fatima?" fragte Theo.

Jan schüttelte den Kopf.

„Ich auch nicht", sagte Theo. „Und weißt du was? Ich weiß nicht einmal, ob ich das überhaupt will."

„Da stimm ich dir zu."

„Scheiße", sagte Theo wieder. „Sie hat Monçada erledigt. Bist du ganz sicher?"

„Hundert Prozent." Jan nahm seine Brille ab und legte sie auf den Schreibtisch. „Einzelheiten wissen wir noch nicht viele. Wir wissen nicht genau, wann es passierte, aber die Quellen sind zuverlässig. Assamiten prahlen nicht mit Sachen, die sie nicht gemacht haben - auf lange Sicht schadet das nämlich dem Geschäft."

„Scheiße."

Der Name Ambrosio Luis Monçada sagte einem normalen Kainskind vielleicht nicht viel, zumindest in den Vereinigten Staaten, aber in europäischen Kreisen war der Kardinal seit langem wohlbekannt. Lange vor Theos Zeit. Monçada war wahrscheinlich eins der mächtigsten Mitglieder des Sabbat in Westeuropa - oder er war es gewesen, wenn es stimmte, was Jan sagte.

Theo zog eine Zigarette heraus und zündete sie mit einem Streichholz an. „Weißt du, für wen Fatima gearbeitet hat?"

„Nein."

„Nicht für uns?"

„Ich glaube kaum, daß wir sie hätten bezahlen können."

„Da hast du vermutlich recht", sagte Theo. Die Assamiten arbeiteten für Blut; je älter und mächtiger, desto besser.

Wenn man eine Spitzenkraft wie Fatima für die Jagd auf ein so hohes Tier wie Monçada anheuern würde, dann würde das Kains letzten Pfennig verschlingen. „Ich wette, sie hat es einfach aus Großherzigkeit getan."

Theo beobachtete Jan, konnte aber nicht sagen, ob der Ventrue mehr wußte als er zugab. Vielleicht, vielleicht auch nicht. Jan ließ sich nicht leicht nervös machen. Als er sich einer aufgebrachten Menge von geflüchteten Kainskindern gegenübersah, hatte er sie am Ende für sich gewonnen und sogar ihr Vertrauen erlangt. Er hatte bei dieser schwierigen Aufgabe immer einen kühlen Kopf bewahrt. Und er hatte einen kühlen Kopf bewahrt, als er die Ereignisse so manövrierte, daß Victoria, eine Rivalin und ewiges Ärgernis zugleich, weggeschickt wurde, um eine Sabbat-Stadt auszuspionieren. Er war auch dann noch cool geblieben, als die Sabbat-Schlagtruppe ihn zusammengeschossen hatte und er nur noch einen Herzschlag vom endgültigen Tod entfernt war.

„Gute Zeiten für Assassinen", sagte Theo. „Fatima erledigt Monçada. Irgend jemand vom Sabbat hat dir die Schweinehunde auf den Hals gehetzt. Und es ist noch nicht einmal einen Monat her, seit Lucita Borges in den Würgegriff genommen hat."

Jan zog die Augenbrauen hoch, dann tat er Theos Kommentar ab. „Krieg ist nun mal so."

„Tja, das denk' ich auch." Theo schmunzelte in sich hinein. Jan würde ihm natürlich nicht erzählen, ob er nun Lucita angeheuert hatte oder nicht. Die zwei hatten einiges gemeinsam, und das war nicht immer nur Gutes. Die Frau war ein Killer mit einem Namen und einem Ruf, der bestimmt soviel Furcht hervorrief wie Fatimas, und sie war in den vergangenen Monaten Dutzende von Malen überall an der Ostküste, von Miami bis nach Boston, gesehen worden. Aber wer konnte schon genau sagen, welche Berichte stimmten und welche vielleicht nur irgendwelchen überhitzten Fantasien entsprangen? Sie hatte mehrere Sabbat-Gangster platt gemacht, den ehemaligen Erzbischof von Miami, Borges, eingeschlossen. Das hatte fast dem gesamten Sabbat einen heiligen Schrecken eingejagt. Theo konnte ein Lied davon singen, wie nervös der Sabbat geworden war, seit sich die Gerüchte von Lucitas Aktivitäten verbreiteten. Es klang ganz nach dieser Art von Irreführung - Jan nannte es manchmal die „Maximierung der Ressourcen" -, hinter der der Ventrue her war. Jan sagte natürlich nichts, und Theo fragte nicht. Aber es gab noch etwas, das Theo zu denken gab, als Jan auf das Thema zu sprechen kam.

„Monçadas Vernichtung, hat die eine Auswirkung auf uns?" fragte Theo.

„Vielleicht. Aber es kann nur hilfreich sein."

Theo nickte. Also hatte Jan einigen Grund für die Annahme, daß Monçada seine Finger in nordamerikanischen Angelegenheiten hatte. Warum hätte der Ventrue sonst so etwas erwähnen sollen, wenn Theo es doch möglicherweise auch selbst herausfinden konnte? Monçada hatte also auch in Nordamerika mitgemischt. Das paßte nicht zu ihm.

Daß der Kardinal wurde, muß dem fetten Bastard ja einen verdammten Kick gegeben haben, dachte Theo.

Daß Monçada die Finger im Spiel hatte, erklärte nun auch, warum Vykos in den Staaten operierte. Dieser Tzimisce hätte von sich aus nie das politische Geschick gehabt, einen Waffenstillstand zu verhandeln, und erst recht nicht ein Bündnis zwischen Polonia und Borges zustande zu bringen. Aber wenn Monçada hinter dem Deal stand...

„Hmm." Theo rieb sich das Kinn.

„Ja, es könnte uns helfen. Zumindest schadet es nichts."

„Stoßen sie immer noch so heftig nach Norden vor?" fragte Jan.

„Es wird immer schlimmer."

„Wie lang wird's noch dauern, bis sie den zweiten Straßengürtel so bedrängen, daß wir uns weiter zurückziehen müssen?"

Theo zuckte die Achseln. „Vielleicht eine Woche."

Jan dachte einen Moment nach, verglich Theos Worte mit seiner eigenen Einschätzung und nickte dann.

„Danach", fuhr Theo fort, "würde ich schätzen ... noch eine Woche. Vielleicht zwei. Wird das reichen?"

Jan stand von seinem Schreibtisch auf und ging zerstreut zu einem anderen Tisch, auf dem eine Kristallkaraffe stand. Eigenartigerweise war diese Karaffe nicht mit Blut gefüllt. Jan nahm den Stöpsel ab und sofort vernahm Theo den Geruch starken Scotchs. Jan schenkte sich ein Glas ein, setzte es an die Lippen und nippte daran. Sanft schwenkte er den Whiskey im Glas und nahm mit geschlossenen Augen einen tiefen Atemzug über dem Glas.

„Zwei Wochen", sagte er und hielt die Augen immer noch geschlossen. „Von nun an brauche ich zwei Wochen. Kannst du mir das garantieren?"

Theo machte eine Pause, bevor er sprach. Er war nicht der Mann für Versprechungen und Garantien, aber der Plan, den er und Jan vorhatten, erforderte gewisse Voraussetzungen, die absolut eingehalten werden mußten. Das Timing war äußerst wichtig. Theo bewegte sich auf einer dünnen Linie: Einerseits mußte der Sabbat zurückgehalten werden, andererseits sollte er herangelockt werden. Jan hatte andere Aufgaben, die genauso wichtig waren, und er konnte zweifellos am besten beurteilen, wieviel Zeit er brauchte.

„Wenn du zwei Wochen brauchst, kriegst du zwei Wochen", sagte Theo.

Jan wirkte beruhigt und setzt sich wieder. Er nahm einen winzigen Schluck Whisky und stellte dann das Glas auf den Tisch. „Wie geht's mit Isaac? Kann man gut mit ihm arbeiten?"

„Ganz gut, ja. Er und Gainesmil mischen sich nicht in die Verteidigung ein, seitdem wir sie in die ursprüngliche Planung mit einbezogen haben. Und ich weiß ungefähr soviel über die Stadt wie sie. Ab und zu haben sie Vorschläge. Dann höre ich zu und nicke und tu dann genau das, was ich ohnehin vorhatte."

„Also ist es ihm nicht in den Kopf gestiegen, daß er Prinz geworden ist?" fragte Jan.

„Oh doch. Aber das ist mir egal. Er läuft gern herum und spielt den Prinzen. Du weißt schon, einmal mischt er sich unter die armen Flüchtlinge und dann hält er mal wieder 'ne anfeuernde Rede vor den Truppen. Diese Art von Scheißdreck halt."

Theo lehnte sich in seinem Sitz nach vorn. „Sag mal - ich bin einfach neugierig: Was für Häppchen hast du Gainesmil hingeworfen, um ihn dazu zu bringen zurückzutreten? Ich weiß doch genau, daß du ihn zuerst aufgestellt hattest, bevor du Goldwin vorgeschlagen hast."

„Ich habe ihm bloß eingeschärft, wie wichtig es in diesen unsicheren Zeiten ist, daß in der Führungsspitze Eintracht herrscht", sagte Jan mit unbewegtem Gesicht.

„Und…"

„Und ich habe ihm meine volle Unterstützung zugesichert, wenn die Zeit für einen Nachfolger von Prinz Goldwin gekommen ist."

Theo nickte und lehnte sich wieder in seinen Sessel zurück. Die Langlebigkeit von Isaac konnte man getrost in Frage stellen, und es würde auf alle Fälle leichter sein, die direkte Nachfolge eines schwachen Prinzen anzutreten als auf einen wie Garlotte zu folgen. *Es hört sich gut an*, dieser Handel mit Gainesmil. Das war das Schönste daran. Theo entschied, daß er keinesfalls den Moment verpassen wollte, in dem Gainesmil dämmern würde, wie total er von Pieterzoon ausgebootet worden war.

„Weißt du", sagte Jan, hob sein Glas und machte eine leichte Bewegung zu Theo hin, als ob er mit ihm anstoßen wollte, „den Titel des Prinzen hättest du dir eigentlich erobern können."

„Hmm. Also das muß ich mir nicht antun. *Falls* ich jemals Prinz sein wollte - was nicht der Fall ist -, will ich mich nicht von einem Malkavianer aufstellen lassen. Herrgott nochmal." Sie schmunzelten beide. „Noch etwas?" fragte Theo.

„Eins noch. Ich höre, es gibt Unmut an der Basis."

Theo stand auf. Er streckte sich und ließ seine Fingerknöchel knacken.

„Laß sie murren."

„Sollen sie ruhig."

„Sollen sie", echote Theo und ging zur Tür. Dann blieb er nochmal stehen und drehte sich zu Jan um. „Ach ja. Wenn unser Umkreis jetzt schrumpft, wird es immer wahrscheinlicher, daß irgendein Sabbat-Arschloch weiter in die Stadt vordringt und auf jemanden schießt. Ich sollte ein paar Leute zur Sicherheit für dich bereitstellen."

„Das brauchst du nicht", sagte Jan. „Setz die Leute lieber für die Patrouille ein. Außerdem habe ich nicht vor wegzufahren, und Anton und Isaacs Männer haben das Baltimore Inn fest abgeriegelt."

Theo runzelte die Stirn. „Wie du meinst." Er schloß die Tür hinter sich.

Theo nahm das Klingeln des Aufzugs in jedem Stockwerk nur undeutlich wahr, als er nach unten fuhr. Etwas anderes ging ihm indessen nicht aus dem Kopf. Es war einer der letzten Sätze, die Jan soeben gesagt hatte: *Ich habe nicht vor wegzufahren.*

Vielleicht war dieser Satz wahr. Aber Theo hatte im Lauf der Jahre viele Ventrue kennengelernt. Er hatte jetzt auch schon mehrere Wochen eng mit Jan zusammengearbeitet und hatte das Kind von Hardestadt in Aktion erlebt. Pieterzoon hatte die meiste Zeit einen eifersüchtigen und defensiven Garlotte favorisiert, dann dasselbe mit Gainesmil gemacht, einem Toreador von Rang. Jan hatte Victoria aus dem Rampenlicht gedrängt und dann gleich ganz aus dem Staat. Und was war mit Theo selber? Er machte dem Ventrue keine Sorgen. Er spielte einfach mit.

Genau deswegen macht es Sinn, was der Typ anstellt, dachte Theo. Er hatte keine Probleme mit seinem Job, auch wenn es diesmal heißen würde, einem Ventrue freies Geleit zu geben. Es lief doch alles darauf hinaus: Theo war dazu da, die Angriffe des Sabbat abzublocken, wo er nur konnte. Jan war aus dem gleichen Grund in Baltimore, und die beiden waren die meiste Zeit auf der gleichen Wellenlänge. Also kein Verrat an der Sache.

Nein, dachte Theo. *Verraten würde ich mich, wenn ich Archont bliebe unter einem Pascek als Justicar.* Aber das war etwas ganz anderes. Es ging um Jan, und das beschäftigte Theo im Augenblick am allermeisten.

Ich habe nicht vor wegzufahren, hatte er gesagt.

Also warum, fragte sich Theo, richtet dir Slick dann einen Lexus her ?

Vielleicht gab es dafür ja einen ganz normalen und legitimen Grund. Deshalb hatte Theo das Gespräch eher beiläufig darauf gebracht - um sich die Sache von Jan im Lauf einer normalen Unterhaltung erzählen zu lassen. Er hoffte nicht, Jan bei einer Lüge zu ertappen. Hoffentlich *nicht*. Es war immer noch denkbar, daß Jan die Wahrheit sagte, und daß die Geschichte mit dem Auto einfach ein Zufall war. Aber falls irgendwas gemauschelt worden wäre und Theo hätte direkt danach gefragt, dann hätte er die Wahrheit nie herausgefunden - oder erst wenn es zu spät war. Jan hätte es vertuscht, hätte seine Pläne umgekrempelt oder sich sonst was einfallen lassen. Jetzt konnte Theo wenigstens seine Augen offen halten. Denn ein Arbeitsverhältnis, wie er es momentan mit Jan pflegte, war nicht gerade getragen von gegenseitigem Vertrauen. Da gab es jede Menge Möglichkeiten, saftig reingelegt zu werden.

Wir sind Kainskinder. Wir trinken Blut. Wir legen Leute um.

So einfach war das. Und Theo sorgte schon dafür, daß nicht er es sein würde, der umgelegt wurde.

Der Lift kam zum Stehen, klingelte und das „L" über der Tür leuchtete auf. Theo schenkte dem Hotelpersonal in Pagenuniformen aus Kolonialzeiten keine Beachtung, als er durch die Lobby schritt. Vor dem Hotel stand Lladislas und unterhielt sich mit einer niedlichen kleinen Parkwächterin. Der ehemalige Prinz von Buffalo brachte wohl nichts von seinem Kainskinder-Charme ins Spiel, denn das Mädchen, fast noch ein Teenager, wußte ganz offenbar nicht, was sie mit diesem Herrn mittleren Alters anfangen sollte. Sie blieb höflich und unverbindlich, während Lladislas ihr unbehaglich zu Leibe rückte.

„Ja klar", sagte Lladislas mit dem Nachdruck, den er grundsätzlich an den Tag legte. „Der Verbrennungsmotor hat die Welt verändert. In *so vieler* Hinsicht."

„Sie sagen es", meinte das Mädchen nur. Ihr Arbeitskollege war nicht zu sehen, also war sie auf sich selbst angewiesen. Auf der Suche nach einer geeigneten Entschuldigung, um Lladislas loszuwerden, fiel ihr Blick auf Theo, als er aus dem Hotel trat. Genau in dieser Sekunde sah ihn auch Lladislas, der den Augen des Mädchens gefolgt war. Er drehte sich um.

„Theo Bell!"

Theo seufzte, blieb aber nicht stehen. Lladislas ließ das Mädchen stehen und lief zu dem Brujah-Archonten hinüber.

„Hallo, Lladi. Ist dir klar, daß das Hotelpersonal tabu ist? Wir haben schon zuviele verloren."

„Ich hab doch nur mit dem Mädchen *geredet*. Sie ist ganz clever." Plötzlich wurde Lladislas ernst. Er packte Theos Arm und die beiden Brujahs blieben stehen. „Wir beide hätten die Stadt zusammen regieren können, Bell. Das weißt du, oder ? Ich hätte dazu nur deine Unterstützung gebraucht. Pieterzoon hätte dich nicht abgeblockt, und Vitel geht's nur darum, daß er Washington zurückkriegt."

Theo stieß seinen Arm zurück. „Du willst doch diese Stadt gar nicht."

Lladislas glotzte, als hätte Theo etwas völlig Unverständliches von sich gegeben. „Du hast anscheinend komische Vorstellungen davon, was ich will oder nicht will. Erst denkst du, ich *will* meine eigene Stadt aufgeben, und jetzt denkst du, ich will in alle Ewigkeit ein wandelnder Bettler sein. Also, laß dir sagen", Lladislas griff wieder nach Theos Arm. „Ich bin sozusagen daran gewöhnt, eine Stadt mein eigen zu nennen. Buffalo ist zwar nicht Paris oder Rom, aber es hat *mir* gehört - bis ich auf dich hörte!"

Theo schaute auf den kleineren Lladislas herunter und sagte in ruhigem, sehr beherrschten Ton: „Wir wissen alle beide, warum Buffalo aufgegeben werden wußte. Also fang nicht wieder davon an. Und ich weiß auch, was du gewöhnt bist und was nicht. Jetzt will ich dir mal sagen, was ich *nicht* gewöhnt bin. Erstens bin ich's nicht gewöhnt, daß ein weißer Mann meinen Arm packt. Zweitens bin ich's nicht gewöhnt, daß derselbe weiße Mann meinen Arm *zweimal* packt."

Unter Theos unbewegtem Blick lockerte Lladislas langsam den Griff seiner Finger um Theos Arm und zog langsam seine Hand zurück. „Entschuldige. Aber das ändert nichts daran... "

„Hör zu", schnitt ihm Theo das Wort ab. „Ich sag das alles nicht nochmal. Ich diskutier nicht, und ich beantworte dir keine Fragen. Ich hör dir gar nicht zu, Hundskerl. Du willst diese Stadt nicht. Verlaß dich auf mich. Halt dich an mich, dann vergeß ich dich schon nicht."

Lladislas blieb skeptisch, das war klar, aber er sagte nichts. Er trat einen Schritt zurück, ohne die Augen von Theo abzuwenden. „Leg mich bloß nicht rein, Theo."

Der Archont erwiderte nichts. Er wandte sich um und ging zu seinem Motorrad, das er zwei Blöcke weiter geparkt hatte. „Scheiße", murmelte er, während er den Motor anließ. Ob er Lladislas gegenüber zuviel gesagt hatte?

Der frühere Prinz von Buffalo redete immer frei heraus. Er war immer offen mit Theo umgegangen, was Theo von sich nicht behaupten konnte. Freilich hatte er einen guten Grund gehabt, als er Lladislas in Buffalo damals angelogen hatte. Llad hätte seine Stadt nie aufgegeben und eine ganze Menge Leute hierher gebracht, wo man sie dringend brauchte, wenn er nicht an einen bevorstehenden Riesenangriff geglaubt hätte. Und, zum Teufel, es hatte einen Angriff gegeben. Und zwar noch viel früher als Theo erwartet hatte. Die Lüge hatte sich am Ende als wahr entpuppt, oder?

Ja natürlich, dachte Theo. Das hat man davon, wenn man mit einem Ventrue 'rumhängt.

Sie hatten einen Grund zum Lügen gehabt, genauso wie Theo jetzt Grund hatte für seine Warnung an Lladislas, die er vielleicht besser nicht ausgesprochen hätte. Eine Täuschung zog zwangsläufig die nächste nach sich, und so weiter, und so fort... Die Lügen über Buffalo hatten zu Lügen über Hartford geführt - und zu mehr Toten. Aber daran ließ sich nun nichts mehr ändern. Genau wie in Buffalo. Es gehörte zum Plan, einem Plan in drei Akten.

Buffalo und Hartford waren der erste Akt gewesen.

Der zweite Akt lag bei Jan Pieterzoon. Das ärgerte Theo am meisten - etwas aus der Hand geben zu müssen. So blieb ihm nichts anderes übrig, als Jan zu vertrauen. Und das fiel Theo ziemlich schwer.

In jener Augustnacht nach dem Fall Buffalos hatten sie beide miteinander gesprochen. Hatten den Plan in allen Einzelheiten ausgearbeitet. Immerhin waren sie unabhängig voneinander zum selben Schluß gekommen über die Katastrophe in Lladislas' Stadt und dem, was der Sabbat gewußt haben mußte.

„Sie haben keine Truppen aus Washington abgezogen", hatte Jan gesagt.

„Das hatten sie aber auch gar nicht nötig", hatte Theo betont. „Die hatten es ja nur mit Kindern zu tun, Kindern mit Fängen."

„Nur konnten sie das vorher gar nicht wissen."

„Ja, klar."

Sie wollten sich beide nicht so recht eingestehen, was sie im Grunde schon wußten.

„Meinst du, sie haben einfach Glück gehabt mit ihrem Überfall?" hatte Jan Pieterzoon schließlich gefragt.

„Für einen Überfall war es zu großangelegt. Und für ein Scharmützel zu klein - es sei denn, sie wußten, was sie zu erwarten hatten." Schon auf seiner Fahrt zurück nach Baltimore, als er von dem Überfall hörte, hatte Theo Bell das geglaubt, und Jan Pieterzoon stimmte ihm zu.

Ein Spion. Der Sabbat mußte vorher gewußt haben, was ihn in Buffalo erwartete. Und daher war Hartford aus dreierlei Gründen geopfert worden: um mehr Kainskinder in Baltimore zusammenzuziehen, um Theos und Jans Verdacht zu bestätigen, daß Informationen nach draußen drangen, und um dem Spion vorzugaukeln, er sei nach wie vor unentdeckt.

Das führte zum zweiten Teil des Plans: Während Theo Baltimore gegen den Sabbat verteidigte, sollte Jan mit allen zur Verfügung stehenden Mitteln herausfinden, wer der Spion war. Wenn das nicht gelang, würde der dritte Teil zum größten beschissenen Reinfall werden seit der Schweinebucht damals.

In jener Augustnacht hatten Theo und Jan überlegt, wer der Spion sein könnte. Victoria ? Sie war vom Sabbat gefangen worden und dann im passenden Moment entwischt. Jan hatte sie dann anderswo eingesetzt - zurück nach Atlanta, das vom Sabbat kontrolliert wurde. Garlotte ? Falls er der Spion war, hatte sich die Sache von selbst erledigt. Es sei denn, die

Explosion wäre eine Falle gewesen und er hätte seine eigene Zerstörung nur gespielt. Nur schien es sehr unwahrscheinlich, daß Katrina das mitgemacht hätte, es sei denn, auch sie wäre getäuscht worden... Malachi, der Gangrel? Gleicher Fall wie Garlotte. Gainesmil? Theo glaubte, daß der Toreador zu tief verunsichert war von den anfänglichen Berichten über die frühen Siege des Sabbat - nein, er kam wohl auch nicht als Spion in Frage. Vitel? Isaac? Colchester? Roughneck? Teufel nochmal, nahezu jeder mit Fängen hätte ein Motiv gehabt und viele, zuviele hatten Zugang zu den neuesten Nachrichten. Das war das große Problem - *eins* der großen Probleme -, wenn ein ganzes Komitee das Sagen hatte. Deshalb hatten Theo und Jan diesen Plan im Geheimen ausgeheckt. Auf diese Weise boten sich für einen Spion viel weniger Möglichkeiten, an Informationen heranzukommen.

Aber damit war das Problem noch nicht gelöst.

Theo schob das Motorrad an den Straßenrand und stellte den Motor ab. Er war schon im Hafengebiet angelangt. Ganz unbeabsichtigt war er bis in Sichtweite des beschädigten Docks herangefahren, auf dem man Garlottes Schiff früher festgemacht hatte. Die Explosion vor vier Nächten war eines von vielen Dingen, die Theo beschäftigten, die aber vielleicht gar nichts miteinander zu tun hatten.

Immer wieder rief er sich die Ereignisse vor Augen: Wie er Katrina aus dem Schiff kommen sah und mit ihr sprach, wie er durch die Luft flog, wie er sie laufen ließ. Immer noch wußte er keinen guten Grund, warum er sie verschont hatte. Es war einfach eine schnelle Reaktion. Am meisten beschäftigte ihn die Tatsache, die er mit eigenen Augen gesehen hatte: Katrina hatte den Prinzen in die Luft gejagt.

„Sie hat ihn hochgejagt", sagte sich Theo, aber er konnte es nicht so recht glauben. So hatte er sich auch zu Gainesmil geäußert, in der Nacht darauf. Katrina war einfach nicht der Typ des professionellen Attentäters. Was Theo gesehen hatte, hatte er gesehen, aber es war vielleicht nicht alles gewesen. Katrina hatte Garlotte vielleicht in die Luft gejagt, aber je mehr er drüber nachdachte, desto weniger glaubte er, daß sie fähig gewesen wäre, das allein abzuwickeln.

Es war also schon richtig gewesen, ihr nicht gleich den Kopf abzureißen. Sie könnte ihm den Weg weisen zu den anderen Tätern - *wenn* es andere Täter gab. Und *wenn* Theo sie fände. Bestimmt hatte sie seine Warnung ernst genommen und war aus der Stadt geflüchtet.

Einige Minuten blieb Theo auf seinem Motorrad sitzen und starrte auf das schwarze Dock, an dem das Schiff vertäut gewesen war. Der Schutt war weggeräumt worden, aber Theo konnte fast wieder spüren, wie die glühenden Teile herunterkamen - die kleinen Teile fielen in langsamer Bewegung, sanft, fast so natürlich wie Schnee oder ein leichter Regen. Er sah Katrina wieder vor sich, wie sie auf dem Rücken auf der Straße lag, und da war dieser leichte Regen, der auch auf sie niederfiel und ihre weiße Haut dunkelrot einfärbte. Der Regen war nicht aus Wasser, sondern Blut - Blut von einem jahrhundertealtem Kainskind - Blut, das in die Gosse verspritzt wurde.

Theo kniff die Augen fest zu, und als er sie wieder öffnete, sah er nur die verlassene Straße und das beschädigte Dock. Verschwunden war das Bild der jungen Frau und das Panorama von Mord und Unrecht.

„Scheiße passiert halt," sagte Theo zu sich. Er ließ den Motor wieder an. Er hatte weder Zeit noch Nerven für Sentimentalität und Idealismus. Er war auf der Straße und in der Realpolitik zuhause. Er verließ diesen Ort, aber die Gedankengänge, die ihn nicht loslassen wollten, verknüpften sich zu einem Strang, den er nicht mehr länger ignorieren konnte.

Mittwoch, 20. Oktober 1999, 3:12 Uhr
Presidential Hotel
Washington, D. C.

Die Gemächer der Lady Sascha Vykos sahen schon lange nicht mehr so aus wie die Luxussuite, die sie erst vor vier Monaten von Marcus Vitel, dem abgesetzten Prinzen von Washington, übernommen hatte. Vielleicht war es auch schon etwas länger her. Parmenides war sich nicht sicher. In vieler Hinsicht kam es ihm so vor, als hätte er schon immer mit seiner Tzimisce-Herrin zusammengewohnt. Das Wesen, das er jetzt war, Parmenides/Ravenna, hatte natürlich immer schon mit Vykos gelebt. Sie hatte ihn erzeugt. Seine Nächte unter den Kindern des Haqim schienen ihm so lang her, aber immer noch forderte das Blut dieses Clans seine Gefolgschaft. Parmenides gestattete es sich, sich hinter Ravenna zu verbergen, hinter dem Gesicht und dem Körper des Ghul, den er selbst getötet und dann ersetzt hatte. Manchmal, wie soeben, fühlte sich Parmenides sehr nah an der Oberfläche. Die Hände und das Gesicht gehorchten ihm, wenn sich auch ihr Aussehen geändert hatte. Dann wieder gab es Momente, in denen er sich fühlte wie in einen Ozean von tiefer Schwärze getaucht. Die Augen waren die eines verstorbenen Ghuls; die Hände waren nur Klumpen, völlig nutzlose Dinger. Nicht die wunderbaren Instrumente eines Künstlers. Parmenides hielt sich die Hände vor die Augen. Er bewegte abwechselnd die einzelnen Finger und versuchte dabei, den Impuls für jede Bewegung vom Gehirn über die Nervenbahnen zu den Muskeln zu befördern. Es war der Versuch, Wille zu Tat werden zu lassen, Seele und Körper zu verbinden.

„Bring mir Blut!" schrie Vykos aus dem Nebenzimmer.

Ihre eisige Stimme wühlte das schwarze Wasser auf; Parmenides war sich plötzlich nicht mehr sicher, ob er sich über oder unter der Oberfläche befand. Aber er kam dem Befehl nach.

Das größte Zimmer der Suite, früher ein Wohnzimmer, war jetzt so etwas wie eine Lagerhalle geworden. Die meisten Möbel waren an einer Wand zusammengerückt worden, wo alles, was nicht schon zu Kleinholz gemacht war, aufeinandergestapelt wurde, um Platz zu sparen. Tische waren aufgestellt worden und übersät mit Vykos' Notizbüchern, verschiedenen chirurgischen Bestecken, und hier und da einem Körper-Ersatzteil, das noch frisch war. Parmenides schlängelte sich durch die Tische und gelangte schließlich in die Küche. Er öffnete den Kühlschrank und nahm einen randvoll gefüllten Krug mit Blut heraus. Manchmal hatte er den Krug schon einige Zeit vor Gebrauch aus dem Kühlschrank genommen, wenn er wußte, daß Vykos danach verlangen würde. Das Blut konnte sich dann etwas aufwärmen, aber es gelang ihm nicht immer, ihre Wünsche zu erraten, und bis jetzt hatte sie sich auch nie dazu geäußert, ob er das Blut gekühlt oder bei Zimmertemperatur servieren sollte.

Parmenides nahm den Krug, paßte auf, daß nichts verspritzte und ging schnell in das kleinere Schlafzimmer der Suite - es war der Lagerraum für die nicht so frischen Teile. Vykos bediente sich in diesem heillosen Durcheinander, wenn ihr danach war, aber jetzt war sie schon seit Wochen vollkommen in ihre Experimente vertieft und nicht gewillt, sich ablenken zu lassen.

Er trat in das Herren-Schlafzimmer und nahm sofort den unglaublich starken Geruch von Vitæ wahr - nicht den angenehmen Duft von Blut, das nur von Menschen stammte, sondern das verlockende Aroma von köstlichem Kainskinder-Leben, Vykos' eigenes Blut.

Einen Moment lang stand Parmenides unschlüssig da. Er streckte die Knie durch, wie um nicht einzuknicken.

Vernichte sie. Das war nun sein Auftrag. Fatima hatte es ihm befohlen.....oder war es die Kreatur, die sich nun von der Decke herabließ? Parmenides' Gedanken verschwammen; die verschiedenen Beziehungen wurden plötzlich sehr verwirrend für ihn. *Nein,* sagte er sich, *das Ding an der Decke war Nosferatu.* Der würde ihm keine Befehle erteilen und er hatte sein abstoßenden Gesicht auch nicht wieder sehen lassen. Fatima war es gewesen, die ihm befohlen hatte...

Vernichte sie.

Vernichte Vykos. Parmenides mußte sich ganz bewußt auf diesen Satz konzentrieren, um ihn zu verstehen. Er war Assamit und verbarg sich hinter dem Ghul Ravenna. Vykos hatte ihn dazu gemacht. Sie wußte von seiner Verwandlung und glaubte, sie sei vor seinem Zorn gefeit. Aber er konnte warten, bis seine Zeit gekommen war, und würde dann zuschlagen.

Vernichte sie.

Parmenides spürte wieder, wie er in der tiefen Schwärze versank, aber der Nebel um ihn lichtete sich schon. Er war wie abwesend, untergetaucht, aber er konnte mit den Augen des Ghuls sehen.

Auf seiner rechten Seite war eine kleine Couch, auf der ein Körper in seinem Blut lag, aufgeschnitten von der Brust bis zur Scham. Dieses jüngste Exemplar der Dünnblütigen, das dritte bis jetzt, war nicht stark genug, sich aus eigener Kraft zu heilen. Jetzt nahm sie ihre Umgebung nicht mehr wahr, obwohl sie noch bei Bewußtsein war, als Vykos sie aufgeschnitten und ihren Körper vollständig ausgehöhlt hatte. Das Mädchen roch nach ihrem eigenen Blut; sie war ganz mit Blut bedeckt, auch ihre zerschnittenen Kleider, die Couch, der Teppich - alles voll Blut. Aber es war nicht der Geruch, der Parmenides zuerst auffiel.

Auch das Bett war eine einzige blutige Scheußlichkeit. Decken und Laken waren zerwühlt und blutdurchtränkt. Klebrige Klumpen von Vitæ schwammen in jeder Kuhle. In den zerknüllten Bettlaken lag Vykos, und sie roch nach dem Kainsfluch.

„Blut!" rief sie wieder.

Seine Füße, die nicht seine eigenen waren, bewegten sich automatisch, bis sie über ihr standen. Wie die Dünnblütige war Vykos nackt. Wo sie nicht blutbefleckt war, hatte sie eine Haut wie Alabaster. Ihre Knie waren angewinkelt, die Beine gespreizt, und die Füße steckten in Lederriemen. Parmenides schaute herab auf ihren haarlosen, geschlechtslosen Körper. Ihre kleinen Brüste waren nur ein Überbleibsel der Weiblichkeit, in die sie geschlüpft war - ebenso wie der sich windende Fötus in ihrem geöffneten Leib.

„Gib es mir!" Sie streckte beide Hände nach dem Krug aus.

Parmenides gab ihn ihr, und sie trank gierig. Blut rann ihr rechts und links aus dem Mund auf das Kissen, wo sich auf den bereits eingetrockneten Flecken neue Muster bildeten.

Sie leerte den ganzen Krug und stellte ihn zur Seite. Blut pulsierte durch offenliegende Adern in das Kind, das in ihr lag. Sie biß vor Schmerz die Zähne aufeinander, wickelte die Laken um ihre Finger und stemmte sich gegen die Lederriemen. Parmenides stand über ihr in ihrer ganzen Verletzlichkeit.

Vernichte sie, befahl ihm eine Stimme. Aber er war weit weg; er war nicht in der Lage, sich an die Oberfläche durchzukämpfen. Er konnte nur durch die Augen des Ghuls sehen, der nicht er selbst war.

Ein ersticktes Greinen stahl sich über Vykos' Lippen. Es war kein Schmerzensschrei, es klang eher wütend. Als Blut in das kleine Etwas hineingepumpt wurde, das einem Kind glich, zuckten seine teilweise ausgeformten Glieder krampfartig und verspritzten dabei ein bißchen Flüssigkeit, die in Vykos' offenem Körper schwamm. Das ungeborene Kind zappelte wie ein Fisch , der an Land geworfen wurde, trotz - oder vielleicht wegen - des Lebens, das Vykos in den kleinen Leib zwängen wollte.

So plötzlich das Zappeln begonnen hatte, so plötzlich war es wieder still. Vykos lag ruhig da, obwohl sie bis in den kleinsten Muskel verspannt war. Das Baby, das aus dem Leib seiner untoten Mutter herausgerissen und nun mit dem viel mächtigeren, verfluchten Vitæ genährt wurde, lag still.

Vykos leises Jammern wurde jetzt lauter und schwoll zu einem Urschrei unverkennbarer Wut an. Sie griff nach ihrem Körper. Ihre langen, scharfen Finger gruben sich in den weichen, fleischigen Schädel und achteten nicht auf die Adern und Sehnen, die sie zerrissen. Mit einem anschwellenden Schrei warf sie den kleinen Körper auf den Boden und strich sich mit den Klauen über ihr geschmeidiges weißes Skalp.

In diesem Moment hörte Parmenides das entfernte Klingeln einer Glocke. Es war der Lift, der nach oben fuhr. Vykos hörte ihn auch.

„Nein!" schrie sie und schnellte in ihrer nackten, blutigen Pracht hoch.

Den Bruchteil einer Sekunde lang stand Parmenides gefangen vom Anblick eines einzelnen Tropfen Blut, der langsam die perfekte Kurve einer offenliegenden Rippe von Vykos hinunterfloß - doch dann kam wieder Ravenna ins Spiel.

Er eilte aus dem Herren-Schlafzimmer und zog die Tür hinter sich zu. Der Pfeil über dem Lift zeigte den Standort des Fahrstuhls zwischen dem zweiten und dem dritten Stockwerk an. Das Hotelmanagement, das einst Vitel unterstanden hatte, aber schnell übergelaufen war, hatte seit langem die Anweisung, alle Serviceleistungen in der Penthouse-Suite einzustellen. Kein Angestellter durfte seinen Fuß auf den Boden des sechsten Stockwerks setzen, es sei denn es hätte eine spezielle Bitte von Vykos oder ihrem Gefolgsmann Ravenna gegeben.

Aber der Lift war jetzt im fünften Stock und fuhr immer noch weiter hoch.

Parmenides stand geduldig in der Eingangshalle. Er überprüfte schnell die verschiedenen Klingen, die an seinem Körper versteckt waren. Als die Tür aufging, lehnte er lässig auf seinem Gehstock, den er gar nicht mehr brauchte. Als Gefolgsmann Lady Vykos', der Erzbischöfin von Washington, war er bereit, jeden, der so dumm war, ihre Privatsphäre zu verletzen, abblitzen zu lassen. Als ein Assassine, ausgebildet und verkleidet, war er auch zu Gewaltanwendung bereit, falls es zum Angriff kam.

Dann war er doch überrascht, als Francisco de Polonia, Erzbischof von New York, aus dem Aufzug trat, flankiert von Lasombra-Lakaien.

„Ich möchte mit Ihrer Exzellenz sprechen", sagte Polonia mit lauter Stimme und einem spanischen Akzent, der ihm aus seinen Tagen als Sterblicher geblieben war. Er war groß und hatte die anmutige Haltung eines siegesgewissen Kämpfers. Von weit unten im schwarzen Ozean spürte Parmenides den Impuls, ihn zu testen, ihn herauszufordern, aber dies war nicht der geeignete Augenblick. Polonia zog die Nase bei dem Gestank verwesenden Fleisches, an den Parmenides sich in den letzten paar Wochen schon gewöhnt hatte, nur leicht kraus. Seine Begleiter waren weniger zurückhaltend.

„Jesus Maria!" sagte Costello, ein Leutnant Polonias und Mittelsmann aus New York. „Ich war schon in vielen verdammten Scheißlöchern, aber alle haben weiß Gott besser gerochen als das hier."

Auf Polonias anderer Seite stand Joseph Hardin, ein Lasombra-Krieger, genauer gesagt ein Messerstecher, der sich im Blitzkrieg zwischen Atlanta und Washington früh einen Namen gemacht hatte. Er wurde bekannt wegen seiner gelegentlichen Brutalität, die sich sowohl gegen die Camarilla als auch die eigenen Untergebenen richtete. „Die macht's bestimmt nicht mehr lang", sagte er.

„Ihre Exzellenz", sagte Parmenides, „ist unpäßlich."

Sofort verging Hardin und Costello die Lust zu scherzen; sie reagierten gereizt. Polonia, der bisher geschäftlich aufgetreten war, lächelte. Ein kaltes, falsches Lächeln. „Ich frage nicht um Erlaubnis", sagte er.

Polonia trug kein Schwert, bemerkte Parmenides, obwohl das immerhin seine Lieblingswaffe war. Der falsche Ghul flüchtete sich instinktiv in solch kriegerische Details, weil sich eine fast greifbare Spannung im Raum aufbaute, obwohl Polonia und Vykos beide zu den obersten Befehlshabern des Sabbat gehörten, theoretisch gehörten sie zum gleichen Team.

Costello wollte an Parmenides vorbeigehen, aber der hob seinen Stock und versperrte ihm den Weg. Costello riß die Augen auf, er schnaubte vor Empörung. „Was zum Teufel denkst du..."

„Ravenna", ließ sich Vykos' kalte Stimme von hinten vernehmen. „Hol Stühle für unsere Gäste." Costellos Blick fiel über Parmenides' Schulter, und die Wut des Lasombra verrauchte. „Leider ist die Einrichtung nicht so gut erhalten", setzte Vykos hinzu.

Sie stand jetzt vor der geschlossenen Schlafzimmertür. Ein dunkles Seidenkleid versteckte fast ihren ganzen Körper und ließ ihr Gesicht, ihre Hände und Füße in weißem Kontrast aufleuchten. Man sah kein Blut. Ihre Haut war frisch gewaschen, und über ihren Kopf liefen von vorn nach hinten schmale Linien, als hätte sie mit den Fingern durch ihr Haar - das es gar nicht gab - gekämmt. Sie hielt das Kleid am Hals zusammen. Parmenides fragte sich, ob ihr Bauch darunter immer noch offen war, ein freigelegter, unfruchtbarer Leib. Ohne Kommentar folgte er ihren Anweisungen.

„Wir brauchen keine Stühle", sagte Polonia, der nicht mehr lächelte. „Ich will nicht lange bleiben."

„Wie schade", meinte Sascha Vykos.

Parmenides suchte vergeblich nach Anzeichen von Schwäche bei seiner Herrin. Er wußte, welchen körperlichen Streß sie sich auferlegt hatte, wußte, welche Mengen an Blut sie verbraucht und verströmt hatte. Aber Vykos zeigte wie immer keine Schwäche, weder körperlich noch auf sonst.

„Sicher haben Sie schon die neuesten Nachrichten aus Madrid gehört, Erzbischöfin", sagte Polonia.

Vykos betrachtete ihren Rivalen gefühllos und feindselig. In diesem Moment war sie für Parmenides keine Aristokratin des Sabbat, nicht weiblich, nicht *menschlich*, sondern eher eine Göttin, ein Wesen, das dem ganzen Kämpfen und Schlachten um sie herum völlig entrückt war. Er fühlte sich zur Oberfläche des schwarzen Ozeans hochsteigen. Impulse von blutiger Gewalt kamen in ihm hoch, aber dieses Gefühl des Losgelöstseins, eine Frucht seiner Ausbildung, war endlich weg. Tiefer Haß - gegen seinen Herrn, seine Herrin - erfüllte ihn. Und eine Liebe, die mindestens genauso stark war.

"Es gibt immer *irgendwelche* Nachrichten aus Madrid", sagte Vykos, und sofort erschien sie nicht mehr wie ein Wesen aus einer anderen Welt, sondern ganz wie eine Frau. Ihr scharfer Blick umfing Polonia und seine beiden Diener vollständig.

Parmenides trat zur Seite, um die Besucher vorbeizulassen, aber keiner der Lasombra rührte sich. Costello und Hardin blickten hilflos zwischen Polonia und Vykos hin und her.

„Die Berichte sind bestätigt", sagte Polonia. „Kardinal Monçada, Ihr Gönner, ist vernichtet." Die Worte lasteten schwer in der Luft und ließen sogar den Gestank nach verwesendem Fleisch vergessen. Costello und Hardin schienen, obwohl sie die Neuigkeit bereits wußten, dennoch von Polonias Worten erschreckt zu sein. Sie beobachteten Vykos genau, suchten aber vergeblich nach irgendeiner Reaktion von ihr.

Vykos stand einfach nur still und stumm da, keineswegs erstarrt, sondern nur einfach auf sich konzentriert, und sie schien nicht geschockt, sondern abwesend. „Und... ?" fragte sie schließlich.

„Und", erwiderte Polonia, „jetzt bin ich Kardinal. Ich nehme den Titel für mich in Anspruch, und die Regentin hat bereits zugestimmt."

Vykos verneigte sich, immer noch völlig ausdruckslos, tief aus der Hüfte heraus. Mit einer Hand hielt sie sich leicht am Türrahmen fest (Parmenides vermutete, sie brauchte diese Stütze, um sich aufrecht zu halten, aber sie zeigte keinerlei Zeichen von Schwäche). Mit der anderen Hand beschrieb sie einen eleganten Schnörkel in der Luft. Dann richtete sie sich wieder auf und betrachtete ihren Gast so unbeteiligt wie zuvor. Auf Costello und Hardin, die ihre wachsende Nervosität zu verbergen suchten, verschwendete sie keinen einzigen Blick.

Polonia nickte ihr zu.

„Ohne Monçadas Hilfe... "

„Seine Einmischung, meinen Sie", berichtigte Vykos.

„Eine starke Hand ist gefragt", fuhr Polonia unbeirrt fort. „Ich denke, Sie wissen, was ich meine." Da war wieder das falsche Lächeln, aber diesmal saß es nur in den Augen.

„Vallejo und seine Legionäre sind nach Madrid zurückgekehrt. Der arme Soldat war ziemlich mitgenommen, obwohl er ziemlich viel Härte an den Tag legte. Der Kleine Schneider ist ebenfalls abgereist, aber er und Befehlshaber Bolon haben unseren Bedarf an Kriegs-Ghulen wieder aufgestockt. Der Kommandant hat mir natürlich loyalen Gehorsam geschworen."

Langsam verbeugte sich Vykos ein zweites Mal. Diesmal hielt sie sich nicht am Türrahmen fest und beschrieb ihre ehrerbietigen Schnörkel mit beiden Händen in der Luft. „Glückwunsch", sagte sie und richtete sich auf, „natürlich gehöre auch ich zu Ihren treuen Gefolgsleuten. Lassen Sie uns anstoßen auf den Kardinal der USA."

Polonia lachte hintersinnig. „Nur die *Oststaaten* der USA. Sie schmeicheln mir, Erzbischöfin."

„Nicht doch."

Einen langen, unangenehmen Augenblick standen sie hier, die vier Kainiten und in ihrer Mitte der Assamit. „Hat Ihr Spion Neuigkeiten?" fragte Polonia schließlich. „Oder waren Sie zu sehr mit anderen Dingen beschäftigt?"

„Es gibt so wenig wirklich Neues", sagte Vykos geheimnisvoll. Nach dieser ziemlich unpassenden Antwort breitete sich erneut ein unbehagliches Schweigen zwischen dem Kardinal und dem Erzbischof aus. „Nichts, was irgendwelche Konsequenzen erforderlich machen würde, aus meiner Sicht, Eure Eminenz."

„Geben Sie mir sofort Bescheid, wenn Sie irgendeine Nachricht erhalten", sagte Polonia. „Der Angriff wird bald vorbei sein. Sehr bald."

„Ganz wie Sie wollen, Kardinal."

Widerstrebend gab sich Polonia mit diesen Worten zufrieden, nickte und wandte sich zum Gehen. Costello, der schon wieder ein höhnisches Grinsen wagte, und Hardin folgten ihm, aber dann blieb der Kardinal noch einmal stehen und drehte sich zu Vykos um.

„Schauen Sie sich in Ihrer Stadt von Zeit zu Zeit mal um, Erzbischöfin", sagte er. „Meine Leute haben sich von der Planung des Angriffs auf Baltimore ablenken lassen, weil sie Zwistigkeiten untereinander austragen mußten - über Jagdgründe und ähnliches - es hätte immerhin Ihre Provinz sein können."

„Wie Sie wollen, Kardinal."

Polonia zeigte sich nun etwas zufriedener und ging mit seinen Dienern. Parmenides blieb allein zurück mit diesem Wesen mit dem kalten, abwesenden Blick, der den anderen nachstarrte.

Donnerstag, 21. Oktober 1999, 0:10 Uhr
Im Staate New York

Das Summen des kleinen Druckers, der so gar nicht in die behauenen Felsen dieser Höhle paßte, beruhigte Ramona. Ramona wußte nicht, warum Hesha praktisch von allem, was sie gefunden hatten, Aufnahmen machte und ausdruckte, aber sie war ihm dankbar. Er schien nicht reden zu wollen, war zu beschäftigt mit seinen Photos. Er hatte irgend etwas von Kopien und technischen Details erzählt. Aber sie hatte nicht richtig hingehört. Sie konnte einfach nicht aufhören, an die groteske Statue zu denken, die Skulptur aus Stein, Fleisch und Blut.

Ramona war froh über das gleichmäßige Surren des Druckers. Die Stille wäre sonst unerträglich geworden und hätte sie in den Wahnsinn getrieben. Reden hätte auch nicht geholfen. Selbst wenn sie sich mit Gedanken und Worten Ablenkung verschafft hätte. Aber es wäre ihr wie eine Entweihung dieses Ortes vorgekommen, hätten sie das Schweigen gebrochen und geredet. Eine Störung der Totenruhe. Ihr Blut, getrocknet an ihrer Hand, an den eigenen monströsen Klauen.

Nur das Summen war zu hören. Gott sei Dank. Sie hätte sonst sicher die Geister gehört.

Es war schon schlimm genug, daß sie sie gesehen hatte. Sie hatte den Geist dieses Orts auf der Wiese draußen gesehen. Vom Hubschrauber aus. Die Wiese war, wie sie es sich vorgestellt hatte - versengt, pockennarbig, durchpflügt von erstarrten Wülsten geschmolzenen Gesteins. Sie hatte zunächst nicht darauf gedeutet, weil es ihr so offensichtlich vorkam. Bis sie merkte, daß Hesha es nicht sah; der Pilot auch nicht. Selbst als sie auf die Schwaden der Verwüstung gedeutet hatte, sahen die anderen nichts. Sie *konnten* es nicht sehen.

„Verdammt, runter!" hatte sie das Dröhnen des Hubschraubers überschrien.

Sie waren südlich der Wiese gelandet, in entgegengesetzter Richtung vom Table Rock, von Zhavon. Aber vom Boden sah alles anders aus. Normal. Jetzt sah sie auch nur noch, was Hesha sah. Einen Winterwald, hügeliges Land, sonst nichts. Ihre Geistersicht, die Vision, die ihr Edward Blackfeather in seiner ganzen Fremdartigkeit verliehen hatte, war aus ihr gewichen. Oder vielleicht war es etwas Stärkeres, das jetzt mit ihrem Verstand kämpfte und sie das, was sie gesehen hatte, nicht mehr wahrnehmen ließ. Sie *wußte*, daß es da war. Aber sie konnte es nicht mehr sehen. Sie wünschte, sie hätte nicht gesehen, was in der Höhle war. Nein, das durfte sie nicht denken. Sie hatte Verantwortung, hatte eine Verpflichtung. Aber das änderte nichts daran, daß es in ihrem Magen jetzt schäumte wie Gift und Galle.

Sie hielt den Kopf gesenkt und lauschte dem Drucker. Sie hatte den Blick vom Herzen der Skulptur abgewandt und schaute in Richtung des blutigen Gekritzels, das getrennt von dem Monument blutigen Gemetzels war, aber doch irgendwie dazugehörte. Sie hatte ihre Arbeit hier getan. Sie brauchte nicht mehr hinzusehen. Die Erinnerung war schlimm genug, da bedurfte es keiner Auffrischung. Es würde sie für den Rest ihrer Nächte verfolgen.

Sie hätte Tanner nicht erkannt, wenn die Geister nicht gewesen wären. Wie die anderen alle, war er Teil der Statue, aber er war der einzige, der sie erkannte. Niemand, kein einziger der Gangrel, war körperlich unversehrt. Nur Tanner, ihr Erzeuger, war geistig unversehrt. Sie sah die Qual in seinen müden, verzweifelten Augen. Wieder sah sie ihre eigenen Klauen, wie sie sich in seine Kehle gruben und das Blut auslaufen ließen, und dann weiter wühlten, Fleisch und Knochen zerreißend, bis der Geist verschwunden war.

Die anderen Geister waren schwächer. Die übrigen Gangrel stöhnten und kämpften kraftlos, als Ramona kam, aber das einzige was letztlich von diesen Nachahmungen von Leben übrig blieb, waren eben blasse, klägliche Imitationen. Sie hatte trotzdem für sie getan, was möglich war, und nun tröpfelte frisches Blut durch die Risse der großen Skulptur. Kein Stöhnen, keine schwach wabernden Arme. Stille. Schweigen. Nur das Geräusch des leise summenden Druckers.

Im Hubschrauber schwiegen die Geister, vielleicht schliefen sie. Auf der Erde war alles so, als wenn nichts gewesen wäre. Die Wunde war verborgen. Bäume, Hügelland, ruhiger, nächtlicher Wald.

Jetzt wollte Ramona reden. Sie fühlte sich nicht wohl im Hubschrauber, so weit über dem festen Boden, und die wirbelnden Rotorblätter so nahe über sich. Sie hörten sich an wie das Donnern explodierender Monolithe, wie Feuer und Tod. Die Geister schwiegen, aber die Erinnerungen nicht.

„Du warst hier schon mal", sagte sie zu Hesha. Sie mußte schreien, um sich in diesem Lärm verständlich zu machen.

Sie mußte einfach an was anderes denken als an diese nächtliche Schlächterei, einfach *irgendwas anderes.*

Hesha nickte. Er hatte ihr ein bißchen über seine früheren Fahrten in die Höhle erzählt, wie er das Auge in seinen Besitz gebracht hatte und wie er es wieder verloren hatte.

Er hatte widerwillig und ziemlich verklausuliert jenen Leopold erwähnt, das verrückte Wesen, das Anspruch auf das Auge erhoben, Hesha fast vernichtet und so viele von Ramonas Clansgeschwistern auf dem Gewissen hatte. Es mußte also Leopold gewesen sein, der die Skulptur geschaffen hatte, das wurde Ramona langsam klar. Er war es auch, der den Stein nach seinem Willen gekrümmt und all jene gequält hatte, die er bereits besiegt hatte. Wie hatte Hesha das nur *übersehen* können?

„Hast du das... das in der Höhle vorher nie bemerkt?" fragte Ramona. *Das.* Die Skulptur.

Hesha schüttelte den Kopf. Nein, wirklich nicht. Ob er ihr die Wahrheit sagte? Warum sollte er lügen? Ramona fragte sich, warum nicht. Nach ihrer Zeit mit Khalil wußte Ramona, daß Kainsbrüder keinen Grund zum Lügen brauchen. Sie selber hatte Jen und Darnell mehr als einmal angelogen. Liz hatte ihr eingeschärft, Hesha nicht zu trauen. *Was immer er dir erzählt hat - es war gelogen,* hatte sie gesagt.

Es war hart. In gewisser Weise wollte Ramona Hesha vertrauen, wollte seinen Worten Glauben schenken. Aber Liz war so eine nette, kluge Frau, und obwohl ihr Khalil übel mitgespielt hatte, hegte sie gegenüber Hesha viel mehr Bitterkeit und Ängste. Er war ein Setit und hatte aus Liz einen Setiten gemacht, ein Monster wie Ramona, nur eine andere Sorte. Ramona war überzeugt, daß Liz von Khalil viel mehr zu befürchten gehabt hatte als von Hesha.

Ramona warf Hesha einen langen, scharfen Blick zu. Er hatte ihr eine Menge beigebracht in den letzten Wochen - Dinge, die verletzen würden, und andere, die nicht verletzen könnten. Er war weiß Gott viel entgegenkommender als Tanner, und mit Khalil ließ er sich schon gar nicht vergleichen. Aber Ramona hatte immer noch das Gefühl, daß er ihr nicht aus reiner Gutwilligkeit half. Wenn er sie nicht anlog, dann nur deshalb, weil er ihr Vertrauen gewinnen wollte - aber Ramona glaubte nicht, daß sie sich noch einmal auf irgendjemand verlassen würde.

Vielleicht kannte er die Skulptur schon und hatte diesmal seine Kamera mitgebracht. Vielleicht kannte er sie auch nicht und hatte die Kamera zufällig dabei. Jedenfalls hatte er die blutende Wunde auf der Wiese nicht gesehen. Ganz wie Ramona, die sie jetzt auch nicht mehr sah.

Auf jeden Fall halfen sie einander, das Auge aufzuspüren, und das war im Moment das Entscheidende.

Donnerstag, 21. Oktober 1999, 23:14 Uhr
East Broadway
Baltimore, Maryland

Die Bar sah von außen genauso aus wie alle anderen Gebäude dieses Straßenblocks: eng, alter Backstein, keine großen Glasflächen, nur rohes, schwarz gestrichenes Sperrholz und ein rotes Neonlicht mit dem schlichten Wort „Bar". Lydia mochte das. Kein Gedöns um einen Namen für den Laden, und überhaupt war der ganze Laden so unkompliziert. Hier machte man eben kein Gedöns, da stand kein Rausschmeißer 'rum, und keine langen Schlangen von schönen Menschen, die 'reingelassen werden wollten. Manchmal kamen die Sethskinder herein. Das war in Ordnung so. Es gab hier einen Tresen, wo Schnaps und Bier für die wenigen Kunden ausgeschenkt wurde, die das Zeug noch trinken konnten. Jeder im Laden, ob an der Bar oder an den wenigen Tischen, wußte sich zu benehmen, wenn „ein Lebender" im Raum war. Wenn niemand allzu hungrig war, konnte das Sethskind nach ein paar Drinks wieder weggehen. Wenn ihn allerdings jemand ins Herz schloß, mußte er damit rechnen, für ein paar Stunden ins Hinterzimmer gebracht zu werden, wo er am nächsten Morgen mit einem Riesenkater und einige Viertel leichter aufwachte. So oder so. Bis jetzt waren heute noch keine Sterblichen aufgetaucht.

Lydia hatten Geschichten von Sabbat-Treffs gehört, bei denen Sethskinder, mehr tot als lebendig aufgehängt wurden, buchstäblich an Haken aufgehängt wurden, und die nächtliche Meute machte sich über sie her, wenn ihr gerade danach war. Lydia fand die Idee abstoßend. Es kam ihr so fürchterlich vor wie Gruppensex oder in aller Öffentlichkeit zu scheißen. Essen war etwas höchst Intimes. Nicht gerade was Spirituelles, aber sie selbst hatte nie Lust gehabt, zusammen mit anderen zu essen oder zu jagen. Sie fragte sich, ob es irgendwas im Vampirsblut des Sabbat gab, daß die sich so schweinisch benahmen? Eine knifflige Frage, denn unter den Camarillaleuten waren einige, die genauso schlimm waren oder es gern gewesen wären, wenn die Vorgesetzten nicht auf diese Abweichler aufpassen und ihnen rechtzeitig in den Arsch treten würden. Waren es also nur gesellschaftliche Regeln, die die Camarilla vom Sabbat unterschieden? Immerhin hatten die meisten Clans der Camarilla Abtrünnige, die zur anderen Seite übergelaufen waren, *antitribu*, und das Gleiche galt für den Sabbat. Es konnte nicht nur am Blut liegen. Vielleicht gab die Blutsverwandtschaft eine bestimmte Richtung vor, von der aber einige Individuen durchaus abweichen konnten.

Zu schade, daß Christof nicht hier war, statt irgendwo anders 'rumzulungern. Er hätte sich bestimmt für die Frage interessiert. Aber es war ihre erste freie Nacht nach vier Nächten Patrouille, seit sie den Wagen von Slick zurückerhalten hatten, der seine Werkstatt nur ein paar Blöcke weiter hatte. Langweilig waren diese vier Nächte für sie und ihre Jungs nicht gewesen: Fünf Feuergefechte, zwei bestätigte Sabbat-Tote, drei Verfolgungsjagden in Hochgeschwindigkeit, eine als Jäger, die anderen zwei als Gejagte vom Sabbat und von den Bullen. Sie hatte eine Kugel ins Gesicht gekriegt, verdammt schmerzhaft. Zähne waren zersplittert und ein Stück der Zunge weg. Es hatte einiges Blut gebraucht, um das wieder hinzukriegen. Frankies rechte Hand war abgetrennt worden und die Finger waren noch nicht ganz nachgewachsen.

Frankie und Baldur saßen mit Lydia am Tisch. Lieber hätte sie mit Christof über philosophische Dinge geredet als hier mit zwei Mitgliedern ihrer Gang zu sitzen, die sich ohne Ende auslassen konnten über Banalitäten: Warum ist die Banane krumm? Und so weiter.

„He, Frankie", sagte Baldur, „haste Lust auf 'ne Pianobar? Da könnt'ste mit Eßstäbchen spielen."

Frankie war alles andere als begeistert. „Verdammt, hör auf, du dummer Wichser."

„Hast du mir den Finger gezeigt? Na sowas!"

Baldur gefiel sein eigener Witz, er schlug mit der Hand auf den Tisch.

„Warum hört ihr nicht alle *beide* auf, verdammt", schlug Lydia vor. Sie wollte jetzt in Ruhe ihren Drink genießen, der in einem dunklen Glas serviert war - ein kleines Zugeständnis an die seltenen sterblichen Gäste - und sich um niemanden in der Bar kümmern. „Ich kann mich ja nicht einmal denken hören."

„Dann denkst du anscheinend nicht laut genug", sagte Baldur und lachte hysterisch, weil er sich selbst schon wieder witzig vorkam.

Lydia schaute böse, Frankie schaute böse. Und Baldur, doch nicht ganz auf den Kopf gefallen, hielt endlich den Mund.

Was hatte ich gerade gedacht? fragte sich Lydia. Sie fand, sie sei selbst schuld. Wenn sie ihre Ruhe wollte, hätte sie woanders hingehen müssen. Mit Frankie und Baldur hatte man nie seine Ruhe. Und selbst wenn man den beiden das Maul gestopft hatte, gab's immer noch andere Leute in der Bar, die sie ärgerten. Normalerweise störte sich Lydia nicht an anderen Leuten, sie war nicht eigenbrötlerisch wie Theo. Aber diesmal waren außer ihr, ihren Begleitern und dem Barmann nur noch vier Leute da, und eine davon war Jasmine, eine echte Pißnelke.

An sich war Jasmine harmlos. Sie kam daher wie ein Späthippie: langes, strähniges Haar mit Mittelscheitel, Schlaghosen, Cowboystiefel, enges T-Shirt und ein unverschämt knackiger Busen. Die Hände machte sie sich ungern schmutzig, aber wenn es ans Reden ging, redete sie fies, laut und unentwegt - und genau das tat sie jetzt auch wieder an ihrem Tisch in der Ecke.

„Wir sollten nicht *ihre* Drecksarbeit machen", sagte Jasmine zu ihrer kleinen Zuhörerschar. Mindestens zweimal pro Satz schnipste sie mit den Fingern, um ihren Standpunkt zu unterstreichen. Vielleicht wollte sie die Zuhörer hypnotisieren. Und es schien ihr zu gelingen. Die drei Kainskinder, die ihr lauschten, waren alles Männer, und Lydia kannte die Sorte. Sie sahen nach Ärger aus. Zu Lebzeiten wären sie der Typ gewesen, der nur aufs Vögeln aus ist. Nun, da ihrem entsprechenden Körperteil der Trieb abhanden gekommen war, hatten sie keine Orientierung und waren plötzlich empfänglich für starke Reden. Und es schadete gar nichts, wenn sie dabei noch ein hübsches Gesicht und erigierte Brustwarzen ansehen konnten.

„Wenn die *da oben* im Lord Baltimore Inn sich solche Sorgen wegen des Sabbat machen", sagte Jasmine, „sollten sie gefälligst *selbst* Patrouille fahren."

Lydia nahm noch ein Schlückchen aus dem dunklen Glas mit Blut, das sie in der Hand hielt. Sie hatte Jasmines Gequassel schon oft gehört, und Frankie und Baldur hatten ihr auch schon einiges berichtet, aber diesmal ging es ihr echt auf die Nerven. Sie mußte sich zurückhalten, um nicht ihre 38er zu ziehen und auf Jasmine anzulegen, genau in die Mitte der Stirn.

„*Die* riskieren selbst gar nichts. *Die* halten ihre privilegierten Ärsche nicht hin, aber wir unseren Kopf!"

Laß sie doch reden, sagte sich Lydia. *Jeder weiß doch, daß sie nichts kann außer quasseln.*

„*Sie* haben nur ihre Sitzungen, mal hier, mal da, und dann wird *stundenlang geredet*, nichts als geredet. Und *wir* müssen die Drecksarbeit für sie erledigen."

Laß sie. Es hört eh niemand auf sie. Aber einige hörten doch zu. Die drei Rebellen ohne Aufstand hörten ihr zu. Frankie und Baldur hatten auch zugehört, hatten aber jetzt das Interesse verloren. Frankie brütete vor sich hin, und Baldur baute einen Turm aus Salz- und Pfefferstreuern.

„Wieviel Uhr ist es, Frankie?" fragte Lydia. Vielleicht kamen sie noch in eine Spätvorstellung im Kino. Irgendwas, bloß nicht hierbleiben und diesem Blumenkind weiter zuhören, die sich hier den Mund fransig redete.

„Ungefähr 23:30."

Da fing Baldur an zu lachen und versuchte vergeblich, es sich zu verkneifen.

„*Was'n los?*" fragte Lydia wider besseren Wissens.

Baldur setzte ein ernstes Gesicht auf. „Du kannst ihn nach der Uhrzeit fragen... aber verlang nicht, daß er seine Schuhe zubindet!" Er konnte sich nicht länger zurückhalten und brach in Gelächter aus. Schnell duckte er sich unter Frankies Schlag.

Lydia lief jetzt rot an. „Okay. Das war's." Sie griff in ihre Jackentasche.

„Ihre eigene Haut würden die *nie* riskieren", sagte Jasmine. "Nein, das sollen *wir* für sie erledigen... "

In diesem Moment zerstob die Wand über Jasmines Gesicht in einem Schwall von Ziegelsteinen und Mörtelstaub. Der Knall der Handfeuerwaffe ließ den kleinen Raum wie unter einem Donnerschlag erzittern. Jasmine warf Gesicht und Arme flach auf den Tisch vor ihr. Ihre Bewunderer gingen zu Boden. Der Barkeeper war nicht mehr zu sehen. Frankie und Baldur standen wie angewurzelt. Sie waren so verblüfft, daß sie es kaum glauben konnten, als Lydia in wiegendem Gang zum anderen Tisch schlenderte, ihre rauchende 38er lässig an der Seite.

„Du redest *ziemlich viel*", sagte sie.

Jasmine preßte ihr Kinn immer noch auf die Tischfläche und spähte vorsichtig über ihren eigenen Unterarm. Lydia stand mit ihrer Pistole in der Hand am Tisch, aber sie legte nicht an. Langsam setzte sich Jasmine auf. „Da gibt es auch viel zu sagen", erwiderte sie, unterließ aber das Geschnipse mit dem Finger. Einer nach dem anderen kamen Jasmines Zuhörer wieder zum Vorschein und schauten unsicher um sich.

Lydia beachtete sie nicht. „Da sind 'ne Menge Leute, die sich den Arsch aufreißen, damit der Sabbat nicht in unsere Stadt einfallen kann.", sagte sie.

Gherbod Fleming

„Du hast recht", stimmte Jasmine zu, und jetzt wurde sie wieder ein bißchen hitzig. „Und diese dicken Fische aus dem Lord Baltimore Inn sollten mit dabei sein."

„Was, glaubst du, macht Theo Bell jede Nacht?"

„Der ist doch nur ein Ventrue-Schoßhündchen", sagte Jasmine mit einem Seitenhieb gegen Lydia.

Lydia spannte den Hahn ihrer .38er. „Sag das nochmal." Die drei Köpfe, die sich über den Tisch gewagt hatten, verschwanden wieder.

Jasmine öffnete den Mund, hielt inne und legte ihre Hände flach auf den Tisch. „Er hält seinen Kopf hin", stimmte sie widerwillig zu. „Aber er ist auch nur ein Befehlsempfänger."

„Du weißt doch gar nicht, was du da sagst."

„Du vielleicht?"

„Jedenfalls mehr als du." Lydia ließ den Hahn wieder los. Wie auf ein Stichwort kamen die drei Köpfe wieder hoch. „Was sollen wir denn deiner Meinung nach tun?" fragte sie. „Baltimore einfach dem Sabbat überlassen?"

Jasmine schüttelte den Kopf und sagte: „Natürlich nicht. Ich sage ja nur, daß es hier keine Gleichberechtigung gibt. Pieterzoon und seine Bande entscheiden, was für sie selbst am besten ist. Um uns kümmern die sich einen Scheißdreck, aber *wir* sind es, die jede Nacht in Stücke gerissen werden, wenn der Sabbat des Wegs kommt."

„Wie viele hast *du* gesehen, die in Stücke gerissen wurden?" fragte Lydia. Jasmine antwortete nicht und mied den Blickkontakt. „Hab ich's mir doch gedacht. Bist viel zu beschäftigt mit Rumhuren. Du machst dir doch die Hände nicht schmutzig."

„Das ist nicht wahr!" warf Jasmine ein. „Ich gehe nach draußen. Auf Patrouille. Es ist nicht so schlimm, wie sie sagen."

Lydia verschränkte ihre Arme und klemmte den Revolver unter die Achsel. „Also was jetzt? Werden wir nun in Stücke gerissen oder ist es nicht so schlimm, wie man sagt? Entweder oder!"

Erleichtert, daß nicht mehr geschossen wurde, setzten sich Jasmines Bewunderer wieder auf ihre Plätze. Der erste, mit Abstand der frechste, war ein Punk mit Nasenring. Er klopfte sich den Staub aus den Kleidern und grinste Lydia an: „Ich hab noch nicht viele Sabbatmitglieder gesehen", meinte er.

„Dann warst du immer am verdammt falschen Ort", sagte Lydia mit einer schroffen Geste, wobei sie wild mit ihrer Pistole gestikulierte.

Der Punk schreckte zurück. „Warum steckst du das Ding nicht weg, Baby. Du kannst uns doch nicht alle damit erledigen."

Bevor sich einer rühren konnte, hatte Lydia die .38er gegen die Nase des Punks gepreßt. „Nein, aber es würde ziemlich weh tun, glaubst du nicht? Möchtest es mal ausprobieren? Willste noch so einen großen verdammten Nasenring?" Sie spannte den Hahn wieder.

Der Punk hielt seine Hände auf dem Schoß. Er zuckte nicht mit der Wimper. Lydia ließ langsam von ihm ab, ließ den Hahn wieder los und steckte die Pistole wie beiläufig wieder in ihre Tasche. Sie öffnete den Mund, um Frankie und Baldur herüberzurufen, aber sie waren schon dicht hinter ihr, um ihr notfalls zu Hilfe zu kommen.

„Frankie", sagte sie, „zeig diesem bescheuerten Blumenkind, wie sicher es da draußen ist."

Ohne ein weiteres Wort hob Frankie die linke Hand und wickelte seinen Verband auf. Jetzt konnten alle die dünnhäutige Hand sehen, die gerade nachwuchs und deren Muskeln und Gewebe noch nicht ganz geformt waren. Die Finger waren erst auf ein Drittel ihrer ursprünglichen Größe gewachsen.

„Erzähl du mir nicht, daß es da draußen nicht gefährlich sei", sagte Lydia leise drohend. „Erzähl ihm das nicht. Du hörst doch nur gern dich selber reden und gibst dann den anderen die Schuld, wenn... "

Ein schriller Klingelton unterbrach sie. Lydia griff in ihre andere Jackentasche, woraufhin Jasmine und ihre Verehrer wieder etwas nervös wurden, und holte ihr Handy heraus. „Hallo?"

„Du mußt hierher kommen", hörte sie Theos Stimme schwach vernehmlich, aber immer noch tief und kräftig. Er gab ihr die Adresse. „Bring die Jungs nicht mit. Verstanden?"

„Ja. Kein Problem."

„Gut." Die Verbindung brach ab.

Lydia wollte das Handy wieder einstecken, da kam ihr plötzlich eine bessere Idee. „Ach ja, Theo", sagte sie ins Telefon, „hast noch 'ne Sekunde Zeit? Ich habe hier jemanden, der dir etwas erzählen will." Lydia hielt Jasmine das Telefon hin. „Hier. Das ist deine Chance. Da kannst du's gleich an höchster Stelle loswerden... "

Jasmine starrte unbewegt aufs Telefon, sagte aber nichts.

„Nein?" Lydia zuckte mit den Schultern. Sie hob das Handy wieder ans Ohr. „Habe mich getäuscht. Ich komme gleich."

Lydia steckte das Telefon wieder in die Tasche.

„Ich muß los. Ihr könntet inzwischen Jasmine und ihren Jungs Gesellschaft leisten!"

„Klar."

„Kein Problem."

„Gut", sagte Lydia. „Erzählt ihr ein paar Kriegsgeschichten. Vielleicht nehmen wir sie morgen Nacht mal mit auf Patrouille."

Freitag, 22. Oktober 1999, 0:20 Uhr
Front Street
Baltimore, Maryland

Theo wartete auf dem Parkplatz eines Supermarkts, als Lydia ankam. „Du hast lang gebraucht", sagte er. „Hab ich dich bei irgendwas unterbrochen?"

„Nein, nein", wehrte sie seine Frage ab. „Du setzt mich meist im Süden der Stadt ein. Also kenne ich mich in der Innenstadt nicht so gut aus. Ich bin so schnell wie möglich gekommen."

Theo nickte. „Also, ich hab was zu tun für dich. Es wird stinklangweilig sein, aber ich würde es nicht jedem zutrauen." Lydia sagte nichts und Theo wußte, daß er sie geködert hatte. Er schmierte ihr nicht nur Honig um den Bart. Er vertraute ihr wirklich - so wie allen Kainskindern. „Ich sage Slick, er soll deinen Jungs noch ein Auto bringen. Du darfst ihnen nichts von der Sache erzählen - überhaupt niemandem. Okay?" Lydia nickte.

„Siehst du diesen beigen Lexus da drüben?" Theo deutete auf einen Parkplatz auf der anderen Straßenseite, der sich neben einem Varieté-Theater befand. Heute Abend war keine Vorstellung, deshalb standen nur wenige Autos da.

„Der dritte von hinten?" fragte Lydia.

„Ja."

„Bist du sicher, daß er beige ist? Schaut für mich grau aus."

Theo zuckte die Schultern. „Vielleicht ist er schmutzig. Aber du weißt, welchen ich meine?"

„Ja."

„Du mußt ein Auge auf ihn haben - die ganze Nacht, jede Nacht, so lange, bis jemand kommt und ihn holt. Für tagsüber hab ich schon jemanden, der aufpaßt. Wenn jemand kommt und ihn abholt, mußt du mich anrufen, und dann bleibst du ihm auf den Fersen, bis ich da bin. Verstanden?"

„Ja. Kein Problem. Ist es jemand, der mich erkennen könnte?"

Theo dachte einen Moment lang nach. „Wahrscheinlich nicht, aber es ist nicht ausgeschlossen. Also sei vorsichtig."

„Klar."

Einen Augenblick standen sie beide da und starrten auf das Auto, als ob es gleich wegfahren würde, obwohl niemand drin saß. „Was hast'n dabei?" fragte Theo.

Lydia zog die .38er halb aus der Tasche. Theo runzelte die Stirn. „Laß mich mal sehen." Lydia schaute sich um und vergewisserte sich, daß ihnen niemand zusah. Dann reichte sie Theo die Pistole. Er hielt sie auf der flachen Hand und testete ihr Gewicht, ohne sich drum zu scheren, ob sie jemand beobachtete.

„Smith&Wesson. Ist die aus Papier?"

„Sag nichts über mein gutes Stück", brauste Lydia auf.

„Es ist wirklich süß. Steck's zurück in dein kleines Täschchen. Hier... ", er griff in seine Jacke und holte eine massive Handfeuerwaffe heraus - dreimal so schwer und mit einem doppelt so langen Lauf - und gab sie ihr.

Lydias Hand sank mehrere Zentimeter nach unten. „Jesses. Mit der brauch' ich den Leuten nur über den Kopf zu schießen."

„Eine Desert Eagle", sagte Theo. „44er Magnum, rundes 7er Magazin. Ein bißchen mehr Reichweite, und viel höhere Durchschlagskraft."

„Scheiße. Wenn ich das Ding trage, lauf' ich völlig schief."

„Glückwunsch", sagte Theo, ohne zu lächeln. „Ich mag's einfach nicht, wenn ein guter Kumpel wie du mit so einer Erbsenschleuder rumläuft." Er deutete auf ihre Tasche. „Hier ist ein extra Magazin."

„Scheiße. Danke, Mann. Aber es paßt mir gar nicht, daß du jetzt ohne Waffe rumlaufen mußt."

Schweigen. „Ich komme schon zurecht." Er drehte sich um und ging weg, hielt aber noch mal an. „Ach ja. Wo sind deine Jungs? Damit ich jemand nach ihnen schicken kann."

„Du kennst doch die kleine beschissene Bar nicht weit von Slicks Garage?"

„Ja, kenn' ich." Er wandte sich zum Gehen.

„He, Theo."

Er hielt inne und drehte sich zu ihr um.

„Ich muß dir was sagen", sagte Lydia schnell, und Theo merkte, daß sie seine Zeit nicht vergeuden wollte. Er mochte das.

„Schieß los."

„Du kennst doch Jasmine?" fragte Lydia.

Theo runzelte die Stirn, nickte und verschränkte die Arme.

„Ja. Also, ich weiß, sie ist einfach nur blöd", fuhr Lydia rasch fort, „aber sie war in der Bar und erzählte 'rum, wir wären nicht sonderlich aktiv."

„Was hat das mit dir zu tun?" fragte Theo mit steinernem Gesicht.

„Also, ich... weißt du..." Unbehaglich verlagerte Lydia ihr Gewicht von einem Fuß auf den anderen. „Scheiße. Ich fühl mich wie ein Arschloch, eine verdammte Quasselstrippe, aber ich bin... ich meine, sie findet uns nicht aktiv genug, sie selber geht nicht raus auf Patrouille, und wir haben den Hals voll zu tun. Ich meine, wir reißen uns jede Nacht den Arsch auf."

Das hörte Theo nicht gern. Jemand, der seinen Job nicht machte, war ein Problem. Auch wenn Jasmine nur ein Rädchen unter vielen war, die er brauchte, wenn ein Überfall drohte und jeder an seinem Platz sein mußte. Was wieder mal bewies, daß es mit hübschen Titten nicht getan war.

„Ich gehe der Sache nach", sagte Theo kurz. „Du kümmerst dich um das verdammte Auto."

Montag, 25. Oktober 1999, 22:53 Uhr
Auf der Autobahn
Bei Halethorpe, Maryland

Lydias Anruf kam in der vierten Nacht, nachdem Theo sie auf den Lexus angesetzt hatte. „Er hat das Auto abgeholt", vernahm Theo durch das Knacksen der Telefonverbindung.
„Wer?"
„Van Pel."
„Sicher?"
„Ja."
„Wo bist du jetzt?"
„Ich verlasse gerade den Parkplatz."
„Bleib ihm auf den Fersen." Theo befand sich ein paar Minuten südlich der Stadt und drehte sofort um in Richtung Norden. „Halt mich auf dem Laufenden."
Verdammter Bastard. Theo dachte an Jan. Erst gestern hatten sie miteinander gesprochen, und eine riskante Entscheidung getroffen. Sie wollten die zweite Verteidigungslinie nach hinten ziehen und nur die Ausbuchtung für den Flughafen aussparen. Jan hatte gar nichts zu Theos Beruhigung verlauten lassen. Der Ventrue hatte ihn nur noch argwöhnischer gemacht.

„Ich sehe immer noch ein paar Horden in die Stadt eindringen", hatte Theo gesagt. „Vielleicht kommt's zu einem weiteren Stoßtrupp. Bist du sicher, daß du nicht mehr Sicherheitsvorkehrungen treffen willst?"

„Alles okay bei mir", hatte ihm Jan versichert und hinzugefügt: „Und ich habe nicht vor, das Hotel zu verlassen, bis das alles vorüber ist."

Verlogener Bastard, hatte Theo damals gedacht, und er dachte es jetzt wieder. Er gab Gas und raste Richtung Norden, näher an die Stadt heran. Er brauchte keine Bestätigung, was die Änderungen in der Abwehr anging. Das war, wenn auch gefährlich, alles Teil des Plans. Um einen anderen Teil des Plans, den sie schon im vergangenen August beschlossen hatten und seither nicht viel darüber gesprochen hatten, machte sich Theo Sorgen. Der Spion, dieser hochkarätige Maulwurf mußte immer noch am Werk sein, nach ihrer Überzeugung. Ihn zu enttarnen war Jan's Job. Theo hatte weiß Gott schon genug am Hals. Soweit dem Brujah-Archont bekannt war, war der Spion immer noch am Werk. Und sie kamen langsam sehr nah an den Punkt in ihrem Plan, wo ein undichte Stelle ausreichen würde, um das ganze Unternehmen scheitern zu lassen. Und jetzt log Jan Theo auch noch an. Vielleicht hatte es ja alles nichts miteinander zu tun... aber Theo konnte gar nicht anders: Instinktiv zählte er die einzelnen Punkte zusammen, auch wenn das, was dabei herauskam, nun wirklich das Allerletzte war, das er haben wollte.

In Theos Gedanken hinein schrillte das Telefon in seiner Tasche. „Ja."

„Van Pel hat soeben jemanden im Lord Baltimore Inn abgeholt, am Hintereingang, alles ziemlich diskret."

Lügner, verdammter Bastard. „Wer ist es?"

„Konnte ihn nicht erkennen. Es war nur einer."

„Bist du ihnen noch auf der Spur?"

„Ja. Sie fahren zurück in die Stadt."

Theo sah die Stadt klar vor sich. Er war jetzt innerhalb der Stadtgrenzen. Er beschleunigte noch mehr. „Ruf mich in drei Minuten wieder an."

„Verstanden." Die Verbindung brach ab.

Pieterzoon, du verdammter, verlogener Bastard. Ich könnte dir in den Arsch treten. Für einen Ventrue - Hölle nochmal, für alle Kainskinder - war eine Lüge an und für sich kein großes Ding. Theo hatte selbst gelogen, als er behauptete, ein weiterer Stoßtrupp würde weit nach Baltimore hineindringen. Kein Sabbat würde in die Nähe des Inneren Hafens kommen. Aber Theo und Jan hatten ein gut funktionierendes Arbeitsverhältnis aufgebaut, und Theo war sich recht sicher, daß der Ventrue offen mit ihm gewesen war seit jener Augustnacht, als sie die Wahrheit über Buffalo erfahren hatten. Aber jetzt log Jan ihn an, und Theo mußte das Schlimmste befürchten. War Jan zum Schurken geworden, um sich in der Hierarchie nach oben zu strampeln? Immerhin fuhren die alten Herren wie Hardestadt nirgendwohin, und das konnte doch nur bedeuten, daß keiner von ihnen wegfuhr. Theo hoffte, daß seine Vermutung falsch war, aber falls sie stimmte, war das der Untergang der Camarilla in den Vereinigten Staaten. Und das würde kein gutes Licht auf ihn werfen, den Brujah-Archont vor Ort. Das war es, was ihn verrückt machte.

Drei Minuten. Das Telfon klingelte wieder.

„Sie sind aus der Stadt raus", sagte Lydia. „Fahren jetzt Richtung Norden auf der Charles Street. Sie sind gerade durch... Saratoga gefahren."

Theo war in der Nähe der Charles-Straße, aber weiter südlich. Er stopfte das Telefon in die Tasche zurück und preschte so schnell er konnte, ohne den Bullen aufzufallen, in Richtung Norden. Es war nicht viel Verkehr. Die vielen Ampeln waren das Problem. Er traf auf eine rote Ampel, bog schnell rechts ab, ließ dann zwei grüne Ampeln hinter sich und stieß direkt wieder auf die Charles-Straße.

Wieder das Telefon. „Sie biegen rechts in die Franklin Street ab."

„Ich sehe dich", sagte Theo. Er steckte das Telefon weg, schoß auf die Kreuzung mit der Franklin-Straße zu und fuhr bei Gelb durch. Er sah Lydia im Pontiac und vergewisserte sich, daß er auch den Lexus im Blick hatte, bevor er ihr abwinkte. Sie hatte ihre Aufgabe erledigt. Von jetzt an würde er die Sache in die Hand nehmen. Sie suchte seinen Blickkontakt, zögerte, machte ein fragendes Gesicht: *Bist du sicher?* Er winkte ihr nochmal ab, und sie bog in eine Seitenstraße ab.

Theo lenkte seine ganze Aufmerksamkeit auf den Lexus. Er fuhr ungefähr eineinhalb Häuserblocks vor ihm. Theo blieb ein wenig zurück - schließlich war ein Motorrad ein recht auffälliges Verfolgungsfahrzeug - und beobachtete die Ampelschaltungen genau. Er wollte den beigen Wagen auf keinen Fall aus den Augen verlieren. Ein erzwungener Umweg um einen Häuserblock, um eine rote Ampel zu umgehen, wäre jetzt keine gute Idee mehr gewesen.

Als Theo dem Auto folgte, fühlte er ein Feuer in sich aufsteigen, ein kaltes Feuer, und er wußte, wenn er es nicht zurückdrängte, würde es glühend heiß werden, und würde dann den Weg bahnen für seinen Hunger, einen unkontrollierbaren Hunger. Er spürte dieses Feuer deutlicher als das Dröhnen seines Motorrads oder den Wind in seinem Gesicht. Seine Wut, die nie lang auf sich warten ließ, war jetzt angeheizt durch Frustration und Ärger. Kainskinder wie Lydia taten ihre Pflicht, taten, was richtig war, hielten den Sabbat davon ab, sich alles einzuverleiben. Denn so verdorben und hinterlistig die Camarilla auch war, der Sabbat war zehnmal schlimmer, hundert Mal. Viele Kainskinder aber waren nur um ihrer selbst willen drin, für ihren eigenen Nutzen. Verdammte Camarilla, verdammt die Stadt und alles und jeder in der Welt sollte verdammt sein.

Theo hatte seine eigene lange Liste von Verdammenswerten, und die wurde jede Nacht länger. Verdammt das ganze tote Gewicht, das Theo mit sich herumtrug. Jasmine und andere wie sie mochten gut sein in einer Diskutierrunde oder einer Universitäts-Demo, aber auf der Straße, im Kugelhagel, waren sie keinen Pfennig wert. Verdammter Pieterzoon für seine Lügen und seinen Ehrgeiz, egal für welche Kreise er sein falsches Spiel spielte. Verdammter Hardestadt und all die anderen Oldies. Wenn die nicht so versessen darauf wären, die ganzen jüngeren Kainskinder auf ihrem Platz zu belassen, wären Jan und seinesgleichen nicht so sehr auf Intrigen und Machtergreifung aus und würden den Älteren auch nicht soviel Anlaß für ihr tiefes Mißtrauen geben. Verdammte Ventrue-Clansbrüder, weil sie so verlogene Wichser waren und Theo damit ständig zwangen, vor ihnen auf der Hut zu sein. Es war unmöglich, einfach herzugehen und Jan nach dem Spion zu fragen oder warum er ihn wegen des Autos angelogen hatte. Der Ventrue würde lügen und nochmals lügen und Theo würde die Wahrheit nie herausfinden. Die einzige Möglichkeit bestand darin, Pieterzoon festzunageln, wenn es keinen Ausweg mehr für ihn gab. Selbst der simpelste Anstand war zuviel verlangt. Eigennützigkeit auf gegenseitiger Basis war noch am ehesten zu erreichen, wenn man Glück hatte. So war das nun mal, bei den Kainskindern genauso wie bei allen anderen. Am besten, man steckte sich seine eigenen moralischen Maßstäbe ab, markierte eine entsprechende Linie im Sand und dann wehe dem, der sie übertrat.

Das waren Theos Überlegungen, als der Lexus von der Franklin Street abbog und er ihm nachfuhr. Bald kamen sie durch einen Stadtteil Baltimores, in dem der alteingesessene Geldadel wohnte. Majestätische Villen mit Mauern um ihre Gärten zeugten von Wohlstand und Luxus - und von einer Isolierung vom wirklichen Leben. Der Lexus fuhr gemächlich mit 40 Stundenkilometern dahin, und es waren nur wenige andere Autos auf der Straße unterwegs. Theo blieb noch weiter zurück. Er machte seinen Frontscheinwerfer aus. Er spielte kurz mit der Idee, das Motorrad ganz wegzuschmeißen, weil er bei dieser Geschwindigkeit dem Lexus ganz gut zu Fuß folgen konnte, aber vielleicht machte van Peel nur einen Abstecher durch diese noble Gegend, um dann wieder auf die Autobahn zu fahren. Also beobachtete ihn Theo weiter aus sicherer Entfernung. Die ganze Zeit über wurde das Feuer in seinem Bauch immer stärker und hitziger.

Es war das rote Feuer, der Hunger, der ihn vor über hundert Jahren erfaßt hatte in jener Nacht, als er die Welt von Master Bell befreit hatte, einem Plantagenbesitzer und Sklavenhalter, der Theos Familie zugrunde gerichtet hatte. Es war das rote Feuer, der Hunger, der Theo aber noch weiter getrieben hatte. Inmitten des flammenden Gemetzels war er zur

Besinnung gekommen. Das Haus war ein Inferno und im Sklavenquartier war der Boden mit Leichen übersät gewesen. Leichen, die er wiedererkannte, viele Mitglieder seiner eigenen Familie. Und es war nicht die letzte Greueltat, die Theo in all den Jahren beging, und jedesmal sah er sich dazu getrieben. Von den Umständen, von Ungerechtigkeit und Grausamkeit und seiner Wut, immer wieder die Wut und das Feuer.

Heute hielt er es noch zurück, jedenfalls großteils. Aber ganz unter Kontrolle hatte Theo sich nicht. Heute war er nicht der ruhige, beherrschte Mann, der regelmäßig Sabbat-Eindringlinge zur Strecke brachte und auf dem Pflaster zerschellen ließ. Er war sich dessen bewußt. Er war sich auch klar, daß die Sache heute heikler war als das übliche Finden-und-Vernichten. Er wußte das, aber ihm war nicht nach einem raffinierten Spiel.

Er fühlte sich fast wie ein unbeteiligter Beobachter, als er sah, wie der Lexus in eine Einfahrt einbog. Mit seinem kühlen Verstand sah er sich selbst zu, wie er Gas gab und sein Motorrad vorschießen ließ, wie er die Scheinwerfer wieder einschaltete und scharf an die Beifahrerseite des Lexus heranfuhr. Er schloß zu dem Wagen auf, bevor das große, elektronisch geöffnete Tor halb aufgegangen war. Als sein Motorrad rutschend genau vor der Stoßstange des Lexus zum Halten kam, stürmten zwei bewaffnete Wachen, beides Ghule, heran. Theo hatte seine Schrotflinte in der Jacke entsichert und spannte den Hahn, ehe die Wachen einen Schuß abgeben konnten. Er richtete die SPAS nicht auf sie, und sie schienen seine Zurückhaltung zu spüren und hielten sich deshalb auch zurück. Fürs erste verhinderten sie so ein Blutbad. Einen langen, agespannten Augenblick lang sahen sie einander an. Der Lexus lief im Leerlauf ganz ruhig, Theos Motorrad war entschieden lauter, und das Tor ging mit leichtem Rasseln auf.

Dann senkte sich das hintere Fenster des Lexus mit leisem Summen. Das getönte Glas gab den Blick frei auf die Schatten im Inneren des Wagens, und auf ein schmales, unnatürlich blasses Gesicht. Die Blässe kam nicht von Furcht oder Aufregung. Das Gesicht war ganz ohne Ausdruck. Eine Straßenlaterne spiegelte sich in Jan Pieterzoons Brillengläsern. Er rückte seine Krawatte zurecht.

„Es ist in Ordnung, Wachen", sagte Pieterzoon. „Er gehört zu uns."

Die Wachen zögerten, steckten aber die Waffen ein. Theo steckte die SPAS ebenfalls zurück und setzte sein Motorrad ein, zwei Meter zurück.

Das getönte Fenster summte und schloß sich wieder, und der Lexus fuhr langsam eine gewundene Einfahrt hinauf. Theo folgte.

Als sie den Hügel hinauffuhren, fühlte sich Theo erleichtert, daß Jan sich ihm zu erkennen gegeben hatte. Vielleicht waren Theos Verdächtigungen ganz unbegründet, zumindest was den Spion betraf. Oder Pieterzoon wollte, daß er das dachte. Hätte sich Jan ihm so ruhig zeigen können, wenn hier etwas vorging, wovon der Brujah nichts wissen sollte? Vielleicht. Pieterzoon war mit allen Wassern gewaschen. Das mußte Theo ihm lassen. Er hatte gesehen, wie der Ventrue, allein, besiegt und schwer verletzt, sich aus einem Sabbat-Stoßtrupp herausmanövriert hatte. Das hatte Theo davon überzeugt, daß Jan es wert war, daß man ihm half. Gemeinsam hatten sie dann einen Plan ausgeheckt, der das Ansehen der Camarilla retten sollte, wenn nicht sogar alle Städte, die sie schon verloren hatten. Trotzdem traute Theo einem Ventrue nicht über den Weg.

„Guten Abend, Theo", sagte Jan, als er und van Pel aus dem Lexus stiegen.

Van Pel händigte die Schlüssel einem der Ghule aus, die jetzt Hausdiener spielten. Theo gab seine Schlüssel nicht her, und der zweite Ghul fragte auch nicht danach. Hans van Pel, wohl Jans Verwalter oder so was ähnliches, sah brutaler aus als sein Boss: Er war größer, stämmiger, mit quadratischem Kinn und Kiefer und er sah auch älter aus. Theo dachte, er sieht aus wie ein Nazi, aber vielleicht war das nur der persönlicher Eindruck eines Brujah. Van Pel öffnete den beiden Kainskindern die Tür und brachte dabei das kleine Kunststück fertig, Jan respektvoll und gleichzeitig Theo mit leiser Verachtung anzuschauen. Theo ließ das durchgehen. In all den Jahren hatte er herausgefunden, daß er von der Arroganz anderer Clans ganz schön profitieren konnte. Er liebte es, unterschätzt zu werden. Dann dachte niemand daran, daß er sich jederzeit einen wie Pel greifen und ihm den gottverdammten Hals umdrehen konnte, noch bevor Jan einmal mit den Wimpern zucken könnte. Und niemand würde seine guten Beziehungen zu einem Archont wegen eines toten Ghul aufs Spiel setzen. Offenbar hatte van Pel sich das noch nicht klar gemacht. Er konnte natürlich auch nicht wissen, daß er mit solchen Mätzchen heute nacht Theo auf dem falschen Fuß erwischte.

Denn das Feuer war nicht erloschen. Die Begegnung am Tor hatte es nur ein wenig gedämpft. Theo hatte sich wieder vollkommen unter Kontrolle. Er war froh, daß Jan sich ihm offen gezeigt hatte. Theo wußte genau, was passiert wäre, wenn der Ventrue abgehauen wäre. Die beiden Ghule wären kein Problem gewesen - oder sagen wir, die drei Ghule, denn van Pel hätte er gleich miterledigt und durch die Windschutzscheibe getrieben. Sein Arsch hätte 'ne gute Kühlerfigur abgegeben. Ärger hätte es erst danach gegeben, wenn Theo auch Jan erledigt und ihn in zwei Teile zerlegt hätte. Wahrscheinlich hätte der Brujah ihn nicht endgültig töten wollen, denn Theo hatte noch einige Fragen wegen des Spions an ihn. Außerdem war ihr Plan noch nicht ausgeführt. Sicher hätte Theo was zu hören gekriegt, und zwar von Pascek. Aber das wäre nicht das erste Mal gewesen. Und wahrscheinlich auch nicht das letzte Mal.

Aber Jan hatte das Fenster heruntergelassen und deshalb taten sie jetzt beide so, als ob alles bestens wäre. Jedenfalls im Moment. Also unterdrückte Theo sein Feuer.

Als sie durch die Eingangshalle gingen, sagte Jan, ohne Theo anzuschauen: „Deine Begleitung ist ein unerwartetes Vergnügen." Das war genau die Art von Ventrue-Schleimscheißerei, mit der Theo einfach nichts anfangen konnte.

„Tja", sagte Theo. „Stell dir meine Überraschung vor, dich hier draußen zu treffen, wo du doch im Hotel bleiben wolltest, bis alles vorbei ist."

Sie stiegen jetzt eine lange, gewundene Treppe hoch. Diese Villa erinnerte Theo an das Plantagenhaus, obwohl sie in einem ganz anderen Stil gebaut war. Es erinnerte ihn auch an so viele Eingangshallen der Macht, zu denen er als der Repräsentant des Clans Brujah Zugang erhielt. Als Archont war ihm dieser Zutritt gewährt worden, aber Gefallen hatte er daran nie gefunden. Diese Villen sahen letztlich alle gleich aus. Egal in welcher Stadt oder auf welchem Kontinent, ob auf dem Land inmitten großer Parks oder in der Stadt zwischen vielen anderen solchen Häusern, egal ob aus dem letzten Jahrhundert oder aus diesem, egal ob klassisch, neoklassizistisch, Jugendstil oder Südstaatenarchitektur; all das spielte überhaupt keine Rolle. Die Ältesten gehörten, ganz wie einst Master Bell, zur herrschenden Schicht, zu den Reichen, die ihren Wohlstand am liebsten gleichzeitig vorgeführt und versteckt hätten. Letzteres natürlich, um sich vor den Habenichtsen zu schützen, die den Rest der Bevölkerung ausmachten.

Und genau zu dieser beschränkten Welt der Privilegierten gehörte Jan Pieterzoon. Hier fühlte er sich wohl. Theo wußte das instinktiv, und die heutige Nacht gab ihm recht. Welche Erfolge sie beide erzielen würden, was immer sie erreichen würden im Kampf gegen den Sabbat, es würde immer ein Zweckbündnis bleiben. Theo wollte den Sabbat erledigen, weil sonst die Welt kaputt gehen würde. Jan wollte den Sabbat erledigen, weil sein Erzeuger es ihm befahl.

Als er die Treppe hochging, konnte sich Theo immer noch nicht vorstellen, in was er da hineingeraten würde. Und Jan sagte nichts. Er kostete es aus, daß er mehr wußte als der andere. Er mochte es, sich anderen gegenüber als der Herr aufzuspielen, ähnlich wie Nosferatu. Nur waren die meisten nicht so arrogant. Vielleicht weil die meisten ihrer sogenannten Geheimnisse nichts als wertloser Scheißdreck waren. Eine kleine Entschädigung sozusagen, weil sie in Ewigkeit durch den Müll anderer Leute waten mußten. Wenn einem dagegen ein Ventrue etwas anbot, dann war das in der Regel was Wichtiges - wenn auch nicht unbedingt was Gutes.

So trottete Theo mit Jan und seinem Lakaien weiter. Der Holländer schien genau zu wissen, wo's lang ging. Auf jeden Fall war kein einziger Butler zu sehen, obwohl van Pel genug Kohle dafür hatte. Theo machte sich auf alles gefaßt.

Auf wirklich alles. Aber das, was er nun sah, als van Pel eine Flügeltüre für die Kainskinder aufstieß, hatte er nicht erwartet. Sie betraten eine Art Eßzimmer. Im Kamin brannte ein kleines Feuer - immer dieses verdammte Feuer, pure Idiotie, es war einfach ein Statussymbol - und natürlich fehlten weder der riesige Spiegel und die alte Standuhr, noch die ewigen Polstermöbel aus Satin. Was Theo echt schockierte, *was ihn einfach total überraschte,* war nicht das Was sondern *Wer.*

Auf zwei von drei reichverzierten Sesseln mit hohen Rückenlehnen saßen zwei Kainskinder. Theo kannte sie. Nach allem, was recht war, hätte die beiden nicht hier sein dürfen.

Die erste war eine sehr junge Frau - sie *schien* jedenfalls sehr jung - sehr zart, fast zerbrechlich, aber Theo wußte genau, daß er diesem Eindruck nicht trauen durfte. Er wußte, daß er ihre Fähigkeiten an ihren Augen besser ablesen konnte. In dem kurzen Augenblick, als sich ihre Blicke trafen, glänzten ihre Augen mit einer Intensität, die sie durch viel mehr Jahrhunderte getragen hatte als Theo erlebt hatte. Einen Moment lang grenzte ihr intensiver Blick an feindliche Gereiztheit - sie hatte ihn nicht erwartet - aber dann war es, als legte sich ein Schild über ihr Gesicht. Gefühl und menschliches Empfinden verschwanden aus ihren Zügen, nicht aber die Aktivität; sie nahm jede Einzelheit in sich auf, zog Schlußfolgerungen und legte ihre Überzeugungen in Sekundenschnelle dar. Ihre Überlegenheit war sofort klar, noch ehe das erste Wort gesprochen war.

„Archont Bell", sagte Justicarin Lucinde vom Clan Ventrue, „was für ein unerwartetes Vergnügen."

Schon wieder *ein unerwartetes Vergnügen*. Genau dieselben Worte wie Jan Pieterzoon. Nichts war je eine *Überraschung*. Nie hätten sie gesagt: *Was zum Teufel tust du denn hier?* Theo dachte das, sagtees aber nicht. *Was für ein unerwartetes Vergnügen*. Vielleicht stand das im Ventrue-Handbuch unter der Rubrik: „Was man sagt, wenn ein Arschloch bei einem reinplatzt, das man absolut nicht brauchen kann."

Die anderen Kainskinder sagten nichts. Bells Anwesenheit war nicht so sehr verblüffend - immerhin wußte man, daß er in Baltimore war - als vielmehr beunruhigend. Hesha Ruhadzes rechte Hand ruhte locker auf dem Sterling-Silbergriff seines Stocks. Seine Haut und sein kahler Kopf waren etwas heller braun als Theos. Wenn Theo Bell Hesha nicht erkannt hätte, hätte der Setit keineswegs fehl am Platz gewirkt. Er fühlte sich wohl inmitten dieser angehäuften Reichtümer und saß in seinem gebügelten Anzug aufrecht da. Das Kaminfeuer warf Lichtreflexe auf seinen Stock und das Monokel, das aus der Brusttasche seines frischgestärkten Hemds halb herausschaute.

„Jan", Lucindes Stimme klang angenehm, aber formell und kurzangebunden, „laß deinen Diener noch einen Stuhl holen."

Als van Pel wegeilte, um den Stuhl zu holen, rangen viele Gedanken in Theos Kopf miteinander: Lucinde war in der Stadt. Wie lange schon? Warum wurde ihre Anwesenheit geheimgehalten, wo doch die Nachricht die Moral der Camarilla-Kämpfer in der Stadt erheblich gestärkt hätte? Warum zum Teufel traf sie mit Hesha Ruhadze zusammen? Sicher, der Setit konnte in dieser Situation vielleicht helfen, aber solche Vereinbarungen traf man normalerweise auf niedrigerer Befehlsebene. Pieterzoon war schon eine Führungspersönlichkeit im Clan. Man hätte ihn getrost anstelle der Justicarin mit Hesha verhandeln lassen können und hätte dabei keineswegs den gebührenden Respekt für Hesha vermissen lassen. Da war etwas anderes im Busch, größer als die Stadt, größer als der Plan - jedenfalls als der Plan, den Theo kannte.

Jan setzte sich erst, als van Pel auch für Theo einen Stuhl gebracht hatte.

„Setzen Sie sich zu uns, Archont, Mr. Pieterzoon", sagte Lucinde. Theo setzte sich. Sie warf ihn nicht raus. Theoretisch hätte sie das tun können. Sie war von viel höherem Rang, obwohl Pascek sein Chef war und Theo dem Ventrue-Justicar keine persönliche Gefolgschaft schuldete. Es würde Ärger geben, wenn sie es versuchte und Theo unbedingt Staub aufwirbeln wollte. Er war der höchste Funktionär auf dem Gebiet und war es von Anfang an gewesen. Wenn Lucinde ihm nicht zu sehr zusetzen wollte, und den Eindruck hatte er bis jetzt, dann war es für ihre Pläne entweder einfach praktisch, Theo mit an Bord zu haben, oder es gab irgendeine geheime Übereinkunft zwischen ihr und Pascek. Pascek, der fanatische, verrückte alte Wichser würde sich natürlich keine Mühe machen, seinem eigenen Archonten davon zu erzählen. Also mußte sich Theo die Mosaiksteinchen selbst zusammensuchen.

„Archont", sagte Lucinde mit formellem Blick. „Ich gehe davon aus, daß Sie mit Herrn Ruhadze bekannt sind?"

Theo nickte fast unmerklich.

„Wir kennen uns schon", sagte Hesha.

Die Anwesenheit des Setiten komplizierte die Sache für Theo. Sogar mit einem Justicar hätte er auf direkte Konfrontation gesetzt, zumal er ja diesen Weg schon eingeschlagen hatte, indem er uneingeladen und unangekündigt aufgetreten war. Lucinde und Jan hätten ihm was erzählt, und er hätte ihrer Geschichte zustimmen oder ablehnen können. In Heshas Anwesenheit allerdings wollte Theo keine schmutzige Wäsche waschen. Mißtrauen unter Mitgliedern der Camarilla, besonders unter Leuten in Schlüsselpositionen, das war nichts, was man einem Setiten unter die Nase binden mußte, und schon gar nicht Hesha. Es wäre einfach nicht klug gewesen, einer Schlange ein Schlupfloch zu verschaffen, durch das sie eindringen könnte.

„Und Jan Pieterzoon", fuhr Lucinde fort, „ich glaube, Sie kennen Herrn Ruhadze auch."

„Nur vom Hörensagen", sagte Jan bewußt doppelzüngig und machte damit eine geschickte Anspielung auf die Spannungen unter den Clans. Hesha nickte zustimmend.

„Ich glaube, Herr Pieterzoon", sagte Lucinde, „wir sollten erst einmal auf die Aufgabe des Archont eingehen, damit wir nicht seine kostbare Zeit verschwenden."

„Einverstanden. Archont Bell", sagte Jan und nahm Lucindes formellen Tonfall an. „Wie wir schon besprochen haben, hat Herr Ruhadze aus verschiedenen Gründen ein langjähriges Interesse an Baltimore, und daher beschäftigt ihn der kürzliche Tod von Prinz Garlotte sehr."

Theo dachte wieder an diese Sache zurück. Die Möglichkeit, daß Hesha hinter der Sache steckte, hatte er gar nicht in Betracht gezogen. Hatte der Setit etwa seine Fänge hinter Katrina? Sah er vielleicht eine Öffnung, durch die er schlüpfen und die Stadt einnehmen könnte, die zwischen der Camarilla und dem Sabbat zerrieben wurde?

„Als eine Geste des guten Willens und der gegenseitigen Wertschätzung", fuhr Jan fort, „hat uns Herr Ruhadze einige Informationen gebracht, die von großem Interesse sein könnten."

Guter Wille, du Arsch, dachte Theo.

Jan nahm die Drahtgestellbrille ab und putzte sie mit einem seidenen Tuch, während er weitersprach. „Offenbar ist Katrina, das Kind des Prinzen, nicht mit dem Schiff untergegangen."

Theo lehnte sich langsam zurück, preßte seinen Rücken gegen die Lehne und verschränkte die Arme. „Und...?"

„Daß sie überlebt hat, ist vielleicht weniger bedeutsam als die Tatsache, daß sie sich seit der Explosion versteckt hält." Jan setzte seine Brille wieder auf.

„Glaubt ihr, daß sie ihre Finger drin hatte?" fragte Theo.

„Vielleicht", sagte Jan.

Theo kratzte sich die rauhen Kinnstoppel. Fast eine halbe Minute starrte er in die kleinen Flammen, die über den Gasscheiten tanzten, als ob er über die Möglichkeit nachdenken würde, daß Katrina ihren Erzeuger in die Luft gejagt haben könnte. Der Brujah wunderte sich nur, daß sie Katrina nicht geschnappt hatten, wenn sie sich so sicher waren, daß sie die Täterin und außerdem noch in der Gegend war? Es wäre bestimmt nicht schwer. Vielleicht hatten sie es ja vor. Und nachdem er so unerwartet aufgetaucht war, war das vielleicht der nächstbeste Knochen, den man ihm hinwarf. Er wußte, es war gut möglich, daß sie das Mädchen schon gefunden hatten. Vielleicht wußten sie auch, daß er sie in jener Nacht hatte entwischen lassen. Oder, auch das war ihm klar, vielleicht stand Hesha oder auch *alle miteinander* hinter Katrina und ihrem Racheakt. Falls sie von ihm verlangten, Katrina zu erledigen, wäre das für sie ein nettes, sauberes Ende der ganzen Geschichte.

„Glaubt ihr, jemand hat sie dazu gebracht?" fragte Theo. Er schaute von Jan zu Lucinde und dann zu Hesha. Er klagte sie nicht direkt an, aber er wollte das Feld der Verdächtigungen ausdehnen. So einfach würde er sie nicht davonkommen lassen.

„Das ist... durchaus möglich", sagte Jan.

Theo saß schweigend da. Er schaute die andern Drei jetzt nicht mehr an. Sie waren zu geübt im Umgang mit Täuschungsmanövern, als daß er aus ihren Gesichtern oder ihrer Körpersprache etwas hätte herauslesen können. Er selbst war auch nicht anders. Draußen auf der Straße mußte man manchmal lügen. Je weiter weg von der Straße, je weiter oben auf der Leiter, desto mehr mußte man lügen. Diese drei hier würden es vielleicht „verbergen" nennen. Nicht einmal wenn es ums Lügen ging, konnten sie ehrlich sein.

„Archont", sagte Lucinde, und ihr Selbstvertrauen stand jetzt im Widerspruch zu ihrem so jugendlichen Aussehen, „könnten Sie der Sache nachgehen? Prinz Goldwin muß erst noch einen neuen Sheriff benennen, und ich fürchte, es könnte da auch einen gewissen Interessenkonflikt geben."

Oh ja, verstehe, das könnte euren Interessen schaden, dachte Theo und sagte dann bloß, „Ja, kann ich machen."

„Gut." Lucindes Lächeln schien ganz ohne Arglist. „Sehr gut."

„Hans", sagte Jan und winkte dem Ghul ohne ihn anzusehen. Van Pel reichte ihm eine kleine Schreibunterlage. Jan schraubte den Füllfederhalter auf und machte sich eine kurze Notiz. Er riß das Blatt Papier ab und gab es Theo. „Hier ist die Adresse, wo sie sich aufhält."

Theo schaute sich die Anschrift an; die Gegend kannte er. Er stopfte den Zettel in seine Tasche. Die anderen drei Kainskinder beobachteten ihn und warteten, aber Theo sagte nichts mehr. Was ihn wirklich bewegte, konnte er nicht sagen, nicht jetzt, wo Hesha dabei war. Aber später würde sich eine Gelegenheit dafür finden.

Jetzt stand er auf, mit grimmigem Gesicht, nickte den anderen kurz zu, „Lucinde, Jan, Hesha", und fort war er.

„Kannst du das Treffen arrangieren?" fragte Lucinde ungefähr eine Stunde, nachdem Theo Bell gegangen war.

„Sicher", sagte Jan. „Ich sehe da keine Schwierigkeiten."

„Außer den üblichen malkavianischen Eigenschaften", meinte Lucinde.

Hesha lächelte höflich, aber nicht wirklich amüsiert. Er wollte nicht den Eindruck erwecken, er würde sich mit der Camarilla oder mit den Ventrue verbünden, und deshalb ließ er gelegentlich verächtliche Bemerkungen über sie fallen. Lucinde nahm davon keine Notiz. Die Verachtung des Setiten war auch nicht echter als der dünne Schleier der Höflichkeit, durch den er sie hindurchschimmern ließ. Die sind doch alle gleich, dachte Jan.

„Natürlich", sagte Jan. Auch er lächelte den gutaussehenden Afrikaner höflich an. Die Liebenswürdigkeit des jüngeren Ventrue wirkte ein wenig gezwungener als die seines Justicars, und das lag durchaus in seiner Absicht. Er hegte beträchtlich mehr Vorbehalte als Lucinde, was die Vereinbarung betraf. Das lag zweifellos daran, daß sie nur die Vereinbarung traf, Jan dagegen für die Ausführung verantwortlich war. Es ist auf jeden Fall besser, entschied er, wenn ich mich nicht allzu gern zur Mitarbeit bereit zeige. Am besten hält man sich Hesha auf Distanz, und zwar so, daß er es auch merkt. Dann wird der Setit die Vereinbarung gewissenhafter erfüllen. Man mußte sich nicht unbedingt mit Clans verbrüdern, die ihre Rechte und Pflichten in der Camarilla nicht erfüllten, aber sie immer dann in Anspruch nehmen wollten, wenn es ihnen gerade in den Kram paßte.

Warum, wunderte sich Jan, sollte er Ruhadze besser behandeln als einen wie Bell, der seinen Wert für die Camarilla viele Male unter Beweis gestellt hatte? Jan dachte über die Aufgabe nach, mit der sie Theo testen wollten. Der Ventrue war besorgt über die Möglichkeit, daß Theos Dienste der Camarilla verloren gehen könnten. Aber, wie Lucinde betont hatte, sie mußten sich seiner einfach ganz sicher sein. Außerdem konnte man mit einem Justicar ein Thema, besonders wenn es um jemand anders ging, nur bis zu einem bestimmten Punkt diskutieren. Und dazu kam noch, daß Pascek offenbar zugestimmt hatte. Mit zwei Justicaren konnte man gar nicht diskutieren. Und so weiter.

Jan mußte sich nun mit dem Setiten auseinandersetzen. Und hoffen, daß Theo den Test bestand.

Teil zwei:
zuckerbrot und peitsche

**Dienstag, 26. Oktober 1999, 2:41 Uhr
Cherry Hill
Baltimore, Maryland**

Theo gefiel das alles gar nicht. Und zwar kein bißchen. Lucinde war in Baltimore. Er wußte nicht, wie lang schon. Und er hätte von ihrer Anwesenheit immer noch nichts gewußt, wenn er nicht geahnt hätte, daß etwas faul war an dem Wagen, den Pieterzoon heimlich hatte herrichten lassen.

Jetzt, wo er Bescheid wußte, war er dennoch nicht zufrieden. Überhaupt nicht. Aber ein bißchen besser fühlte er sich schon, als er jetzt auf dem Motorrad durch die Nacht brauste. Das Dröhnen des Motors entsprach dem Stil des Brujah, anders als die leisen Motoren der Ventrue, dieser Meister im Tarnen und Täuschen. Führ deine Feinde hinters Licht - das verstand Theo. Arbeite mit deinen Freunden zusammen. Für ein gemeinsames Ziel. So sollte es sein.

Zur Hölle mit ihnen, dachte Theo. Er wußte, daß es so nicht funktionierte. Aber es sollte so sein. Das Problem war, daß es im Grund keine Freunde gab, höchstens Verbündete. Zweckbündnisse, das war alles, was man verlangen konnte, wenn überhaupt.

Es war ja nicht so, daß Jan und Lucinde irgendwas Schreckliches verbrochen hätten. Teufel, Theo wußte das. Er rechnete die beiden sogar zu den „anständigeren" Kainskindern, was allerdings nicht allzuviel hieß. Sie reichten schwerlich an Pascek heran, wenn es um fiese und hinterhältige Machenschaften ging. Trotzdem gingen sie Theo gewaltig auf die Nerven.

Lucinde konnte natürlich gehen, wohin sie wollte. Strenggenommen hätte Theo zwar das Protokoll auf seiner Seite gehabt, weil sie es nicht für nötig gehalten hatte, ihm ihre Anwesenheit mitzuteilen - wie konnte er die beschissene Stadt verteidigen, wenn er nicht einmal wußte, welche Streitkräfte ihm zur Verfügung standen? Aber er hätte sich natürlich auf unsicherem Grund befunden. Außerdem - was sind schon Protokolle? Hatte sich Theo jemals um Protokolle geschert?

Es ging auch nicht um verletzte Gefühle oder den Gedanken, er hätte eins ausgewischt gekriegt oder irgend so ein blödes Toreador-Zeugs. Solche Empfindlichkeiten hatte Theo in seinem Leben nicht gekannt - ein

Sklave hat keine solchen Gefühle, bei ihm geht's schließlich ums Überleben - und er hatte sie auch im Unleben nicht entwickelt. Nein, es war vielmehr so, daß Lucinde mit ihrer Nummer, die sie da abzog, das Vertrauen unterminierte, das Theo in Jan gesetzt hatte. Das Vertrauen, daß sie zusammenarbeiten und den Plan durchführen konnten, oder daß Jan seinen Anteil an diesem Plan ausführen würde. Jan hatte Lucindes Anwesenheit vor Theo verheimlicht, was verheimlichte er womöglich sonst noch? Lucinde erschwerte Theo seinen Job, und das machte es wiederum weniger wahrscheinlich, daß die Camarilla sich an der Ostküste behaupten würde, und genau *das* war nun mal ihr verdammter Job - die Camarilla zu unterstützen.

Vielleicht hatte ihr Hereinschnüffeln aber auch mit Hesha zu tun. Keine Sekunde hatte Theo das Geschwätz von wegen Freundschaftsgeste geglaubt. Der Setit hatte vielleicht einige Informationen über Katrina gehabt, aber das war verdammt nochmal nicht der einzige Grund, warum er mit Lucinde sprechen wollte. Je mehr Theo darüber nachdachte, desto weniger wahrscheinlich erschien ihm Heshas Beteiligung an Garlottes Zerstörung. Der verstorbene Prinz und Ruhadze hatten viele Jahre lang friedlich zusammen gelebt - es sei denn, es hätte in jüngster Zeit Zwistigkeiten gegeben, von denen Theo nichts wußte. Möglich war's. Abgesehen davon war es nicht gerade der günstigste Zeitpunkt, eine Stadt zu erobern, wenn der Sabbat vor der Tür stand - außer der Setit steckte mit dem Sabbat unter einer Decke. Auch das war möglich.

Scheiße, dachte Theo. Es gab einfach zu viele Möglichkeiten, aber keine davon war jetzt so wichtig wie das, was er jetzt vorhatte. Anders als in den feinen Stadtvierteln, wo Lucinde sich aufhielt, herrschte in Cherry Hill keine nächtliche Stille. Hier kam in den Nächten der Abschaum an die Oberfläche. Zuhälter und Huren. Drogenhandel unter freiem Himmel. Junge Männer, meist Schwarze, die wahrscheinlich mit zwanzig, fünfundzwanzig an einer Überdosis sterben würden. Gewalt. Aids. Entweder hielten sie sich für unverwundbar, unsterblich. Oder es war ihnen einfach alles egal. Fatalismus mit tödlichem Ausgang.

Theo fiel hier nicht auf. Niemand behelligte ihn. Vielleicht wegen des Hauchs von Tod, der ihn umgab. Irgendwie erkannten diese Menschen ihn instinktiv, wußten, was er war und hielten sich von ihm fern.

Die Adresse von dem angeblichen Versteck Katrinas, die Theo von Jan erhalten hatte, war nicht weit von Katrinas ehemaliger Zuflucht entfernt, wo sie gelebt hatte, bevor sie ihren Erzeuger hochgehen ließ. Nicht sonderlich klug, so nah bei der alten Wohnung zu bleiben. Wahrscheinlich hatte irgend so ein Speichellecker von Ruhadze sie ausfindig gemacht und war ihr gefolgt. Diese Katrina war einfach nicht raffiniert genug, um andere irrezuführen. Schon die Idee, den Prinz mitsamt seinem Schiff mitten in der Stadt in die Luft fliegen zu lassen, war alles andere als subtil.

Theo parkte am Ende des Blocks und ging über den rissigen Gehweg. Das Haus war eine baufällige Baracke, vielleicht vierzig Jahre alt. Es würde bestimmt nicht mehr lange halten. Die Eingangstür war noch baufälliger als der Rest. Theo gab ihr einen Tritt. Holzsplitter aus Tür und Türrahmen flogen wie dichter Regen direkt ins Wohnzimmer.

Noch bevor das schwarze Mädchen, das neben Katrina saß, den Mund zu einem Schrei öffnen konnte, war Katrina schon von dem Sofa aufgesprungen und wie in einem Nebel verschwunden. Damit hatte Theo gerechnet. Die Sterbliche hatte ihren Mund auf, aber noch keinen Laut von sich gegeben, als Theo Katrina bei der Küchentür einholte. Er schlug ihr den Ellbogen gegen das Kinn und sie fiel auf den Küchentisch. Der einzige Stuhl schlitterte über den Boden.

Endlich kam der Schrei.

Theo schaute sich zu der Schwarzen um, einem Mädchen von vielleicht achtzehn Jahren. Er deutete auf das, was einmal die Eingangstüre gewesen war. „Hau ab. Sofort."

Der Schrei erstarb ihr auf den Lippen, aber ihr Mund stand weiter offen. Sie fiel fast über die eigenen Füße, als sie zur Tür hinaus stolperte. Theo wandte sich wieder Katrina zu. Sie war schon dabei, aufzuspringen und abzuhauen.

„Mach das bloß nicht", sagte Theo. „Oder es wird das letzte sein, was du gemacht hast, verdammt nochmal."

Katrina erstarrte. Dann stand sie langsam vom Boden auf und rieb sich das Kinn. Es war offenbar nicht gebrochen, obwohl Theos Schlag einem Sterblichen das Genick gebrochen hätte.

„Wird deine Freundin Hilfe holen?" fragte Theo.

„Wen denn? Wer zum Teufel sollte mir schon helfen?"

„Das tut mir echt leid für dich", sagte Theo. „Habe ich dir nicht gesagt, du sollst aus der Stadt verschwinden?"

Katrina stemmte die Hände herausfordernd auf die Hüften.

„Wo, bitte, sollte ich hingehen?"

„Bin ich ein Reisebüro?"

Mehrere Sekunden starrten sie sich gegenseitig in die Augen. „Also willst du mich jetzt erledigen?" fragte Katrina schließlich.

„Wenn ich dich töten wollte, wärst du schon längst tot."

„Das hab ich mir gedacht. Also was willst du, oder wolltest du nur mal so vorbeischauen heute nacht?"

„Setz dich hin und halt deinen Mund, verdammt noch mal."

Katrina funkelte mit den Augen, aber sie nahm den Stuhl hoch und setzte sich. Sie klopfte sich die Jeans und das enge, ärmellose T-Shirt, das sie trug, ab. „Denkste nochmal drüber nach, ob du mich vielleicht laufen lassen sollst?"

„Kann sein." Theo lehnte sich an das angeschlagene, schmutzige Küchenbüffet. „Jetzt hör mir gut zu. Zweierlei. Erstens, eine Frage an dich."

„Und dann wirst du mich erledigen."

„Das *könnte* ich, wenn du jetzt deinen verdammten Mund nicht hältst. Wo hast du den Sprengstoff her gehabt? Ich geh mal davon aus, daß du kein Chemielabor im Keller hast."

„Von einem Typ. Er hat's mir angeboten. Und ich hab's angenommen."

„Hat der Junge einen Namen?"

Katrina hob die Schultern. „Vielleicht. Er hat ihn mir nicht gesagt. Und ich hab ihn nicht danach gefragt."

„Also nochmal im Klartext. Du kennst den Burschen nicht, du weißt seinen Namen nicht, aber er kommt daher und bietet dir mir nichts dir nichts einen Koffer voll Dynamit an."

„Synthetischen Sprengstoff. Er hat mir auch gezeigt, wie's geht. Und er hat es mir geschenkt, ich hab nichts bezahlt dafür."

„Kainskind?"

„Ja, glaub' schon."

„Für wen hat er gearbeitet?" Theo hielt die Hand auf.

„Nein, warte, laß mich raten. Er hat nichts gesagt. Du hast nicht gefragt. So war's doch, oder?"

„Für einen Brujah bist du verdammt gerissen."

„Und du bist gleich ziemlich platt für einen Ventrue, wenn du dich nicht in Acht nimmst." Diese Drohung war nicht zum Spaß, und Katrina sank in ihren Stuhl zurück, immer noch trotzig, aber nicht mehr so angriffslustig. „Wie hast du ihn kennengelernt?"

„Er ist auf mich zugegangen. Sagte, er hätte da was, das ich vielleicht brauchen könnte. Tja, das war's schon."

„War das hier in der Gegend?"

„Ja. Ich bin nicht schwer zu finden."

„Ja, und das solltest du schleunigst ändern, wenn du am Leben bleiben willst." Theo beachtete Katrinas Feixen nicht. „Hat er dir das Zeug gleich gegeben, oder ist er nochmal gekommen?"

„Er sagte, ich sollte mich an ihn wenden, wenn ich interessiert wäre. Ich sollte in diese Bar in der Nähe der Park Heights gehen. Sie heißt Dewey's Sweatshop."

„Das hört sich echt nach Klasse an."

„Du sagst es. Ich bin nicht wählerisch, aber das war wirklich 'ne miese Absteige. Aber ich ging hin, wie er mir's gesagt hatte. Ich fragte den Barmann, ob Johnny da sei..."

„So heißt er also?" unterbrach sie Theo. „Johnny?"

„Das weiß ich nicht. Ich denke, das war eher sowas wie ein Paßwort, verstehst du? Also, ich frage, ob Johnny da ist. Der Barmann sagt nein, also hab ich ihm einen Zettel gegeben mit einer Uhrzeit drauf. Dann hab ich den Typ das nächste Mal um diese Uhrzeit angetroffen."

„Was ist das für ein Barmann?"

„Ziemlich dicker Typ mit Bart. Keiner von uns. Es muß Dewey sein."

„Und du hast dir nicht die Mühe gemacht, herauszufinden, für wen dieser Johnny arbeitet?"

„Warum zum Teufel sollte ich?" fragte Katrina.

„Dann wüßtest du jetzt, wer dich dazu gebracht hat, Garlotte zu töten. Und dafür gesorgt hat, daß du dafür grade stehen mußt."

„Mann! Schau her..." Katrina stand auf und stieß den Stuhl gegen das Büffet. Sie fing an, aufgeregt, aber nicht nervös, in der engen Küche auf und ab zugehen, wie eine Ratte im Käfig. „Für dich sieht das alles vielleicht anders aus, so ein hohes Tier, wie du bist. Aber ich! Was ich auch tue, *irgend jemand* hält mich immer an der Kette! Was diese Geschichte angeht, so habe ich jedenfalls erreicht, was ich wollte, und das ist alles, was zählt. Prinz Garlotte ist Geschichte. *Er wird mich nicht mehr an der Kette halten können.* Wenn dabei noch jemand auf seine Kosten gekommen ist, soll es mir recht sein. Wenn ich umgehe, ehe das alles vorbei ist, dann ist es echt zu schade um mich. Du kannst mir ja ein Beileidstelegramm schicken, du Arschloch von einem Brujah-Archonten. Aber eines ist klar: Prinz Garlotte wird mir nie wieder vorschreiben, was ich tun und lassen soll. Nie mehr."

Theo sah sie nur an, schaute zu, wie sie sich aufregte, wie sie Dampf abließ, dieses kleine weiße Mädchen, das niemandem mehr nach der Pfeife tanzen wollte. Solche gab es wie Sand am Meer. Es war reiner Zufall gewesen, daß sie einen Prinzen getroffen hatte, einen unvorsichtigen Prinzen, und daß sie aus den Gelegenheiten, die sich ihr boten, das Beste gemacht hatte. Aber da war noch etwas. Sonst hätte er sie schon in der Nacht am Hafen fertiggemacht. Sie hörte sich eher wie eine Brujah als wie eine Ventrue an. Wut genug hatte sie. Aber das konnte man von vielen Anarchen sagen, und auch von den wenigen Ventrue, die zum Sabbat überliefen, den *antitribu*. Als Theo sie ansah, wurde ihm klar, warum er sie verschont hatte, nachdem er sich zwei Wochen lang den Kopf darüber zerbrochen hatte: Es kümmerte sie nicht.

Es war ihr nicht egal, was sie tat. Was sie sich in den Kopf gesetzt hatte, das zog sie durch - Rache gegen Garlotte oder Auflehnung gegen Theo -, und zwar ohne Rücksicht auf Verluste. In der Nacht am Hafen war sie nicht weggelaufen. Klar, sie hatte bei der Explosion das Bewußtsein verloren, aber sie war auch vorher nicht weggelaufen, als Theo noch gar nicht wußte, daß er sie jagen mußte. Und heute war sie wieder nicht eingeschüchtert von einem Archonten, der allen Grund hatte, sie fertigzumachen. Was war das? Vertrauen? Fatalismus? Dummheit? Mut? Was auch immer es war, sie konnte es weit damit bringen... oder es würde sie umbringen. Vieleicht schon bald.

„Kannst du mir noch was über den Typen erzählen?" fragte Theo, als Katrina merkte, daß er sie nachdenklich betrachtete.

Sie sah ihn einen Augenblick finster an und seufzte. „Ja. Er ist häßlich. Nicht so häßlich wie ein Nossie, aber trotzdem. Als ich ihn sah, war er unrasiert und hätte eine Dusche nötig gehabt. Hatte 'ne Stirnglatze. Und er konnte seine Hände nicht bei sich behalten."

„Wie bitte?"

Katrina schien sich bei dem Gedanken daran zu ärgern. „Er hat einfach immer... nein, nicht gegrabscht, aber er hat ständig die Hand auf meinen Arm gelegt, wenn er mit mir sprach. Es hat mich angeekelt. Ich

bin zuhause gleich unter die Dusche." Theo wartete, aber Katrina lächelte nur spöttisch und zuckte mit den Schultern. „Das war's, Cowboy. Jetzt weißt du soviel wie ich. Und was jetzt? Auch nicht klüger als zuvor, was?"
Theo lachte und genoß es, daß er sie damit wütend machen konnte. „Du hast wirklich Schwein gehabt, daß dich bis jetzt noch niemand umgebracht hat."

„Wir sind doch alle..."

„Ja, ja", schnitt ihr Theo das Wort ab. „Wir sind alle schon tot. Spar dir das, Schwester. Schau. Erst hab ich dir gesagt, du sollst aus Baltimore abhauen. Du hast es nicht getan, und es ist nochmal gut gegangen. Aber du hast verdammtes Glück gehabt, daß der Typ, der dich auf Garlotte angesetzt hat, dich nicht hinterher beiseite geräumt hat. Warum ist mir schleierhaft. Vielleicht hat er sich ausgerechnet, du wärst dumm genug, dich ohne sein Zutun umbringen zu lassen - womit er gar nicht so unrecht hätte."

„Also du kannst..."

Theo deutete mit seinem bulligen Finger auf sie und sie unterbrach sich mitten im Satz.

„Ich kann machen, was ich will, und genau das tue ich", sagte Theo. Er blieb noch einige Sekunden stehen, den Finger die ganze Zeit wie einen Dolch auf Katrina gerichtet. Ganz langsam kroch eine leichte Unsicherheit in ihre Gesichtszüge. Dann nahm Theo eine alte Zeitung, ein halb ausgefülltes Kreuzworträtsel, vom Büffet und einen Stift, der daneben lag. Er riß ein Stückchen Papier ab und schrieb einen Namen darauf.

„Und das tust du jetzt", sagte Theo. „Du schnappst dir das Mädchen, das eben bei dir war... wie heißt sie?"

„Angela."

„Also du schnappst dir Angela. Du klaust ein Auto und fährst los. Nach Westen. Ihr fahrt in der Nacht. Angela muß fahren. Du versteckst dich im Kofferraum. Du nimmst einen anderen Namen an und bleibst verdammt nochmal von hier weg. Von der ganzen Ostküste. Fahr nach San Francisco. Frag dich durch zu dem Burschen." Theo deutete auf das Papier und gab es ihr. „Du müßtest ihn am Hafen finden."

Katrina las den Namen auf dem Papier. „Ein Freund von dir?"

„Nein. Im Gegenteil. Erwähn meinen Namen nicht oder er tritt dir in den verdammten Arsch und versenkt dich in der Bucht. Du kennst mich nicht. Halt mich da raus. Er wird dir vielleicht weiterhelfen. Verstanden?"

„Uh...ja."

„Das muß *heute* sein, kapiert? Das heißt, du bist in einer Stunde weg, in der nächsten halben Stunde, verdammt. Und wenn du mir diesmal nicht folgst..."

„Okay. In Ordnung."

Theo wartete und fixierte sie so lang genug mit seinem Blick, bis er sicher war, daß sie ihn ernst nahm. Dann drehte er sich um und ging durch die Holzsplitter, die überall im Zimmer herumlagen, ins Freie.

Draußen zerstreuten sich die Drogendealer, als sie ihn sahen. Sie sahen den Tod vorbeigehen, und waren klug genug, sich fernzuhalten.

Donnerstag, 26. Oktober 1999, 22:15
Präsidentensuite, Lord Baltimore Inn
Baltimore, Maryland

„Sagen Sie Pieterzoon Bescheid, daß ich da bin."

Anton Baas, der Leiter von Jans Sicherheitstruppe, sah Theo einen Augenblick mit jener typisch europäischen, gleichgültigen Zurückhaltung an, die Theo so auf die Nerven ging. Dann nickte Baas einem der beiden Männer zu, die neben ihm standen - sie waren Ghule wie er selbst -, und dieser verschwand hinter der Flügeltür, die zu Jans Suite führte. Nach ein paar Sekunden kam er zurück und nickte Baas zu. Baas öffnete die Türen weit und trat zur Seite, um Theo vorbei zu lassen.

Drinnen saßen Pieterzoon und van Pel an einem Tisch, auf dem ein beachtlicher Stapel von ledergebundenen Büchern lag. Jan nahm die Brille ab, legte sie zusammen und steckte sie in seine Brusttasche. Er klappte den Band zu, der vor ihm lag und legte ihn auf den Stoß zu den anderen.

„Theo, ich habe dich schon erwartet", sagte Jan. „Ich denke, wir haben viel zu besprechen."

Wenigstens, dachte Theo, tat der Ventrue nicht so, als ob letzte Nacht nichts gewesen wäre. „Das denke ich auch", sagte Theo.

„Das ist alles für heute, Hans", sagte Jan. Er und Theo sahen einander bewegungslos und ohne Worte an, während van Pel die Bände zusammenpackte und dann hinausging.

„Wie lang ist sie schon hier?" fragte Theo, sobald die Tür geschlossen war.

„Nicht lang. Zwei Wochen."

„Und wann wolltest du es mir sagen?"

„Es gab keinen Anlaß."

Die Antwort schien Theo ehrlich genug, und das war immerhin etwas. Es wäre für Jan ein Leichtes gewesen, ihm eine besänftigende Lüge aufzutischen, etwa in der Art, daß sie ihm das Geheimnis ohnehin in ein, zwei Nächten mitgeteilt hätten.

„Theo, ich wußte erst wenige Nächte vorher, daß sie kommen würde, und ich hatte ausdrücklich die Anweisung, nichts verlauten zu lassen. Zu niemandem."

Theo setzte sich auf Hans van Pels Platz. Jans Erklärung schien glaubwürdig, aber das hieß noch nicht, daß sie stimmte. Vielleicht wollte er damit auch nur Vermutungen zerstreuen, er wolle nur Theo beschwichtigen und bei der Stange halten.

„Zwei Wochen", sagte Theo. „Also kam sie vor Prinz Garlottes großem Knall. Ihre Idee? Oder deine?"

Jan Pieterzoonss Augen verengten sich und bekamen einen spöttischen Ausdruck. Er war nicht im geringsten verletzt durch Theos Vermutung. „Weil er dem Plan nie zugestimmt hätte? Nein. Obwohl das einer der Gründe war, warum sie kam. Ich hatte keine großen Hoffnungen für deinen Besuch bei Garlotte an jenem Abend. Ich fand im übrigen, genau wie die Justicarin, ich hätte des Prinzen Gunst schon über Gebühr beansprucht und es bedürfe jetzt einer neuen, höheren und offizielleren Stimme bedurfte. Nein, wir haben Garlotte nicht vernichtet. Wir waren von dieser Wendung der Ereignisse ziemlich überrascht und nicht gerade erfreut. Der Justicar hätte ihn von unserem Plan überzeugen können."

Scheiße. Theo ärgerte sich, daß er das nicht selbst gesehen hatte. Aber es war so leicht, die schlimmsten, abwegigsten Motive zu unterstellen, wenn man sich einer Täuschung gegenübersah. Es war leicht, und oft stimmte es auch. Aber diesmal nicht. Vielleicht. Theo hatte sogar Jan schon im Verdacht gehabt, der Spion zu sein. Er konnte ihm das Gegenteil nicht beweisen, aber der Brujah mußte schließlich einsehen, daß Lucinde nicht so eng mit dem Kerl zusammenarbeiten würde, wenn er Informationen an den Sabbat weitergeben würde.

„Ich konnte dir gestern abend nichts davon erzählen", sagte Jan. „Nicht in Heshas Anwesenheit. Und auch nicht vor Lucinde. Sie würde es lieber sehen, wenn wir mehr unter uns blieben."

„Warum erzählst du's mir dann?" stellte ihn Theo auf die Probe.

„Warum hast du mich unterstützt, obwohl es viel einfacher gewesen wäre, sich auf Garlottes Seite zu schlagen, oder auf Lladislas', deinen Clanbruder?"

Theo antwortete erst nicht. Er setzte sich in seinem Stuhl zurück, verschränkte die Arme und sagte dann: „Wir brauchen jemanden von außerhalb, jemanden, der nicht so provinziell ist und mehr Beziehungen hat."

„Das denke ich auch. Kurz, du hast gewählt, was nach deiner Meinung unserer Sache am meisten dienen würde, trotz dem, was du vielleicht persönlich von mir hältst. Ich mache mir keine Illusionen darüber, daß wir aus dieser Stadt, aus der ganzen Situation hier herausgehen und hinterher dicke Freunde sind. Ich rede heute auch nicht aus Freundschaft oder Uneigennützigkeit mit dir, und ich weiß, du würdest das gar nicht erwarten. Aber ungeachtet dessen, was unsere jeweiligen Justicare denken, bin ich der Auffassung, daß du der Camarilla am besten zu Diensten bist, wenn du die ganze Wahrheit weißt."

Theos erster Impuls war Ärger. Wer zum Teufel war dieser Ventrue, daß er es wagte, *ihm*, einem Archont, was von der ganzen Wahrheit zu erzählen? Da fiel ihm plötzlich ein, daß Lucinde Jan offenbar ins Vertrauen gezogen hatte. Das könnte Informationen aus einem Kreis beinhalten, die normalerweise auch einem Archont vorenthalten würden. Also kein Grund, beleidigt und verletzt zu sein.

„Okay", sagte Theo. „Du sagtest, ein Grund für ihr Kommen war, daß sie mit Garlotte reden wollte. Und weiter?"

„Das war der wichtigste Grund, warum sie präsent sein wollte, aber sie war auch recht hilfreich bei meinen Geschäften mit den Giovanni. Isabel Giovanni und ihre Leute zeigten sich ziemlich widerstandsfähig gegenüber meinen ersten Schachzügen in Boston. Ich fürchte, Jacques Gauthier war kein guter Gesandter. Jedenfalls habe ich es jetzt mit Lucindes Hilfe geschafft, die Zugeständnisse, die wir von den Giovanni verlangen, zu erzwingen - "

„Wie das?" Theo war skeptisch.

Jan schien es nun zu genießen, Einzelheiten dieses Falls auszubreiten. Er war stolz auf das, was er erreicht hatte - etwas, sagte sich Theo, was man eines Nachts gegen den Ventrue einsetzen konnte, falls es nötig wäre. „Ein paar gleichgesinnte Geldgeber können wirklich Wunder wirken - vorausgesetzt, es sind die Richtigen und lassen sich etwas sagen." Jan rieb die Hände aneinander. „Einige strategische Ausverkäufe haben ausgereicht, die italienische Lira rasch zu entwerten und gleichzeitig gewisse Leute aus dem Giovanni-Clan zu überzeugen, daß es in ihrem eigenen Interesse ist, einigen durchaus begrenzten und vernünftigen Ansuchen zuzustimmen. Es war nicht einmal ein Risiko für die Maskerade. Das einzige, was in Italien noch öfters kollabiert als der Wechselkurs, ist die Regierung."

„Was ist mit Hesha?" drängte Theo, den die Wechselkurse rein gar nicht interessierten. „Ein Setit bietet kein Zeichen guten Willens an, wenn er selber nichts davon hat."

„Genau wie ein Ventrue?" fragte Jan mit trockenem Grinsen.

„Das gleiche Pack."

„Hesha ist auf uns zugekommen. Von ihm stammt die Information über Garlottes Kind, aber das war weniger entscheidend als das, was er über das Auge des Hazimel anzubieten hatte."

„Das Auge von was?"

„Nicht von was, sondern von wem. Hazimel. Nach der Legende ist er ein ehemaliger Ravnos, einigen Berichten zufolge ein Steinmetz, der einen großen Teil Indiens befehligte. Das ist Frühgeschichte. Er erweiterte sein Reich, indem er sein Auge einer ganzen Reihe von nachfolgenden Herrschern übereignete im Austausch gegen ihre volle Loyalität."

„Und das Auge..."

„Ist ziemlich mächtig", bestätigte Jan.

„So was ähnliches hat Xaviar erzählt."

„Gut möglich."

„Scheiße. Also war das sein Vorsintflutlicher und der Leopold, nach dem Victoria suchte..."

„Ganz genau. Hesha weiß offensichtlich ziemlich viel über dieses Auge und ...Lucinde hat unsere Zusammenarbeit in dieser Angelegenheit angeboten."

„Sie hat was?" Theo fragte in beherrschtem Ton. Jan nahm seine Brille vorsichtig aus der Tasche und begann sie zu putzen. „Was denkt sie sich dabei? Mit einem Setiten zusammenarbeiten? Mir gefällt das nicht."

„Mir auch nicht." Die Resignation in Jans Stimme war nicht zu überhören.

„Sie kann *deine* Kooperation anbieten..."

„Ich glaube kaum, daß die Sache dich jemals betreffen wird."

„Gut", sagte Theo kopfschüttelnd und murmelte: „Mit einem Setiten zusammenarbeiten... "

„Es gibt da noch etwas wegen gestern Nacht, das ich mit dir besprechen möchte", sagte Jan und setzte seine Brille auf.

Theo nickte. „Katrina. Ich habe sie gefunden. Sie sagte mir - "

„ - wer ihr den Sprengstoff gegeben hat", beendete Jan den Satz des Brujah. „Ein Kainskind, das Johnny heißt oder vielleicht auch nicht. Sie sagte dir, wo man ihn findet, und du schicktest sie nach San Francisco. Übrigens ist sie deinem Rat gefolgt... dieses Mal."

Dieses Mal. Also wußte Jan von der Begegnung im Hafen und darüber hinaus alles, was Theo und Katrina letzte Nacht gesprochen hatten. *Das ist ein abgekartetes Spiel,* dachte Theo sofort. *Erpressung vielleicht.* Aber warum hatte sich der Ventrue dann die Mühe gemacht, Theo über Lucinde ins Bild zu setzen? Oder warum hätte sich Jan dann so kunstvolle Lügen ausdenken sollen? War es möglich, daß Jan nicht auf Erpressung aus war? Das war riskant. Theo könnte sich einfach stur durchsetzen, sich auf seine Zuständigkeit berufen und ähnlichen Scheißdreck - aber wenn Lucinde, ein Justicar, Jans Anschuldigungen unterstützte...

„Ist mir Nossie gefolgt?" fragte Theo.

„ Nicht dir, genauer gesagt. Ihr."

„Katrina? Seit wann?"

„Seit sie sich mit einem örtlichen Sabbat-Detektiv getroffen hat."

„Johnny."

„Normalerweise kennt man ihn als Jack."

Theo versuchte, das alles unter einen Hut zu kriegen. Der Nosferatu war dem Sabbat nachgespürt, der Katrina den Sprengstoff gegeben hatte. Das hieß, sie waren ihr in der Nacht, als sie Garlotte in die Luft sprengte, gefolgt. „Sie haben alles gesehen, diese Kanalratten."

Jan nickte.

„Warum zum Teufel hast du mir das nicht früher gesagt?" Die Antwort fiel Theo selber ein, kaum daß er die Frage gestellt hatte. Und das setzte das Feuer, das tief in ihm loderte, erneut in Brand. „Du hast gedacht, ich hätte sie dazu angestiftet."

„Es war denkbar", sagte Jan unbewegt. „Warum hättest du sie sonst ziehen lassen?"

Verdammt gute Frage, dachte Theo. Er hatte sich selbst lange genug mit dieser Frage geplagt und er glaubte, seine Erklärung würde einem Mann wie Jan kaum einleuchten. Theo hatte im übrigen auch wenig Lust, ihm das zu erklären.

„Es ist nicht meine Aufgabe, mich einzumischen in Fragen, die die Stadt betreffen." sagte Theo.

Jan runzelte die Stirn. „Betrifft das wirklich nur die Stadt? Immerhin befinden wir uns mitten im Krieg!"

„Wenn Garlotte seine Küken nicht unter Kontrolle hat, ist das sein Problem. Wenn Goldwin die Sache nicht geradebiegen kann, ebenfalls. Scheiß drauf." Das Feuer in ihm loderte auf. Nach außen ließ sich Theo nichts anmerken, aber sein Wunsch, das ganze Problem einfach vom Tisch zu fegen, wurde immer größer. Am liebsten hätte er Jan einen Kopf kürzer gemacht, dann wäre alles erledigt. Aber so einfach war das alles nicht. Nie war es einfach. Theo hatte gedacht, Jan sei der Spion; Jan hatte gedacht, Theo sei der Spion. Wie sollten sie jemals die Oberhand über den Sabbat gewinnen, wenn sie sich dauernd untereinander verdächtigten? Was hatte es mit ihrem Blut, mit dem Kainsfluch nur auf sich, daß sie alle so arrogante, verschlagene und betrügerische Hunde waren? Oder war *das* der eigentliche Fluch, und das Bluttrinken nur ein Symptom?

Jan fuhr sich mit der Hand durch das struppige blonde Haar. Er nahm seine Brille ab, steckte sie wieder in die Tasche und begann, seinen Nasenrücken zu massieren.

„Ich hatte keine Zweifel an dir, Theo. Es sah dir einfach nicht ähnlich... und nach dem Erfolg, den wir zusammen hatten... "

Theo unterdrückte das Feuer in sich mit großer Anstrengung. „Also war die Geschichte mit Katrina gestern nacht nur ein... eine abgekartete Sache?" fragte Theo. „Um mich zu testen?"

„Ein Test, ja", bestätigte Jan.

„Falls ich sie umgelegt hätte, hätte ich was vertuschen wollen. Hätte ich sie euch ausgeliefert, wäre ich okay. Und jetzt sag mir", Theo lehnte sich in seinem Stuhl so weit vor, daß sein Gesicht nur noch ein paar Zentimeter von Jans Gesicht entfernt war, „wo stehe ich jetzt, nachdem ich sie ans andere Ende des Kontinents gejagt habe?"

„Du spürfühlen, daß nun er es war, der getestet wurde. „Warum sonst würde ich dir all das erzählen, was ich dir heute anvertraut habe."

„*Falls* das überhaupt stimmt", sagte Theo. Langsam lehnte er sich wieder zurück. Es machte Sinn. Es wäre tatsächlich viel leichter für Jan gewesen, einfach gar nichts zu sagen anstatt so ausgefeilte Lügen zu erfinden. Theo nahm eine Zigarette aus seiner Jacke, zündete sie an und inhalierte den Rauch tief, ohne ihn auszuatmen.

Einige Minuten saßen die Kainskinder schweigend da. Jan putzte abwechselnd seine Brille oder massierte seinen Nasenrücken. Theo starrte auf den Boden, dachte nach, rauchte. Jan war nicht der Feind, nicht der wirkliche Feind, rief Theo sich immer wieder ins Gedächtnis. Das kam doch alles nur von der kaputten Welt, in der er lebte und in der Blut seine Nahrung war und Sonnenlicht sein Tod. Er und alle von seiner Art waren doch nur Monster, die sich von lebendigem Blut ernährten - aber es gab noch schlimmere Monster, und das waren die, die ihr weit zurückliegendes Menschsein, ihre Menschlichkeit, vergessen und *aufgegeben* hatten. Die schlimmsten unter ihnen gehörten dem Sabbat an. Sie waren der Feind. Sie behandelten Sterbliche wie Sklaven, ja wie Tiere. Jan war nicht der wirkliche Feind.

Jan spürte, daß sich Theo langsam beruhigte und sprach weiter. „Nach der Explosion kam Colchester zu Lucinde und mir. Er erzählte uns, daß du dabei warst und das Mädchen laufen hast lassen. Ich fand es ...seltsam. Aber nicht verräterisch. Lucinde war sich nicht so sicher."

„Weil ein Spion unterwegs ist", sagte Theo. „Sie dachte, ich sei der Spion?"

„Nein. Wir hatten bereits 'rausgekriegt, wer er ist."

Theo nickte nur schwach, er war eher erschüttert als erstaunt - wieder ein Geheimnis, wieder Informationen, die ihm vorenthalten wurden, obwohl sie wichtig und nützlich waren.

„Lucinde wollte auf Nummer sicher gehen, daß du nicht gemeinsame Sache mit dem Spion machst", erklärte Jan. „Um wirklich nichts unversucht zu lassen, sprach sie mit Pascek. Er meinte, wir sollten dich mit allen uns zur Verfügung stehenden Mitteln testen, um deine Loyalität unter Beweis zu stellen."

Pascek. Verrückter Wichser. Theo spannte keinen Muskel an; er schrie nicht und fluchte nicht. Er schluckte es einfach 'runter, und es würde Öl sein für das Feuer in ihm, wenn er es demnächst brauchen würde.

„Wenn du Katrina zum Schweigen bringen wolltest", sagte Jan, „dann hättest du sie vernichtet. Das hab ich schon in der Explosionsnacht gedacht. Und das denke ich immer noch."

„Okay." sagte Theo. Er legte seine Hände flach auf den Tisch. „Also bist du für mich eingetreten; Lucinde und mein Boss sind verrückte Wichser. Wo wird uns das verdammt noch mal noch hinführen, wenn dieser ganze Scheißdreck mal vorbei ist?"

**Freitag, 29. Oktober 1999, 1:23 Uhr
Hemperhill Road
Baltimore, Maryland**

Theo stand am Kamin und starrte in den riesigen goldgerahmten Spiegel, der das Arbeitszimmer dominierte. Der Raum war ganz mit Antiquitäten möbliert. Er hätte nicht sagen können, aus welcher Zeit die Stühle und die kostbaren Vasen waren, oder welche Stilepoche den ganzen Raum prägte. Es war alles mit Sicherheit älter als Theo. Altehrwürdig und teuer. Aber Theo hatte auch schon ältere Antiquitäten gesehen. Mit Don Cerro war er jahrelang in Europa gereist und hatte viele alte und mächtige Kainskinder getroffen, die diese Sachen hier höchstens als Trödel eingeschätzt hätten.

Diese Lehrjahre waren gut für ihn gewesen. Sie hatten ihm - neben gelegentlichen Exzessen - gezeigt, wie verkrustet eine Kainskinder-Gesellschaft über die Jahre hinweg werden konnte. Sie hatten ihm gezeigt, daß es überall Ungerechtigkeit und Grausamkeit gab, nicht nur in den Sklavenplantagen der Südstaaten. Sogar Weiße hatten darunter zu leiden. Unterdrückung war nicht die Ausnahme, sondern der Normalfall. Diese Jahre hatten seine Wahrnehmung geschärft, daß das Feuer nicht immer stark genug war, nicht einmal das Feuer, das vom Hunger angetrieben wurde.

An den Schaltstellen der Macht existierten Kreaturen, denen die Zeit nichts bedeutete und für die die wirkliche Welt eine gefährliche, weit entfernte Angelegenheit war. Aber die wirkliche Welt hatte gelegentlich sehr wohl eine Möglichkeit, auf sich aufmerksam zu machen und sich auf diese Weise zu behaupten. Theo war bei den Anarchen-Revolten nicht dabei gewesen und auch nicht bei den ersten Kriegen gegen den Sabbat, aber die Wirklichkeit hatte die Ältesten mit Rachegedanken eingeholt. Umwälzungen, die sie so lang hinausgezögert hatten, kamen jetzt wie Lawinen auf sie zu. Vielleicht war das das Heraufdämmern einer anderen Zeit. Die Endgültigen Nächte, hatte Xaviar gesagt. Der Gangrel hatte zwar mit seiner Vorahnung einer Sintflut nicht recht gehabt, aber die Ereignisse in den modernen Zeiten überstürzten sich auf alarmierende Weise. Die Welt konnte nicht auf ewig in ihrem alten Zustand bewahrt werden.

Hinter Theo saß inmitten der antiken Möbeln Marcus Vitel, entthronter Prinz von Washington, D.C. Er trug einen teuren Maßanzug, etwas altmodischer als die Art, die Pieterzoon gerne trug, mit einem kleinen goldenen Adler am Revers. Vitel sah mit seinen grauen Strähnen im Haar sehr vornehm aus, wenn er sich unter Sterblichen befand, wenn er überhaupt deren Gesellschaft suchte. Er wirkte körperlich und geistig immer noch kräftig, doch der Verlust seiner Stadt und vielleicht seiner Kinder hatte ihn sichtlich verbittert. In seinen dunkelblauen Augen lag ein harter Glanz. Wie die meiste Zeit während seines Aufenthalts in Baltimore hielt er sich von anderen Kainskindern fern wie ein König, den man unters Volk gemischt hatte. Er kam oft zu den Ratssitzungen, die aber nicht mehr so häufig stattfanden. Ansonsten blieb er allein und umgab sich mit einer immer größeren Zahl von Ghulen, die ihm zu Diensten waren.

„Halten Sie es für gut", fragte Vitel, „die Verteidigungslinie wieder so dicht bei der Stadt zu ziehen?"

Theo kratzte sich am Kinn, während er antwortete, und schaute dabei Vitel im Spiegel an. „Je kürzer die Wege sind, die wir kontrollieren müssen, desto schlagkräftiger ist unsere Verteidigung. Wenn wir uns weit verstreuen, schlüpfen sie irgendwo durch. Wenn wir das Netz eng knüpfen, kommt keiner durch."

„Aber wenn sie durchkommen", wandte Vitel ein, „dann sind sie gleich mitten in der Stadt. Wir müssen unsere Verteidigungslinien weiter nach draußen verlegen, nicht nach innen, wo uns der Feind gleich mitten ins Herz trifft."

Theo schüttelte geduldig, aber nachdrücklich den Kopf. „Wir können es zahlenmäßig nicht mit ihnen aufnehmen. Jede Nacht haben wir weitere Verluste. Einige laufen uns auch weg. Nicht viele bis jetzt, aber es fängt langsam an. Sie ahnen nichts Gutes. Wir müssen unsere Kraft konzentriert einsetzen und zum Beispiel noch Leute aus Buffalo und Hartford hinzuziehen.

„Aber wir müssen auch an unvorhergesehene Fälle denken. Der Flughafen zum Beispiel..."

„Wir machen eine Absperrung um den Flughafen", sagte Theo. „Wenn der große Schlag kommt - und das könnte schon bald sein, so wie es aussieht -, dann können die, die sich's leisten können und vorgesorgt haben, ausfliegen: Sie, Pieterzoon, Gainesmil und vielleicht noch ein paar.

Alle anderen", Theo zuckte die Achseln, „haben eben Pech gehabt. Wir kriegen einfach nicht mehr so viele Kainskinder organisiert in der kurzen Zeit. Und wir haben immer wieder einige Fluchtrouten nach Norden erwähnt - Richtung Pittsburgh und Phillie - aber das alles nur zur Beruhigung der Nerven. In Wirklichkeit wird's nicht zu einer Flucht kommen. Wir bleiben hier. In Baltimore. Aber wir wollten Sie informieren, für den Fall, daß sie einen Flieger buchen wollen."

Vitel saß ganz ruhig; seine gefalteten Hände ruhten in seinem Schoß. „Wenn Baltimore auch noch fällt, wird es kaum mehr eine Chance geben, Washington zurückzugewinnen."

Theo drehte sich um, lehnte sich gegen das Kaminsims und verschränkte die Arme. „Richtig", sagte er. „Das wäre dann der Totalverlust. Dann wär's auch mit dem Gildehaus der Tremere vorbei, die jetzt noch in Washington durchhalten. Aber ich denke, wir schaffen das schon. Wir können gar nicht anders. Wir ziehen die Linien straffer zusammen und gehen auf Nummer sicher, daß wirklich alles dicht ist. Pieterzoons Gewährsleute sagen, das Oberkommando vom Sabbat wird langsam nervös, weil Moncada weg vom Fenster ist. Ich glaube, die Zeit wird für uns arbeiten. Wir halten einfach lange genug durch, bis die Bastarde sich gegenseitig die Kehlen aufschlitzen und uns vergessen."

Vitel dachte darüber nach und nickte dann nachdenklich. „Der Sabbat ist nicht gerade berühmt für seinen guten Zusammenhalt", stimmte er zu.

Sonntag, 31. Oktober 1999, 1:00 Uhr
Souterrain, Tagungszentrum Baltimore
Baltimore, Maryland

Jan war nicht überrascht, als er Hans van Pel sah, der Hesha überpünktlich den Betonkorridor entlang begleitete. Der Setit hatte sich als prompt, zuverlässig, respektvoll und professionell erwiesen - was nicht hieß, daß Jan ihm auch nur im geringsten traute. Aber Lucinde hatte angekündigt, daß sie mit Ruhadze verhandeln würden. Jan konnte jetzt erkennen, daß es aus ihrer Perspektive so aussehen konnte, daß man den Setiten bei Laune halten sollte, weil das der beste Weg war, sein Eingreifen in die Pläne, die sich nun entwickelten, zu vereiteln. Aus Jans Sicht war jedoch das Übereinkommen mit Hesha bestenfalls eine Ablenkung von viel gewichtigeren Angelegenheiten; Dingen, die man, falls etwas anbrennen sollte, auf jeden Fall Jan in die Schuhe schieben würde. Ganz zu schweigen von der Tatsache, daß er an Lucindes unterschwelliger Annahme seine Zweifel hatte, daß *alles* was sie taten, den Setiten davon abhalten würde, zu intrigieren. Konnte das Auge Ruhadze wirklich so viel bedeuten, daß er seiner natürlichen Neigung, nämlich dem Verrat, abschwor?

Das Auge von Hazimel. Es hatte sich als extrem mächtig erwiesen, wenn man Xaviars Bericht von dem Gangrel-Massaker Glauben schenkte. Warum also, wunderte sich Jan, sollte man das Ding - ein wirkliches Auge, wie makaber - einem Setiten aushändigen? Vielleicht wollte Lucinde Hesha nur dabei helfen, seine Reise in das eigene Verhängnis zu beschleunigen. Das wäre vernünftig genug.

Aber was sie auch vorhatte, Jan mußte seine Rolle spielen. Er hatte das Treffen arrangiert, das der Ruhadze gefordert hatte. In dieser Einrichtung fühlte sich der Ventrue viel wohler als drei Monate früher in einem Keller des Wesleyan Gebäude, wo er die Nosferatu- Untergebenen von Marston Colchester getroffen hatte, der den Einsatz eines gewissen Lasombra *antitribu* arrangiert hatte. Dieser Keller war ein Labyrinth von Pfützen, freiliegenden Rohren und, wie Jan vermutete, Nosferatu-Todesfallen gewesen. Dieses nicht der Öffentlichkeit zugängliche Stockwerk des Tagungszentrums war dagegen zwar düster, aber trocken und gut beleuchtet. Colchester war diesmal persönlich da, ganz der gutgekleidete afroamerikanische Geschäftsmann mit guten Manieren.

Ruhadze war wie immer geschmackvoll und teuer gekleidet, schwarzer Rollkragenpullover und sportlicher Anzug mit Kamelhaarjackett. Das Monokel hatte er vors linke Auge geklemmt; die dünne Kette hing in seiner Westentasche. Das rhythmische Klopfen seines Stocks mit dem Silbergriff traf genau den Intervall zwischen zwei Schritten und erzeugte auf dem Zementboden des Korridor ein leises Echo. Van Pels Schritte waren zwar lauter, ließen aber die fast musikalische Qualität des Setiten vermissen. Hesha trug eine Lederaktentasche in der linken Hand.

„Guten Abend, Mr. Ruhadze", sagte Jan.

„Mr. Pieterzoon." Hesha nickte Jan und Colchester zu, sagte aber weiter nichts.

„Es macht ihnen doch nichts aus, wenn wir vom Nebenraum aus beobachten?"

„Auf keinen Fall."

Van Pel öffnete die Tür, an der sie angekommen waren und bat Hesha einzutreten.

Hesha trat in den Raum, und die Tür schloß sich hinter ihm. Die einzigen Möbel waren ein großer Metalltisch und drei Metall-Klappstühle, von denen zwei besetzt waren. Ein großer Spiegel nahm fast die ganze Wand ein. Dahinter, im angrenzenden Raum, waren Jan Pieterzoon, Marston Colchester und Pieterzoons Ghul, van Pel. Sie würden zuschauen, zuhören und alles auf Band überspielen.

Hesha hatte die zwei Männer, die am Tisch saßen, um das Treffen gebeten. Er hätte auch direkt mit ihnen Kontakt aufnehmen können, aber die politischen Umstände waren im Moment etwas unsicher, und Calebros hatte vorgeschlagen, daß Hesha lieber den „üblichen Weg" wählen sollte, wie er es nannte. Der Rat schien vernünftig - abgesehen davon wollte Hesha es sich mit den Nosferatu-Verbündeten nicht verscherzen - also hatte der Setit zugestimmt. Es war ihm kaum klar gewesen, daß er es zu guter Letzt mit einem Justicar zu tun haben würde. Hesha war weder eingeschüchtert noch beeindruckt von Lucindes Stellung, wohl aber beeindruckte ihn ihre geheime Anwesenheit. Irgendetwas Ungewöhnliches bahnte sich da an, und Hesha würde wie immer seine Augen offen halten. Denn aus Kriegen ergaben sich immer gute Chancen für den, der sie zu nutzen weiß.

„Meine Herren", sagte Hesha zu den beiden Kainskindern, „ich danke Ihnen, daß Sie sich zu einem Treffen mit mir bereit erklärt haben."

Roughneck und der Quäker gaben sich argwöhnisch und schweigend, vielleicht aus einem allgemeinen Mißtrauen gegenüber Heshas Clan heraus. Er hatte mit seinen Gebrüdern in der Gegend nachgeforscht - aber die beiden Malkavianer hegten weder Groll noch hatten sie irgendwelche Verpflichtungen gegen einen Setiten in der Gegend. Wäre letzteres der Fall gewesen, hätte Hesha auf jeden Fall die beiden direkt kontaktiert, egal, was Calebros empfahl.

Als Hesha näher trat und ihnen gegenüber Platz nahm, nahm er einen schwachen, aber deutlichen Geruch wahr - den Geruch von Abfall aus Mülltonnen. Er war nicht so ätzend wie der Fäkaliengeruch, den viele Nosferatu schätzten und kultivierten, und er ließ auf ein Unleben schließen, das nicht in den unterirdischen Kanälen, sondern in den Straßen stattfand. Beide sahen wie Landstreicher aus. Sie trugen schlabberige, fadenscheinige Klamotten, abgetragen und dreckig. Beide waren unrasiert und ungekämmt. Roughnecks Bart war so lang, daß er sein Ende in den Gürtel stecken konnte. Hesha war gelegentlich in die Rolle eines Bettlers geschlüpft, wenn es nötig schien, aber diese beiden Malkavianer schienen einfach echte Landstreicher zu sein.

Hesha nahm einen Ordner aus seiner Aktentasche und legte ihn vor sich auf den Tisch. „Ich habe hier ein paar Bilder, die ich Ihnen gern zeigen würde. Wenn Sie mir etwas dazu sagen können, bin ich gern bereit, Ihnen - zusätzlich zu dem Honorar, das Sie für Ihr heutiges Erscheinen erhalten - eine Belohnung zukommen zu lassen."

Der Setit öffnete den Ordner. Die Bilder zeigten die Höhle, die er und Ramona zweimal besucht hatten. Das Mädchen war immer noch in New York, in der Stadt. Sie hatte nicht mitfliegen wollen, und es gab auch kaum einen Grund, warum sie Hesha hätte begleiten sollen. Natürlich hatte er ihr das nicht gesagt. Wenn er ihr befohlen hätte zu bleiben, wo sie war, hätte sie wahrscheinlich darum gekämpft, mit nach Baltimore zu kommen. Das Mädchen war nicht dumm, aber sie war unbesonnen und starrköpfig - ja sogar extrem halsstarrig, hatte sich Hesha gesagt. Ramona besaß die ganze Verrücktheit ihrer Jugend, ihres Clans und ihres Temperaments. Sie hatte eine rasche Auffassungsgabe, aber Hesha fragte sich, ob sie lang genug leben würde, um all das zu lernen, was sie nötig haben würde. Die Bilder der Statue, an denen sie herumgebastelt hatte, hatte er nicht mitgebracht. Dieses Werk genialer Perfektion hatte nichts mit den Malkavianern zu tun. Es lag Wahnsinn in diesem behauenen Felsen mit den verschmolzenen Körpern, aber es war ein Wahn, der viel dunkler und eindringlicher war als der, den die Abkommen der Malkavianer ausstellten. Die Skulptur war ein Werk des verrückten Toreador Leopold und es war ein physisches Ebenbild der gequälten Seele des Künstlers. Es gab darin auch Zusammenhänge mit dem Auge, wenn Hesha sich das richtig zusammenreimte. Hesha würde es aber nicht riskieren, diese Fotos den beiden Kainskindern zu zeigen, oder, was ihm noch wichtiger schien, den Leuten hinter dem Spiegel.

Die Bilder, die er dabeihatte und die vor ihm auf dem Tisch lagen, waren das Vermächtnis des Propheten von Gehenna. Ein großer Teil der Höhle war mit Schrift bedeckt, mit jenem unleserlichen Gekritzel, das mit Anatoles eigenem Blut geschrieben war. Hesha hatte eine Probe von der Vitæ genommen und Bilder von den Blut-Zeichen gemacht, aber er konnte die Zeichen genauso wenig übersetzen, wie er die Mysterien des Blut vom Propheten entziffern konnte. Obwohl er neben vielen anderen Gebieten, auf denen er sich auskannte, Sprachwissenschaftler war und obwohl er buchstäblich Dutzende von Sprachen beherrschte, konnte Hesha das Gekritzel nicht lesen. Er konnte eine Bedeutung *erspüren*, aber er konnte die offenbar wahllose Anordnung von rätselhaften Bildern, Runen, magischen Zeichen und Kritzeleien, die jeglichen Sinn vermissen ließen, einfach nicht verstehen.

Zwar konnte er sich nicht sicher sein, aber sein Instinkt sagte ihm, daß Anatole ein blutiges Panorama geschaffen hatte, daß er seinen eigenen Arm als Pinsel und sein eigenes Blut als Tinte verwendet hatte. Wer sonst hätte ihn so verstümmeln können, wenn er es nicht selbst war? Leopold, mit dem Auge? Vielleicht. Aber Hesha kam nicht von dem Eindruck los, daß die Statue und die Schrift von verschiedenen Künstlern geschaffen waren. Daß die Staue aus einer großen …Bosheit entstanden war, und daß Anatole sie gefunden hatte und seine eigenen Enthüllungen dazu mitgeteilt hatte - für die, die es entziffern konnten.

Wer Augen hat zu sehen, der sehe, sagten die biblischen Propheten oft - meistens waren diese Worte an die große Masse jener Unglücklichen gerichtet, die das Schicksal dazu bestimmt und verdammt hatte, *nicht* zu sehen.

Hesha schob die Bilder über den Tisch zu den beiden hinüber, die zwar nicht über die Macht des Propheten verfügten, aber Anatoles Schmerz teilten. Der Setit beobachtete sie genau. Würden sie es wiedererkennen?

Er achtete auf die kleinste Geste, den leisesten Hinweis darauf, ob einer der beiden Malkavianer wußte, was sie da betrachteten. Nicht die kleinste Reaktion in ihrem Mienenspiel wollte er sich entgehen lassen. Aber auf das Chaos, das ihn plötzlich überrollte, war er nicht gefaßt.

„Hm. Ein beidseitiger Spiegel. Nett", sagte Colchester, als er, Jan und van Pel in den Beobachtungsraum nebenan gingen. „So einen habe ich mal gehabt." Die freundliche Maske, die er aufgesetzt hatte, verwandelte sich wieder in ihren grotesken Normalzustand, als er hinzufügte: „Meine zweite Frau liebte es, mich dabei zu beobachten, wenn ich andere Frauen mit nach Hause brachte."

Jan seufzte hörbar. Colchester hörte es und schien nun auch zu bemerken, daß er sich die Hände rieb bei der spaßigen Erinnerung daran. Der Nosferatu räusperte sich und nahm wieder eine ernste Haltung an.

„Meine Herren, danke, daß Sie heute abend gekommen sind." Sie hörten Heshas Stimme durch einen Lautsprecher beim Spiegel. Roughneck und der Quäker schauten ihn argwöhnisch an.

Sie sind klüger, als ich dachte, sinnierte Jan.

„Ich habe da einige Bilder, die ich Ihnen zeigen möchte", sagte Hesha. „Ich bin gern bereit, Ihnen eine Belohnung... "

„Hast du die Bilder gesehen?" fragte Colchester.

„Nein", sagte Jan. Das gehörte nicht zu der Übereinkunft mit Lucinde. Sie hatte offensichtlich kein Interesse an den Photos und hatte daher beschlossen, daß auch Jan sie nicht zu sehen brauchte. Vielleicht hatte sie auch einfach angenommen, Jan würde eine versteckte Kamera über dem Tisch installieren, was er auch getan hatte. Man mußte also nicht über Heshas Schultern spähen, um einen Blick auf die Photos zu erhaschen. Später konnte man sie sich in Ruhe anschauen.

In diesem Moment ging plötzlich alles drunter und drüber.

„Mein Gott, *was ist denn los?*" schrie van Pel, als er den plötzlichen Aufruhr sah. Stühle, Tisch, Photos und Körper auf der anderen Seite des Spiegels flogen durcheinander.

Der Ghul rannte sofort zur Tür, aber Jans Hand legte sich auf seine Schulter und hielt ihn zurück.

„Wir sind hier nur Beobachter, Hans", sagte Jan, der ganz versunken und fasziniert war und seinen Blick nicht von dem, was er im Spiegel sah, wenden konnte.

Es waren einhundertsiebenundvierzig Photos. Zwei Sekunden schaute der Quäker das erste an, dann stieß er sich mit der Gewalt eines Hurrikans vom Tisch ab. Sein Stuhl zerbrach unter ihm; seine Beine schnellten nach oben und schlugen gegen die Unterseite des Tischs.

Hesha sprang zurück und aus dem Weg, als der Tisch umfiel und ein Geysir von Photos sich in die Luft ergoß. Des Quäkers Kreiselbewegungen rissen seinen Freund zu Boden, als er selbst hart auf Rücken und Kopf am Boden aufschlug. Er krümmte sich in harten, gewaltigen Krämpfen und spuckte schließlich schaumigen, blutigen Geifer.

„Was machst du denn?" Roughneck kam auf die Knie und schrie Hesha an. „Was tut ihr ihm an?"

Hesha ging in Verteidigungsstellung. Der bärtige Malkavianer kroch auf ihn zu. Der Quäker wand sich immer noch in Krämpfen, die immer heftiger wurden. Er begann, Vitæ zu erbrechen. Sein Körper krümmte sich unter dem Brechreiz. Er spie eine wäßrige Mischung aus Blut und Galle aus. Es floß an ihm herunter und ergoß sich über den Boden und viele der Bilder.

Roughneck kroch auf Hesha zu und rutschte dabei in der nassen, schleimigen Sauerei aus. „Was machst du nur?" Der Malkavianer nahm eines der blutbespritzten Bilder und fing an, es mit den Händen zu zerreißen. Plötzlich hielt er inne. Einen Augenblick lang starrte er auf das Bild, dann warf er es auf den Boden. Er versuchte, die Risse und Brüche wieder zu glätten, die einzelnen Fetzen wieder zusammenzufügen, er preßte es fest auf den Boden, als ob all das Blut das zerrissene Papier wieder zusammenleimen könnte.

Hesha versuchte, diese ganze Situation zu begreifen. Nach der ersten Schrecksekunde, als Roughneck auf ihn losgehen wollte, drohte jetzt keine unmittelbare Gefahr mehr. Aber er spürte eine Energie in der Luft, fast so stark wie eine elektrische Aufladung. Momente lang schien das Blut auf dem kalten Boden zu sieden. Es blubberte und spritzte. Aber das war nur des Quäkers Würgen und Husten, das immer noch mehr Tropfen auf den Boden versprühte. Sicher kam es nur vom Quäker, oder... ?

Hesha sah, daß Roughneck nun das Blut auf dem Boden verschmierte... nein, er zeichnete mit den Fingern im Blut. Er *schrieb* etwas. Seine Augen rollten in ihren Höhlen, und seine Finger beschrieben Pfade und Figuren im Blut, die Hesha wiedererkannte. Er erkannte sie, konnte sie aber nicht deuten. Roughneck zeichnete exakt die Symbole auf den Höhlenwänden und auf den Photos nach, eines nach dem anderen - Symbole von Bildern, die Roughneck noch gar nicht gesehen hatte.

Hesha sah in den Spiegel. Jan Pieterzoon und die anderen schienen nicht eingreifen zu wollen, und der Setit betrachtete Roughneck und den Quäker mit ähnlicher innerer Gleichgültigkeit. Des Quäkers Augen hatten sich so verdreht, daß nur noch rotgeädertes Weiß zu sehen war. Er blinzelte unkontrolliert, und seine Zunge zuckte im Mund von einer Seite auf die andere wie bei einer lebendigen Schlange. Die Zähne schlugen aufeinander, als wollte er jemanden packen und töten. Auf dem Boden vermischte sich sein Blut mit dem seines Gefährten. Roughneck schrieb immer weiter, erschuf Anatoles Symbole von neuem. Gleichzeitig rutschte er über das bereits Geschriebene und verschmierte es bis zur Unkenntlichkeit.

Während Roughneck noch ins Blut kritzelte, hörten des Quäkers Krämpfe plötzlich auf. Sein Leib bog sich nach hinten und erstarrte. Er keuchte, würgte Mengen von Blut und Schleim aus seiner Kehle hervor und sprach dann mit brüchiger, gequälter Stimme:

„Das Licht... das letzte Licht... es erlischt, es erlischt... weit oben, weit, weit weg. Nacht... die endgültige Nacht. Die Wände sind zu glatt... kann nicht hochklettern.... umringt von herausquellenden Augen, leeren, aufgedunsenen Gesichtern... zu glatt... kann nicht hochklettern."

Der Quäker wand sich jetzt wieder und krallte sich in höchstem Schrecken am Boden fest. Seine Finger griffen in den blutigen Zement, die Nägel gruben sich reißend und splitternd in den Boden.

Roughneck raffte mit den Armen alle Photos zusammen, die er zu fassen bekam. Sie lagen zerrissen und blutig auf dem Boden. Er sammelte die zusammen, die er kriegen konnte, und begann sie zu zerreißen. Dann steckte er die Schnipsel in den Mund, schluckte, würgte und schob sich wieder eins in den Mund.

„Die Kinder!" schrie der Quäker plötzlich. *„Drunten im Brunnen... sie zeigen den Weg... drunten, die Kinder... sie sind noch nicht schnell... sie zeigen den Weg."*

Hesha versuchte nicht, Roughneck von der Vernichtung der Photos abzuhalten. Der Setit hatte Kopien. Er unternahm auch nichts, um des Quäkers wie im Fieberwahn gestammelte Worte zu enträtseln. Er verließ sich ganz auf das Tonband, das in seiner Jackentasche mitlief, und auf die Aufnahmen, die Pieterzoon machte.

Plötzlich hörte der Quäker mit dem wütenden Scharren und Kratzen auf. Er wurde ganz still im Raum. *„Die Kinder fürchten ihren Schatten, aber der Schatten verblaßt mit dem letzten Licht"*, murmelte er. So unvorhergesehen diese Atempause zwischen den Anfällen eingetreten war, so rasch endete sie wieder. Erneut hieb er wütend auf den Zementboden ein. *„Sie zeigen uns den Weg"*, schrie er wütend. Er verausgabte buchstäblich seine ganze Kraft. *„Sie zeigen uns... das Licht erlöscht... endgültige Nacht... die Kinder."*

Dann schwieg der Quäker und wurde ganz still, ebenso wie Roughneck. Und unter den Blicken Heshas zerfielen die beiden Malkavianer zu Staub, und ihre Körper lösten sich inmitten der Blutlachen und Photos aus der Höhle einfach auf.

Jan stand in atemloser Stille und starrte zusammen mit Hans van Pel und Colchester auf die Überreste. Einige Blutstropfen waren gegen den Einwegspiegel geflogen. Sie hingen nun zwischen den beiden Räumen und gleichsam auch zwischen den Zeiten: hier, auf dieser Seite des Glases, die Gegenwart. In ihr ergab sich alles ruhig und geordnet aus dem, was vorausgegangen war. Und dort, auf der anderen Seite des Spiegels, lag die Zukunft: blutgetränktes Chaos, unverständliche Warnungen vor dem verhängnisvollen Ende.

Die Kinder im Brunnen.

Was zum Teufel war das ... ? Jan verstand nicht, was er gesehen und gehört hatte. Der Raum hinter dem Spiegel mit den durcheinandergewirbelten Photos und den Überresten der beiden Malkavianer verschwamm. Jans Blick fiel auf die Blutstropfen am Spiegel - dieses Blut würde die Gegenwart mit der Zukunft verbinden.

Schließlich kam Hesha zu ihnen herein. Er öffnete die Tür zu dem Beobachtungsraum, in dem sie sprachlos standen.

„Ich würde mich über eine Kopie des Tonbands freuen", sagte der Setit. Jan wandte langsam den Kopf, löste den Blick von den Blutstropfen und sah ihn an. Hesha Ruhadze erschien vollkommen ungerührt. Jan Pieterzoon nickte. Zufrieden verließ Hesha den Beobachtungsraum.

Sonntag, 31. Oktober 1999, 22:52 Uhr
Präsidentensuite, Lord Baltimore Inn
Baltimore, Maryland

„Denkst du, er hat dir geglaubt?" fragte Jan. Theo setzte sich in dem Plüschsofa zurecht. „Wie oft willst du mich das noch fragen?" grummelte er. Jan antwortete nicht. Das war auch nicht nötig. Theo hatte nichts preisgegeben, nach ihrer Einschätzung, aber Vitel genausowenig. Alles sprach dafür, daß Vitel Theo glaubte - er *mußte* ihm geglaubt haben. Hätte Vitel Theos List durchschaut, dann wären sie zum Untergang verurteilt, und die Camarilla an der Ostküste wäre ein Ding der Vergangenheit - aus, vorbei. Aber wenn Vitel überzeugt war, daß Baltimore wirklich die letzte Bastion war, dann gab es vielleicht noch Hoffnung...

Jan fand die Videokassette, die er suchte, steckte sie in den Rekorder und machte den Fernseher an. Das Bild, das auf der Leinwand erschien, war nicht von allerbester Qualität, aber es zeigte deutlich den Außenbalkon eines Hotels in der Nacht. Bis auf die Zimmernummern sahen die Türen alle gleich aus. Alle Vorhänge waren zugezogen; einige Zimmer waren beleuchtet, andere nicht. Das kleine weiße Datum in der Ecke der Leinwand zeigte an, daß der Film in der vorangegangenen Nacht aufgenommen war.

„Das ist eine von Vitels Unterkünften in der Stadt", sagte Jan. „Er ist mal da, mal dort. Da folgt er keinem bestimmten Muster. Colchester hat diesen Film selbst aufgenommen. Wir können von Glück reden, daß da keine Frau war, die vergaß, ihren Vorhang zuzuziehen, sonst hätte er bestimmt die Linsen eingenebelt." Theo lachte zwischen zwei nichtexistenten Atemzügen. „Vitel hat eine Zimmerflucht von acht Räumen permanent gemietet", fuhr Jan fort. „Die anderen Zimmer werden von Ghulen bewohnt, aber er..." Jan machte eine Pause, bis eine dunkle Gestalt auf dem Bild erschien, ein großer Mann mit dunklem, grau gesträhntem Haar in einem dunklen Mantel. „Er wohnt in diesem Zimmer." Die Kamera fuhr ihm nach, als Vitel Zimmer Nr. 337 betrat. Die Tür schloß sich hinter ihm, und hinter den Vorhängen leuchtete Licht auf.

„Jetzt", sagte Jan, nahm die Fernbedienung und spulte den Film vor, übersprang ein paar unwichtige Stunden . Dann ließ er das Band in normaler Geschwindigkeit weiterlaufen. Theo und Jan schauten zu, wie noch eine Gestalt ins Bild kam, ein ungepflegter Mann mit schmutzigem, schütteren Haar.

„Kommt dir der bekannt vor?" fragte Jan.

„Ich habe ihn noch nie gesehen", sagte Theo, „aber es könnte der Typ sein, den mir Katrina beschrieben hat."

Jan nahm ein Dossier vom Regal beim Fernseher und ließ es vor Theo auf den Tisch fallen. „Das ist unser Mann", sagte der Ventrue. „Tzimisce. Aktiv tätig beim Sabbat in der Gegend um Baltimore und Washington. Schon seit Jahren. Manchmal führt er 'ne Bande an, aber eigentlich ist er eher Einzelkämpfer."

Theo blätterte den dicken Stapel durch, schaute sich die Bilder an, überflog den Text. „Ich schätze, der ist verdammt nochmal bedient jetzt."

„Genau. Und mit ihm all die anderen, von denen wir wissen. Er ist der Typ, der Katrina angesprochen hat. Er ist unserer Radarkontrolle entgangen, bis ihn einer von Colchesters Leuten erkannte, wie er von einem Treffen mit Vitel kam. Ein Treffen, das sehr..." Jan richtete die Fernbedienung wieder auf den Fernseher und spulte die Szene ein Stück zurück, um Jack zu zeigen, wie er die letzten paar Stufen hochschlich, und ließ dann bei normaler Geschwindigkeit weiterlaufen. Jack klopfte an der Tür von Zimmer 337. Die Tür wurde geöffnet, Jack ging hinein, und die Tür schloß sich wieder hinter ihm.

Theo war nicht beeindruckt. „Scheiße, man kann nicht mal erkennen, ob es Vitel war, der ihn 'reinließ. Hat Colchester kein besseres Beweismaterial?"

„Das ist der Mann", beharrte Jan. „Ich kann dir den ganzen Film zeigen von gestern abend, auf dem Jack seine Nachricht bei Sascha Vykos in Washington abliefert, und andere Nachrichten aus den letzten paar Wochen."

Theo blätterte weiter in dem Dossier und schaute dabei finster auf den riesigen TV-Bildschirm. Sekunden und Minuten vergingen, in denen der Film weiterlief. Jan stand schweigend dabei und schaute. Nach ungefähr zwanzig Minuten ging die Tür von Zimmer 337 wieder auf, Jack schlüpfte heraus und lief die Treppe hinab. Er trug einen großen gefalteten Umschlag.

„Wie kam's, daß Colchesters Mann Jack oder Johnny oder wie er heißt erwischte, als er sich mit Vitel traf?" fragte Theo. „Nicht dieses Mal. Ich meine das erste Mal."

Gherbod Fleming

Jan schaltete den Fernseher ab und ging mit gemessenen Schritten auf einen Stuhl gegenüber von Theo zu. „Nach Hartford", sagte Jan, „begannen wir mit einer ganzen Reihe von Observierungen."

„Wir", wiederholte Theo. „Du meinst, Colchester und du."

„Ja. Vitel war eines der Objekte. Wir waren nicht sicher, wen wir beobachten mußten, also warfen wir das Netz erst einmal weit aus."

„Wie weit?" wollte Theo wissen. „Wer noch?"

Jan machte eine Pause, und was dann kam, war für Theo keine Überraschung mehr.

„Alle Entscheidungsträger", sagte Jan. „Vitel, Garlotte, Goldwin, Gainesmil, Lladislas, der Quäker und Roughneck, Malachi... du... "

Es machte Theo nichts aus, daß er ausspioniert worden war. Warum auch, nachdem er schon erfahren hatte, daß sie ihn neulich Nacht getestet hatten. Und nachdem er herausgefunden hatte, daß sein eigener Boss, Pascek, den Ventrue-Justicar gedrängt hatte, ihn zu testen - anstatt für Theo einzustehen? Theo nahm es dennoch auf die leichte Schulter. Das stank alles nach Kainskinder-Politik, aber es war seine eigene Schuld gewesen, daß er so tief in die Scheiße gewatet war. Es war nicht ganz ohne, seinem Erzeuger als Archont zu dienen, wenn der Erzeuger gleichzeitig Justicar war. Theo hätte nicht bleiben müssen, als Jaroslav Cerros Nachfolge antrat. Der Archont hätte weggehen können, aber er war geblieben. Und das ganze Geschiebe, das schon unter Cerro alles andere als freundlich gewesen war, gewann unter Pascek an der Spitze eine sehr häßliche und niederträchtige Qualität.

„Es ist Vitel", sagte Jan schließlich, um beim Thema zu bleiben. „Ich habe Aufnahmen von den Treffen mit Jack, Daten, Uhrzeit, Ort, Bilder, auch Gesprächsmitschnitte. Du kannst alles einsehen."

Theo warf das Dossier auf den Tisch zurück. „Ich will das sehen", sagte er. „Alles. Jedes einzelne beschissene Beweisstück, das du hast."

Montag, 1. November 1999, 3:02
Eine unterirdische Grotte
New York City, New York

„Hat dir Ruhadze die Bilder von der Skulptur gezeigt?" fragte Emmett.

„Nein", sagte Calebros und schüttelte den Kopf. Eine einzelne Kerze warf nur einen schwachen Schein in dem Raum aus behauenem Felsen. „Das Geschriebene, Anatoles Vermächtnis, ist wichtiger, denke ich. Ich verstehe Hesha gut... "

„Hmm", schnaubte Emmett. „Einen Setiten verstehen. Augustin würde sich im Grab umdrehen."

„Sprich nicht in diesem Ton von unserem Erzeuger. Oder von Hesha. In Bombay... "

„Bombay, Bombay. Hör mit den ollen Kamellen auf." Emmett rollte die Augen.

„Willst du dir die Photos anschauen, die wir *haben*?"

„Von dem Geschriebenen? Die, die die Malkavianer so in Aufruhr versetzten? Nein danke."

„Ich hab sie mir angeschaut", triezte ihn Calebros ein bißchen. „Hesha hat sie angeschaut. Sogar der junge Gangrel hat sie sich angesehen."

„Ja? Naja, dann... umso besser für dich."

„Na, das war aber jetzt 'ne tolle Antwort."

„Ganz meinerseits."

1.11.1999
Betr.: Anatoles Vermächtnis

KOPIE

Wie üblich nichts Direktes über den Propheten Gehennas; alle betroffenen Personen haben unterschiedliche Auffassungen von der Sache.

Ramona behauptet, daß das Hügelland bei der Höhle vernarbt und verwüstet ist – was zu Xaviars Bericht passen würde. Aber weder Hesha noch Jeremiah können das bestätigen. Insgesamt sind die Berichte widersprüchlich.

Zwei Malkavianer wurden in Baltimore vernichtet, nachdem sie die Bilder gesehen hatten (nur ganz kurz!), aber die anderen von uns blieben unversehrt. Clansspezifische Reaktion?

Könnte Sturbridge da was wissen?

Jeremiah ist immer noch etwas aufgewühlt seit der Zeit, die er mit Anatole verbracht hat.

Montag, 1. November 1999, 3:47 Uhr
Cherry Hill
Baltimore, Maryland

„Hey, Süßer, bei mir kriegst du den besten Fick deines Lebens", rief ihm eine Prostituierte zu, als Theo an einem Stopschild anhielt.
Er war durch Katrinas Gegend gefahren - dort wo sie früher gewohnt hatte. Er wußte nicht genau, warum er das tat. Nachdem er von Pieterzoon weggegangen war, hatte er einige Patrouillen kontrolliert, die ihren Dienst taten so gut es eben ging, jetzt, wo der Sabbat jede Woche stärker nach Norden vorstieß. Irgendein Dummbeutel von Kainskinder-Flüchtling hatte den Helden spielen wollen und versucht, auf eigene Faust einen Verdächtigen anzuhalten. Er endete halb als Kühlerhaubenfigur, halb als Unfallopfer auf der Straße. Sonst war alles relativ ruhig. Theo hatte Lydia aufgesucht und ihr gesagt, was er brauchte. Dann war er ein bißchen herumgefahren - und hier gelandet, in Katrinas Gegend.
Die Prostituierte war auch nicht anders als die anderen. Ziemlich jung noch, und nicht abgehärtet und verbraucht. Keine von den ganz Jungen, denen man nicht mal zutraute, daß sie schon an Kerle dachten, geschweige denn ihnen die Hosen 'runterzogen. Sie war nicht so dürr wie die meisten. Wahrscheinlich hing sie noch nicht an der Nadel.
„Hey, Süßer..."
Ihre Stimme schnitt durch das Dröhnen seines Motors, als Theo beim Stopschild hielt. Ohne nachzudenken langte er hinüber, faßte sie am Handgelenk und zog sie zu sich.
„Du spielst wohl gern den Groben, Süßer?" hänselte sie ihn.
Er checkte ihren Arm. Keine Einstiche. Checkte den anderen Arm.
„Ich bin so clean wie ein Babyarsch", sagte sie.
„Hier liegt überall Babyscheiße rum. Steig auf", knurrte Theo. Er konnte sie nicht hier herumstehen sehen. Sie trug ein enges, weit ausgeschnittenes Stretch-Oberteil, das bei jeder Bewegung etwas verrutschte und den Blick freigab auf große, dunkle Brustwarzen. Ihr Rock war kurz und knapp und betonte den runden Po und ihre Schenkel. Mit ihren Stökkelschuhen hätte man ein Kainskind aufspießen können. Sie zog ihre Strümpfe zurecht und setzte sich dann hinter Theo aufs Motorrad.
„Ich mach dich glücklich, Süßer", gurrte sie ihm ins Ohr.

„Hör auf damit, verdammt." Theo hätte sich am liebsten umgedreht und sie geschüttelt. An die Kehle gehen wollte er ihr. *Tust du dir was Gutes, Schwester?* dachte er. *Dafür haben sich also echt gute Leute krummgelegt, ihr Leben riskiert und sind gestorben? Damit du dich hier an der nächstbesten Straßenecke verkaufst, fast so wie früher, als unsereiner auf dem Sklavenmarkt verkauft worden ist?*

„Willst du meinen Namen wissen, Süßer?"

„Nein."

„Wie du willst."

Er wollte ihren Namen nicht wissen. Er wollte nicht mal anerkennen, daß sie existierte. Einen kurzen Moment lang, als er vom Bordstein wegfuhr, wollte er sich selbst hinters Licht führen, wollte so tun, als ob diese Straßenecke nun befreit wäre von Leuten wie ihr. Das war die wirkliche Welt, aber es war die schlechteste aller wirklichen Welten. Theos Mutter und seine Schwestern hatten keine Wahl gehabt, wenn Master Bell sich nachts im Dunkeln in die Sklavenunterkünfte schlich. Ihr Leben und die Sicherheit ihrer Familie waren von diesem Mann abhängig. Er nahm sie sich, aber sie hatten sich ihm nicht gegeben.

Dann wieder sah Theo, während die Prostituierte ihre Arme um seine breite Brust schlang, die ganze Umgebung. Viele hoffnungslose Gestalten, verzweifelte Menschen, die Drogen verkauften, weil sie sonst nichts zu arbeiten hatten, keine Chancen, keine Jobs, jedenfalls nicht hier.

Dann sollen sie eben von hier weggehen, dachte Theo. *Nimm den verdammten Bus und such dir einen Job.* Er wußte natürlich, daß es nicht so einfach war. Einige von denen *waren* tatsächlich böse, richtige Raubtiere. Theo wußte das, er hatte schon genug Leute, Kainskinder wie andere, kennengelernt. Ob sie Nahrung aßen oder Blut tranken, war im Grunde egal. Manche Leute waren nur dazu da, auf andere Jagd zu machen. Aber einige waren einfach Verlorene, überrollt von einer Welt, die sie nicht verstanden. Diese Menschen konnten nicht einfach aus der Stadt rausgehen und auf dem Feld arbeiten. Und ohne Ausbildung einen Job zu kriegen - ob mit Bus oder ohne - grenzte an ein Wunder. Ein noch größeres Wunder war es, wenn man lang genug am Leben blieb, um sich eine Ausbildung zu verschaffen. Geistig und moralisch zu überleben war ein Wunder in einer Kultur, die solche Werte nicht förderte oder belohnte. In dieser Umgebung wurden die Weichen im Leben so früh gestellt und viele endeten schon früh im Knast, wurden ungewollt schwanger; nicht wenige kamen um. Derweil pflegten Jan Pieterzoon und seinesgleichen in der Welt der Sterblichen ihren Reichtum, ihre Beziehungen, ihre Macht, als sei es ihr Geburtsrecht.

Theo raste weiter. Seine Abneigung gegen die Nutte hinter ihm wollte nicht vergehen. Er war am untersten Ende dieser kranken Welt geboren worden, aber er hatte sich aus eigener Kraft darüber erhoben. Er hatte sein Schicksal nie als gottgegeben hingenommen. Unrecht über Unrecht war ihm angetan worden: Seine Familie zerbrach, als er fünf Jahre alt gewesen war. Seine Mutter, einige Brüder und Schwestern waren verkauft und von seinem Vater und anderen Kindern getrennt worden: Theos Mutter und seine Schwestern wurden vergewaltigt, während er weggescheucht wurde und draußen im Dunkeln zitterte. Theo erinnerte sich an jede einzelne dieser Nächte. An jede einzelne. Ja, er erinnerte sich. Er erinnerte sich auch daran, wie er ausgepeitscht wurde. Er hatte immer noch Narben auf dem Rücken. Er wußte, wie viele Hiebe er bei welcher Gelegenheit bekommen und welcher Aufseher die Strafe verabreicht hatte. Theo hatte sie alle aufgespürt, einen nach dem anderen, Jahre später, und es ihnen heimgezahlt. Sein Gedächtnis hatte ihn geleitet, und die Angriffe auf seine Würde hatten ihn dazu gebracht, sein Schicksal nun so weit wie möglich selbst in die Hand zu nehmen.

Aber diese gebrochenen Individuen, die er hier in den nächtlichen Straßen der Stadt traf, waren anders. Was war nur los mit diesen Leuten? Wie konnte die Welt ihre Würde anerkennen, wenn sie sich selbst nicht achteten? Schwarze schossen Schwarze nieder. Verarmte Familien, die im Dreck lebten und von Drogen gebeutelt waren. Selbstachtung, das wußte Theo, kam von Stärke, aber Stärke gedieh nur im Verein mit Selbstachtung. Das war das Problem. Man mußte den Teufelskreis von Hoffnungslosigkeit und Opfergehabe durchbrechen und zu dem aufbauenden Zyklus von Stärke und Unabhängigkeit vorstoßen. In seinem eigenen Leben hatte Theo das geschafft, und aus diesem ersten Schritt hatte sich alles weitere ergeben. Er war der Sklaverei entkommen und immer wieder in den Süden zurückgekommen, um anderen zur Flucht zu verhelfen. Als ihm Don Cerro die Gabe der unvorstellbaren Macht verlieh - und damals betrachtete es Theo als eine Gabe -, erweiterte Theo sein Tätigkeitsfeld. Jetzt erlöste er nicht mehr nur die, die in Not waren, sondern rächte sie an den Schuldigen. Er hatte die Peitsche zu Master Bell mitgenommen, und schlimmeres. Aber Rache, fand Theo, goß nur Öl ins Feuer, das immer schon in ihm brannte und das sich jetzt mit dem neuen

Hunger mischte, bis die beiden miteinander verschmolzen. Der alte Master Bell war nicht der einzige gewesen, der für seine Verbrechen büßen mußte. Auch viele seiner Sklaven mußten dran glauben. Auh viele Mitglieder von Theos Familie.

„Wo fährst du denn hin, Süßer?"

Theo zuckte zusammen, als er die Stimme so nah am Ohr hörte. Er brauchte eine Weile, bis er zu sich kam und sich erinnerte, daß er in den rauhen Straßen Baltimores unterwegs war und nicht in den versteckten kleinen Gäßchen am Mississippi. Er fuhr in eine dunkle, verlassene Straße, bog zwischen zwei Häuser ein und blieb stehen.

Theo stieg ab. „Hast du Kinder?"

Sie lächelte, fuhr mit dem Finger am Ärmel von Theos Lederjacke entlang. „Du wirst doch nicht von Kindern reden wollen." Auf ihrem Vorderzahn war ein kleiner Fleck hellroten Lippenstifts.

Ehe er merkte, was er tat, hatte Theo ihre Hand gepackt und quetschte sie, ohne ihr dabei die Finger zu brechen, bis sie schrie. „*Hast du Kinder?*" fragte er.

„Ja!" Ihre Furcht war jetzt so groß wie ihr Schmerz, als sie ihm in die Augen blickte. Tränen liefen ihr über die Wangen.

„*Wie viele?*"

„Zwei." Sie zitterte am ganzen Körper. Sie klapperte mit den Zähnen. Die kühle, feuchte Luft kroch ihr in die Knochen und nahm ihr alle Kraft, aber sie kam dennoch ins Schwitzen. Sie versuchte, sich ihm zu entwinden, schaffte es aber nicht.

Wieder erwachte das Feuer in Theo. Er haßte diese Frau, die für ihn Symptom und Ursache des Bösen schlechthin war. Er hielt sie fest, drehte mit der anderen Hand grob ihr Gesicht herum und biß in das feste Fleisch an ihrem Hals. Blut füllte seinen Mund, es war ihr Menschsein - genau wie das von allen anderen auch. Ihr wilder Schrei erstarb in einem kläglichen Wimmern, aber ihr Herz pumpte immer noch ruckweise frisches Blut in Theo. Er holte sich Stärke von ihr, der es an Stärke mangelte. Gierig trank er, um das Feuer zu löschen und den Haß und das Mitleid auszumerzen, das er für sie empfand.

Schließlich fühlte er sich, obwohl er satt war, völlig erschöpft. Er leckte die Wunde, um sie zu schließen und ließ die Frau los. Sie stolperte ein paar Schritte, bevor ihre Knie einknickten und sie hart auf den Boden stürzte. Mit Tränen auf den Wangen saß sie ganz benommen da.

Theo stand über ihr. Immer noch haßte er sie, für das, was sie war, für ihre Schwäche. Er haßte sich selbst für das Mitgefühl, das in seinem Herzen fehlte. Sie gehörte eigentlich zu seiner Seite, und doch war er hier der Jäger. Er wußte, daß er das Blut brauchen würde in den kommenden Nächten, aber er mochte sich nicht auf diese Weise ernähren. Aber sie hatte ihn angesprochen. Sie hatte darum gebeten, sein Opfer zu sein. Er konnte sie nicht ändern. Er konnte sie nicht vor sich selbst bewahren. Morgen würde sie wieder auf der Straße stehen, morgen nacht oder übermorgen. Wenn sie es irgendwie schaffte, auszusteigen, würde es an ihrer Stelle andere geben.

Theo griff in seine Tasche und nahm ein Bündel von Zwanzig-Dollar-Noten heraus. Er nahm fünf, sechs davon und warf sie ihr hin. Sie landeten neben ihrem Knie. Ihr Strumpf war zerrissen. Wütend, aber müde stieg Theo wieder auf sein Motorrad und ließ sie dort zurück.

Montag, 1. November 1999, 23:44 Uhr
Dewey's Sweatshop, Park Heights
Baltimore, Maryland

Lydia kam nun schon zum zweiten Mal innerhalb von zwei Nächten in die Kneipe. Dichter Zigarettenqualm hing im Raum, und die Musik aus der Jukebox war auf volle Lautstärke gedreht. Der Mann hinterm Tresen war mit den sechs, sieben Typen beschäftigt, die an der Bar standen, und nahm keine Notiz von ihr. Er war fett und schmierig. Es war nicht heiß im Raum, aber sein Hemd war an den Achseln und auf Brust und Rücken voller Schweißflecken. Zwei der Gäste an der Bar kannte Lydia: Frankie und Baldur. Beide saßen vor einem Bier und nahmen hier und da ein Schlückchen. Sie schienen zu beschäftigt, um Lydia zu bemerken, obwohl sie ganz in der Nähe der Eingangstür saßen.

Ein paar hartgesottene Typen saßen allein an zwei Tischen, alle anderen Tische waren leer. Lydia suchte sich einen aus und setzte sich mit dem Rücken zur Wand. Sie saß noch nicht richtig, da schlenderte schon ein Typ von der Bar auf sie zu. Er war einer von der Sorte, die sich Wunder was einbilden, aber nicht besonders gut ankommen bei Frauen. Er trug eine fadenscheinige Armeejacke und hatte schütteres rotes Haar.

„Magst 'nen Drink, Schöne?" Er zwinkerte ihr zu mit einem Grinsen, das er wohl für charmant hielt.

Lydia stöhnte. „Schau ich aus wie die Präsidentin des Vereins für Arschlöcher mit Haarproblemen?" Er lachte. Lydia blieb ernst.

„Das gefällt mir. Das ist gut. Komm, Schöne, ich lad' dich ein zu 'nem Drink. Ich will doch nur freundlich sein." Er zog sich einen Stuhl heran und machte es sich bequem.

„Ich brauch' keine Freunde", sagte Lydia. Sie sah zu seinen beiden Kumpeln an der Bar hinüber, die ihr Bier tranken und so taten, als würden sie nichts mitkriegen. „Außerdem", fügte Lydia hinzu, „steh' ich nicht auf Jungs." Sie verbiß sich ein Lachen, als ihm das Lächeln auf den Lippen erstarb. Mit der Lesben-Maske konnte man die Typen echt verblüffen, und außerdem stimmte ihre Aussage auch noch. Jedenfalls in bezug auf die letzte Zeit. Sex machte ihr nicht mehr soviel Spaß wie früher.

Nach der ersten Schrecksekunde versuchte ihr Verehrer ein gezwungenes Lächeln. „Du stehst nicht auf Jungs? Hast wohl noch nicht den Richtigen getroffen." Er zwinkerte ihr wieder zu.

Lydia rollte die Augen. Sie warf einen kurzen Blick auf die anderen Gäste in der Kneipe. Außer Frankie und Baldur waren nur Sterbliche da. Sie hatten einen normalen Teint und tranken normal, das heißt sie taten nicht nur so. Sie wandte sich wieder ihrem Verehrer zu. „Und du wärst also der Richtige?"

„Da kannst du dein Spitzenhöschen wetten."

Lydia seufzte wieder. Sie schaute auf ihre Uhr und entschied, daß der Typ einfach eine Zeitverschwendung war.

„Okay, Sportsmann. Mal sehen, wer von uns der Stärkere ist."

„Wie?" Er schien ziemlich überrumpelt.

Sie knallte ihren rechten Ellbogen auf den Tisch. „Wenn du meinen Arm 'runterzwingst, hast du gewonnen. Dann könnt ihr mich alle gleich hier auf dem Tresen ficken, solang ihr wollt. Wenn ich gewinne, haust du ab, und zwar sofort."

Er lachte, aber sein Grinsen war eher mißtrauisch als selbstgewiß. Er zögerte, als er die kleine, blasse Frau vor sich anschaute. „Okay, Baby. Du bist dran, es ist deine große Chance."

„Also gut."

Er setzte seinen Ellbogen ebenfalls auf den Tisch und zog eine Show ab, als er ihre Hand ergriff und dabei ihre Finger streichelte.

„Bist du bald fertig?" sagte Lydia. „Dann gib mir Bescheid."

Er holte tief Atem und fing schon an zu drücken, bevor er „los!" gesagt hatte.

Lydia ließ ihn ein paar Zentimeter drücken, gerade soviel, daß er siegessicher werden konnte, und schlug ihm dann mit aller Wucht die Knöchel auf die Tischplatte.

„Au, Scheiße!"

„Was ist los?" Lydia heuchelte Mitgefühl. „Ich hab gar nichts gespürt."

„Wie zum Teufel, du hast nichts...?"

„Ich mach dir 'nen Vorschlag, Sportsfreund. Es ist nur fair, wenn wir es mit links auch probieren. Wenn du gewinnst, könnt ihr mich ficken und mich danach umdrehen und in den Arsch ficken. Na, wie hört sich das an?"

Er starrte sie über den Tisch an und knurrte jetzt mit drohender Stimme: „Das wirst du noch bereuen, du kleines Miststück."

Lydia zuckte die Achseln. „Vielleicht. Nimm den Mund nicht so voll."
Sie stellte ihren linken Ellbogen auf den Tisch.

Diesmal zögerte er länger. Seine Freunde beobachteten das Geschehen mit unverhohlenem Interesse zu. Sie mußte irgendeinen Trick haben, dachte er sich bestimmt. Irgendwie hatte sie ihn ausgetrickst. Aber ein zweites Mal würde ihr das nicht gelingen. Er rollte seinen Ärmel hoch, stellte den linken Ellbogen auf den Tisch und ergriff diesmal ganz ohne Mätzchen ihre Hand mit festem Griff.

„Wenn du bereit bist, Sportsfreund."

Er sagte diesmal nicht „los!", sondern drückte gleich mit aller Gewalt. Lydia hielt ihn genau im rechten Winkel zum Tisch, fünf Sekunden... zehn... fünfzehn. An seiner Schläfe schwoll eine Ader. Er schnaufte schwer. Lydia verzog das Gesicht und entspannte sich dann ganz. „Ts, ts, ts. Vielleicht solltest du's mal mit beiden Händen probieren", sagte sie.

Überrascht und niedergeschmettert wie er war, blieb ihm nur eine Sekunde. Dann schlug sie ihm wieder die Knöchel auf den Tisch. Er hielt so gewaltig dagegen, daß irgendwas, ein Gelenk oder eine Sehne, laut knackte. Er brüllte auf vor Schmerz und Frust und rieb sich den Ellbogen.

„Das hat sich aber gar nicht gut angehört, Sportsfreund."

Er starrte sie drohend an, als er sich aufrichtete.

„Denk mal drüber nach, Sportsfreund", sagte sie seelenruhig, und er hielt im Aufstehen inne. „Das war nur dein Ellbogen. Wenn du mich nochmal anfaßt, dann stecke ich dir deinen Schwanz hinten 'rein, verstanden?"

Er sagte nichts, stand nur unschlüssig da und hielt sich den Ellbogen.

„So ist's schon besser", sagte Lydia. „Am besten, du gehst jetzt heim zu deiner Frau oder deiner Freundin oder deinem dreizehnjährigen Kerlchen von nebenan, egal, wen du halt so fickst, und prügelst sie 'ne Runde. Dann fühlst du dich wieder wie'n starker Mann und alles ist wieder in Ordnung."

Ohne seine Freunde anzusehen, stand er jetzt auf und beeilte sich, aus der Bar 'rauszukommen. Seine Freunde wandten sich mit hochgezogenen Augenbrauen wieder ihrem Bier zu. Das taten auch Frankie und Baldur, die die ganze Sache kaum überrascht hatte.

Lydia schaute wieder auf ihre Uhr. 23:56 Uhr. Sie war letzte Nacht gekommen, nachdem sie mit Theo gesprochen hatte, und hatte den dicken

Barmann nach Johnny gefragt. Da er nicht da war, hatte sie an der Bar einen Zettel hinterlassen, auf dem nur stand „23:45 Uhr". *Wo ist er nur verdammt nochmal?* wunderte sie sich. Frankie und Baldur waren schon früh gekommen, um sich einen guten Platz auszusuchen. Falls er dagewesen und wieder gegangen wäre oder sonstwas Komisches gewesen wäre, hätten sie es ihr gesagt. Aber sie nippten an ihrem Bier, unterhielten sich leise über Madonna und Cher und stritten sich, wer von den beiden die geilere war.

Lydia mußte nicht mehr lang warten. Ein paar Minuten später ging die Tür auf, und der Typ, dessen Photo ihr Theo gezeigt hatte, kam herein. Er war dreckig und unrasiert und hatte sehr schütteres Haar. Er hatte einen schlurfenden Gang und lief etwas gebückt, aber nicht wie ein Nossie-Freak, sondern ein ganz normaler Unterschicht-Typ. Er schaute sich verwirrt um und schlenderte dann zur Bar, wo er ein paar Worte mit dem Barmann wechselte. Der Barkeeper deutete auf Lydia und „Johnny" schaute zu ihr hinüber. Lydia erwiderte seinen Blick unbewegt. Sie lächelte nicht, warf ihm keine Kußhand zu, winkte ihm aber auch nicht ab.

Er schlurfte zu ihrem Tisch mit einem Grinsen wie der Verehrer von vorhin. Er blieb vor ihr stehen und hob die Handflächen nach oben: „Hier ist Johnny."

Lydia wandte den Kopf ab und spuckte auf den Boden. „Deine Freunde nennen dich Jack, hab ich gehört."

„Wenn ich Freunde hätte", konterte er sofort, „dann würdest du nicht dazugehören, wer immer du auch bist, verdammt."

„Oh, brich mir nicht das Herz." Sie verschränkte die Arme und lehnte sich in ihrem Stuhl zurück.

Er drehte sich zu dem Barmann um und setzte zu einer spöttischen Bemerkung an, als Lydia reagierte. Noch bevor ihr Opfer sich umschauen konnte, hatte sie die Desert Eagle aus ihrem Gürtel geholt, wo sie sie am Rücken getragen hatte. Genau in dem Moment, als Jack wieder zu ihr hinschaute und seine Augen sich vor Schreck weiteten, feuerte sie ab. Drei Schüsse. Sie trafen ihn in die Brust und er flog rückwärts durch die Luft.

Die Bargäste gingen alle in Deckung, außer Frankie und Baldur, die aufgesprungen waren, ihre 9mm in der Hand, und den Eingang blockierten. Frankie schnappte sich den Barkeeper, der nach seinem Gewehr greifen wollte. Der dicke Mann fiel auf die Theke hinter der Bar und fegte dabei die ganzen Flaschen mit Spirituosen vom Tisch. Der Alkohol ergoß sich in Strömen auf den Fußboden. Eine Kugel durchbohrte den Barmann und zerschmetterte den Spiegel hinterm Tresen.

Lydia schaute auf die Desert Eagle in ihren Händen. Sie blies leicht an die Mündung des Laufs. „Verdammt. Theo hatte recht mit dem Ding."

Genau in diesem Moment traf sie ein Schlag. Er kam von Jack. Trotz der drei klaffenden Löcher in seiner Brust hatten sich seine Arme in lange, muskulöse Tentakel verwandelt. Eins davon peitschte jetzt auf Lydias Gesicht ein, fegte sie von ihrem Stuhl und warf sie an die Wand.

Es war nur eine Frage von Sekunden, bis sie wieder auf den Beinen war, aber Frankie und Baldur waren unter den Schlägen des zweiten Tentakels zu Boden gegangen, und Jack bahnte sich jetzt seinen Weg zur hinteren Tür. Lydia war schwindlig und ihr Kopf dröhnte, aber sie drückte zwei schnelle Schüsse ab. Sie zerrissen den Türrahmen über Jacks Kopf. Er rannte weg, und seine wurstigen Arme schrumpften jetzt wieder auf ihre normale Länge. Er raste kopfüber zur Hintertür hinaus - und geradewegs in eine geschwungene Feueraxt hinein.

Mit einem einzigen, sauberen Hieb haute Theo dem Tzimisce den Kopf ab - wenn man eine Enthauptung, bei der Blut und Eiter spritzten, sauber nennen konnte. Jacks Körper rannte noch ein paar Schritte, bevor er taumelnd zu Boden stürzte. Es waren nur noch die Reflexe, aber es sah so aus, als hätte er ein paar Sekunden gebraucht, um zu kapieren, daß sein Kopf weg war, einfach weg.

Als Lydia, Baldur und Frankie zur Hintertür kamen, war Jacks Blut schon geronnen und trocken. Nun begann auch sein ganzer Körper, hart und trocken zu werden, und zerbröselte vor ihren Augen.

„Das wird auch mit uns einmal so geschehen", sagte Frankie feierlich. „Eines Nachts."

Theo wischte den Griff der Axt ab und warf sie in den Flur. Die vier Brujah scherten sich nicht um die geschockten Bargäste, die in Panik zur Eingangstür hinausdrängten, jetzt, wo der Weg wieder frei war.

Theo wandte sich an Lydia. „Laß nicht nach in einem Kampf, solange er nicht wirklich zu Ende gefochten ist", sagte er. Sie nickte etwas beschämt. „Gehen wir weg von hier", fügte er hinzu und wandte sich wieder an Lydia. „Wie wär's mit Armdrücken?" Sie lächelte betreten. „Die Aufschneiderei bringt dich noch mal um, Mädchen."

Niemand sagte etwas dazu, und sie verließen alle die Bar.

Dienstag, 2. November 1999, 1:59 Uhr
Hemperhill Road
Baltimore, Maryland

Der Lexus kam mit quietschenden Reifen am Bordstein zum Stehen. Der Wagen stand noch nicht ganz, als Theo Bell schon aus der Beifahrertür sprang und auf die Villa zuging. Er sprang die acht Stufen in zwei Sätzen hinauf und klopfte heftig an die Tür. Er wartete einige Sekunden und klopfte dann erneut.

Als ein aufgeschreckter Ghul öffnete, sagte Theo nur: „Hol Vitel, aber dalli!" Dann trat er ein.

Der Ghul rannte gehorsam los; es war das erste Mal, daß er den Brujah-Archonten aufgeregt erlebte. Während Theo wartete, entsicherte er die SPAS 12 in seiner Jacke und checkte die Munition, dann steckte er den Lauf auf und sicherte die Waffe. Kurz nachdem der Ghul fortgeeilt war, kam auch schon Marcus Vitel die Treppe herunter. Beim Anblick von Theo Bells Gewehr blieb er stehen. Seine Augen verengten sich zu schmalen Schlitzen.

„Wir müssen los", sagte Theo drängend. „Sie haben unsere Verteidigungslinien durchbrochen."

„Der Sabbat?"

„Sie haben uns von Westen her, auf der Interstate 70 und dem National Pike, schwer getroffen. Wir haben ihnen in Leakin Park den Weg abgeschnitten, aber ich weiß nicht, wie lange das hält." Vitel zögerte, also redete Theo schnell und mit Nachdruck weiter. „Sie werden auch von Süden her angreifen. Falls sie bis hinter Leakin und hinunter nach Mulberry kommen, sind wir vom Flughafen abgeschnitten. Auf Jan Pieterzoon wartet ein Flugzeug, oder wenn Sie selbst eins bestellt haben, kann ich Sie hinbringen, aber dann müssen wir jetzt gehen."

Marcus Vitel zögerte noch einen Augenblick und wandte sich dann an seinen Ghul, der die Treppe heruntergerannt kam. „Hol meine Brieftasche aus dem Safe. *Sofort.*" Vitel wandte sich wieder an Theo. „Haben Sie einen Wagen dabei, Archont Bell?"

„Ja, natürlich. Wir tauschen ihn aber unterwegs aus, nur für den Fall, daß er von dem Gesindel in der Stadt markiert worden ist."

„Sehr gute Idee."

Vitel folgte Theo aus der Tür und die Stufen hinunter in den Lexus. Aus alter Gewohnheit klemmte Theo sein Gewehr unterm Jackett fest. Er öffnete die hintere Tür für Vitel und nahm selbst vorne im Wagen Platz. Er wandte sich an Lydia, die hinterm Lenkrad saß. „Noch einer, den wir wegbringen müssen." Theo spähte die Straße auf und ab. „Alles klar hier draußen?"

„Ja", sagte Lydia. Die Desert Eagle lag auf ihrem Schoß. Ihre Hände umschlossen das Lenkrad.

Es schien eine Ewigkeit zu dauern, bis Frederick mit der Lederbrieftasche kam. Er schloß noch rasch die Türe, rannte dann zum Wagen und setzte sich auf den Platz hinter Lydia. Er gab Vitel die Brieftasche. Ruckartig fuhr Lydia vom Bordstein weg.

Innerhalb weniger Minuten waren drei Polizeistreifen in Richtung Westen vorbeigerast, alle mit Blaulicht und Sirene. Theo sah dichten Rauch, der im Westen am Horizont hochstieg. Die schwarzen Qualmwolken hoben sich deutlich gegen den rötlichen Schein der nächtlichen Stadt ab.

„Haben Sie ein Flugzeug?" fragte Theo Vitel, der den Rauch in der Ferne auch mit einiger Bestürzung betrachtete.

„Nein", sagte Vitel. „Ich weiß Mr. Pieterzoons Liebenswürdigkeit zu schätzen. Ich hatte nicht mit so etwas gerechnet. Nicht so bald."

„Ich auch nicht", sagte Theo. „Die haben ihren Vormarsch verdammt gut geplant. Alles rückte auf einmal ein, der ganze beschissene Konvoi. Die kommen rein, wir werden die nie ganz ausrotten können."

„Ja, so ist es mit dem Sabbat." stimmte Vitel zu.

„Soll ich noch ein oder zwei Autos kommen lassen für Ihre anderen Ghule?" fragte Theo.

„Das ist nicht nötig."

Auf einmal fielen alle Insassen auf die rechte Seite, als Lydia eine Linkskurve so hart nahm, daß die Reifen quietschten und schwarze Spuren auf der Straßenkreuzung hinterließen.

„Verdammt, Mädchen!" Theo stemmte sich gegen die Tür. „Die Bullen sind alle in die andere Richtung gefahren. Legst du's drauf an, daß sie umkehren und uns verfolgen?"

„Sorry."

Lydia gab Gas. Ihre nächste Kurve, die sie auch nicht sanfter nahm als die vorige, führte durch das offene Tor einer alten Backsteinlagerhalle.

Die große Metalltür schloß sich schnell hinter dem Wagen. Nun fiel auch kein Licht mehr von draußen herein, und als Lydia mit quietschenden Reifen zum Stehen kam, lag der große, dunkle Raum der Lagerhalle mit ihren Zementfußböden vollständig im Dunkeln.

„Wo ist das andere Auto?" fragte Marcus Vitel.

Kaum hatte er ausgeredet, als Theo sich umdrehte und ihm eine Salve ins Gesicht schoß, alles Phosphor-Munition. Die weißen phosphoreszierenden Kugeln schlugen durch Kopf und Torso des früheren Prinzen von Washington, D. C. und brannten sich durch den Sitz und die hintere Windschutzscheibe.

Lydia feuerte gleichzeitig mit Theo. Sie wirbelte ihre Desert Eagle herüberrascht aufgerissene Augen. Die obere Hälfte seines Kopfs zerplatzte in der Luft. Der Ghul fiel mit einem Ruck nach vorne gegen Lydias Kopfstütze.

Theo sprang genau in dem Moment aus dem rauchenden Wagen, als die Lichter im Lagerhaus angingen. Er riß Marcus Vitels Tür auf und richtete die SPAS auf den Leib des Ventrue. Was von seinem Kopf noch übrig war, hing mit schlaffem Unterkiefer auf dem schwelenden Sitz. Ein Großteil seines Maßanzugs, sein Fleisch und das geschmolzene Gold seiner Anstecknadel in Form eines Adlers dampften, brodelten und zischten.

Frankie und Baldur verließen ihre Posten und kamen angerannt. Christof kam nur vorsichtig näher.

„Ach du heilige Scheiße", staunte Frankie. „Du hast ihm glatt den Kopf awegrasiert!"

„Nein, ein bißchen hängt er noch dran", berichtigte ihn Baldur.

Lydia stieg nun auch aus. Sie wischte sich Blutspritzer aus dem Gesicht und leckte sich die Finger ab. Alle vier Brujah drehten sich gleichzeitig um, als das Eingangstor plötzlich aufgestoßen wurde. Herein kam Jan Pieterzoon mit Anton Baas und einem Dutzend weiterer schwer bewaffneter Ghulen.

„Macht die verdammte Tür zu!" schrie Theo sie an. Mehrere Ghule rannten gleich los, um das Tor zu schließen.

„Uh... Theo... ?"

Theo drehte sich zu Lydia um, die plötzlich ganz verblüfft dreinsah. Er folgte ihrem Blick an Fredericks Leichnam vorbei, der in seinem Blut lag - zu dem leeren, rauchenden Autositz, wo soeben noch Vitels Körper gewesen war.

„Ach du Scheiße." Theo trat vom Auto zurück. „Vitel ist weg. Jetzt heißt es aufpassen."

In dem Augenblick ging Frankie zu Boden. Eben stand er noch neben ihm, und nun hatte er gerade noch Zeit für einen erschreckten Schrei, bevor er unter den Lexus gezerrt wurde.

„Ach du Scheiße! Vitel ist unter dem Auto!"

„Frankie!"

Alle schrieen durcheinander. Theo kramte noch ein paar Phosphor-Patronen hervor und lud sie ins Magazin. Er wollte schon eine Salve unter das Auto abfeuern, hielt aber inne. Frankie war da unten.

„Scheiße", sagte Theo wieder. Er hätte es besser wissen müssen. Ein Ventrue kann ganz schön viele Schüsse vertragen und sogar überleben, vorausgesetzt, er hat genug Blut, um sich zu heilen. Aber Vitel mußte verdammt alt sein, um zu überleben, was Theo ihm verpaßt hatte. Und wie zum Teufel war er aus dem Auto gekommen? Jetzt mußte Frankie auf sich aufpassen. Sie konnten es sich nicht leisten, daß Vitel ihn aussaugte.

„Paß auf!" Theo ging in die Hocke und jagte eine Salve unter das Auto. Von allen Seiten waren Schreie zu hören, dann schoß Vitel unter dem Lexus hervor. Er war wie ein verschwommener Schatten, der Lydia und Baldur zur Seite stieß. Dann war der Prinz wieder verschwunden. Die Lagerhalle war plötzlich ganz still, nur Baldur war zu hören, wie er versuchte, Frankie unter dem Auto hervorzuziehen, und fluchte, als er sich an dem dampfenden Phosphor verbrannte.

„Baas, schick deine Männer an die Tore", schrie Theo. „Niemand verläßt die Halle. Lydia, Jan, lauft mit den anderen zum großen Tor. *Haltet es geschlossen!*"

„Er hat ihm das Genick gebrochen", stotterte Baldur fassungslos. „Er hat Frankie das Genick gebrochen wie... wie ein... "

Theo versuchte, das Stimmengewirr der Kainskinder und Ghule auszublenden, die alle durcheinanderliefen, um seinen Anweisungen nachzukommen. Er durchkämmte das Innere der Lagerhalle. Hier mußte Vitel irgendwo sein, und er war so gewitzt wie jeder andere Nosferatu...Da. Eine winzige Bewegung da hinten, wo keine Kainskinder und Ghule waren. *Kann ihm keine Zeit lassen zu heilen,* dachte Theo. Er feuerte noch eine Salve und leerte das ganze Magazin in der Richtung, in der er die Bewegung gesehen hatte. Er sah Vitel und hörte ihn schreien inmitten des Pulverdampfs, aber dann wurde alles dunkel.

Was zum...?

Schwärze. Lebende Schatten. Eine ganze Wolke solcher Schatten hüllte Theo ein, raubte ihm die Sicht und betäubte ihn. Er hörte Schüsse, aber sie schienen weit weg. Die Tintenschwärze umhüllte ihn wie eine zweite Haut. Kälte jagte durch seinen Körper, seine Muskeln krampften. Die Empfindungen waren abstoßend, unnatürlich, übel. Theo hatte das schon erlebt und sich davon freigekämpft - aber was zum Teufel konnte ein Ventrueprinz mit diesem Scheißdreck bezwecken?

Theo verlor durch die Schatten die Orientierung und tauchte scharf zur Seite hin ab - weg vom Auto, wie er hoffte. Er spürte die Last der Finsternis, die sich wie eine gierige Geliebte auf ihn stürzte, aber die Kraft seines Sprungs riß ihn los und befreite ihn. Er landete auf dem Zement, überschlug sich und sprang dann auf. Die Schüsse klangen jetzt viel näher. Pieterzoons Ghule hatten mit ihren Maschinenpistolen das Feuer auf Vitel eröffnet. Die Wolke von Finsternis, die Theo überfallen hatte, löste sich schnell auf, je mehr Angriffe Vitel einstecken mußte.

Vitel sah wüst aus. Fast das ganze Gesicht war verbrannt, seine Brust und die Kleider in Fetzen. Aber das verfluchte Blut, das ihn belebte, war immer noch stark genug, ihn am Leben zu halten und ihn vom Rand des Abgrunds zurückzuziehen. Er war alles andere als hilflos, selbst jetzt, wo er Mengen an Blut verloren hatte.

Während Theos Kopf wieder klarer wurde, sandte Vitel mit einer einzigen Handbewegung ganze Garben von Dunkelheit auf die impertinenten Ghule, die ihn verfolgten. Zu ihrer Verteidigung richteten die Ghule ihr Feuer jetzt auf die langen, sich windenden Tentakel und zerschmetterten einen von ihnen. Andere aber fanden ihre Ziele, pflügten Ghule um oder zerschmetterten sie an den Backsteinwänden.

Das wär mal ein ruhiger Kampf, dachte Theo. Die Lagerhalle war voll mit Rauch und Pulverdampf, schlangenartigen Tentakeln, die sich auf die Ghule stürzten, und wenn jetzt noch ein Phosphorfunke zu nah an den Benzintank des Lexus kam, dann könnte der Wagen jede Sekunde wie ein Feuerball in die Luft gehen. Und Theo konnte es immer noch nicht glauben, daß eine ganze Fresse voll Drachenblut nicht ausgereicht hatte, Vitel zu verbrennen. Bei den meisten Kainskindern hätte das gereicht. Der Brujah hatte bisher noch nie eine Kreatur bekämpft, die so alt war. *Das kann kein Ventrue sein*. Nicht, wenn einer mit Schattenmagie so um sich wirft wie der hier.

In der kurzen Zeit, die ein Tentakel brauchte, einen Ghul zu Mus zu zerstampfen, lud Theo sein Gewehr wieder und feuerte noch eine Salve. Vitel stolperte zurück, und ein paar schattenhafte Tentakel welkten und verschwanden. Das Drachenblut hatte sie zwar nicht ganz erledigt, aber es verlangte schon seinen Blutzoll.

Theo lud erneut hinter dem Pulverrauch. Er feuerte wieder, aber Vitel sprang zur Seite. Nein - er sprang nicht, er schwebte. Er segelte durch die Luft, als hinge er an einer Schnur. Aber noch bevor Theo seinen Augen traute, kam Vitel mit blitzenden Klauen direkt auf ihn zu. Dieser kurze Moment, in dem er völlig perplex war, Vitel plötzlich in der Luft schweben zu sehen, reichte aus, um Theo ins Hintertreffen zu bringen. Er versuchte noch auszuweichen, aber Vitels Klauen kratzten ihm schon über Brust und Gesicht. Und er näherte sich ein zweites Mal. Theo schlug mit dem Gewehrkolben nach ihm, ohne ihn zu treffen. Da sauste ein Schwert geradewegs über Theos Kopf durch die Luft und trieb Vitel zurück. In einer kurzen Atempause schaute sich Theo um und erblickte Christof, der, Breitschwert in der Hand, in den Kampf zog.

Plötzlich zögerte Christof, und Theo sah, warum. Vitels Hände waren keine Klauen mehr. Was die zwei Brujah jetzt sehen mußten, war viel schlimmer. Auf Vitels rechter Handfläche stand eine Flammenkugel, ein Feuer, das aus dünner Luft hervorgezaubert war - oder vielleicht aus der Hölle selbst. Theo und Christof wichen aus, als Vitel ihnen das Feuer entgegenschleuderte. Es flog dicht über ihnen vorbei, schoß durch die Lagerhalle und landete in der anderen Gruppe der Ghule. Der Feuerball explodierte in einem echten Inferno. Beim Geschrei der brüllenden, brennenden Ghule rappelte sich Theo wieder auf. Von Sekunde zu Sekunde wurde der Rauch in der Lagerhalle dichter und legte sich schwarz vor das schwache Licht der Deckenleuchten.

Während Theo seine Taschen nach Drachenblut-Munition durchsuchte, griffen die anderen an. Lydia und Baldur gingen mit blitzenden Gewehren auf Vitel los, flankiert von Pieterzoon und Baas auf beiden Seiten. Die Kugeln trafen Vitel und drängten ihn jede Sekunde um einen halben Schritt zurück, aber die Einschußlöcher schlossen sich so schnell wie sie entstanden - und Vitel lächelte bloß dabei.

Theo schob seine letzte Handvoll Drachenblut-Munition in die SPAS. Als er aufsah, erschien schon wieder ein Feuerball auf Vitels Hand. Der Archont wich gekonnt aus, aber Vitel schleuderte die brennende Kugel in die andere Richtung. Lydia warf sich zur Seite, aber Baldur war nicht schnell genug. Die Flamme traf ihn und brach in eine riesige Feuersbrunst aus. Er schlug um sich und drosch wie verrückt auf die Flammen ein, aber das Feuer wütete und brannte ihm die Kleider vom Leib, die Haare, und zuletzt das untote Fleisch.

Lydia warf sich auf ihren Freund und schlug ihn zu Boden. Aber das Feuer war stärker als sie. Sowie sie bei Baldur gelandet war, sprang sie schon wieder auf, als ob sie selbst Feuer gefangen hätte. Sie schrie in höchster Panik und so voller Schrecken, als wenn er sich auf sie gestürzt hätte und nicht umgekehrt. Sie schlug sich auf die Beine, die Brust, das Gesicht, und versuchte, Flammen zu ersticken, wo gar keine waren.

Das war alles, was Theo mitkriegte. Er legte nochmal an, um Vitel zu erledigen. Aber Jan und Baas kamen jetzt auch hinzu und fegten mit ihren MP 5 alles weg, was im Weg stand. Auch Christof kam mit sausendem Schwert näher. Theos Schußlinie war nicht frei, also hielt er sich zurück und ging auf sein Angriffsziel los.

Vitel, dem der Hagel aus den Maschinenpistolen der beiden Holländer gar nichts auszumachen schien, sah, wie die Kainskinder und die Ghule auf ihn zukamen. Den ganzen Kampf über war der frühere Prinz unglaublich kaltblütig geblieben, trotz der Übermacht, mit der er sich konfrontiert sah. Jetzt, wo er die meisten Ghule und einige Kainskinder erledigt hatte, fing er an, teuflisch zu frohlocken. Seine Augen leuchteten vor Freude an der Vernichtung, beim Anblick der zerstörten und brennenden Körper. Von Fluchtgedanken konnte bei Vitel keine Rede sein, im Gegenteil: Er machte sich jetzt daran, seinen Job zu Ende zu bringen. Er ging völlig in dem Blutbad und dem Schlachten auf.

Als Theo und die anderen nun näherrückten, verwandelte sich Vitel. Und zwar nicht nur sein Verhalten oder sein Aussehen. Nein, seine ganze Gestalt veränderte sich, wurde größer, dunkler - als ob die Rauchschwaden und die riesigen Schattenfelder in dem Lagerhaus sich nun alle auf seine Person konzentrierten, ihn ganz ausfüllten. Die Lagerhalle verfinsterte sich, aber diese Finsternis ging nun von Vitel aus, wie Theo bemerken konnte, und nicht umgekehrt. Er wurde nun zu einem Schattenwesen. Finstere Bäche strömten aus seinen zahlreichen Wunden, es war, als ob sein Körper nicht länger die schwarze Seele beherbergen konnte. Einige Kugeln durchschossen ihn jetzt, andere wiederum schienen völlig wirkungslos in der Dunkelheit zu verschwinden. Und dann waren seine

Arme plötzlich keine Arme mehr, sondern schwarze, gewundene Tentakel, vier an der Zahl, die sich wie schwarzschimmernde Brillenschlangen aufrichteten und ausholten zum nächsten Schlag. Alles an dieser Gestalt bewegte sich im dichten Rauch und undurchdringlichen Schatten. Nichts blieb klar und deutlich, nichts außer den Augen, die rot und wild glühten.

Plötzlich schossen alle Tentakel auf einmal nach vorn. Die Kobra schlug zu. Ein Peitschenhieb von knallharter Finsternis schlug Theo ins Gesicht und riß die Wunde, die die Klauen ihm geschlagen hatten, noch weiter auf. Baas ging mit zertrümmerten Knien zu Boden. Ein Tentakel schlang sich Christof um den Arm, in dem er das Schwert hielt, riß ihn in die Luft und schüttelte ihn wie eine Stoffpuppe, bis seine Schreie und das Geräusch krachender Knochen die Luft erfüllte. Sein Breitschwert fiel zu Boden. Auch Pieterzoon wurde, die Arme fest an den Körper gequetscht, von einer riesigen, schwarzen Würgeschlange gepackt. Seine MP 5 feuerte sinnlos in den Boden, bis das Magazin geleert war und die Waffe verstummte.

Theo rappelte sich wieder auf, Blut strömte aus der klaffenden Wunde in seinem Gesicht und dem Riß in seiner Brust. Als er auf das Schatten-Tier vor seinen Augen blickte, war es plötzlich aus mit der kaltblütigen Ruhe, mit der sonst in den Kampf ging. Der, den er vor sich hatte und der seine Mitstreiter niedermähte, war nicht Marcus Vitel, der vorgab, ein Ventrue mit Lasombra-Blut zu sein, nein, das war eine Kreatur, die ausschließlich und nur von dem Tier kam. Die wütenden roten Augen, die reine Finsternis, die aus ihm herausquoll wie die reine Hölle – das war der Sabbat. Das war ein Dämon, der sie alle unterjochen würde.

Und jetzt regte sich das Tier in Theo. Das Feuer aus Haß und Wut, Gewalt und Hunger, loderte in ihm auf und gab seinen Gliedern Kraft. Theo bekämpfte das Tier vor ihm mit dem Tier in der eigenen Brust, focht gegen den Dämon, der sie eines Tages alle vernichten würde.

Seine Verbündeten waren alle geschlagen oder kampfunfähig. Theo lud, und die erste Salve aus seinem Gewehr zerriß den Fangarm, der ihn zu Boden geschmettert hatte. Die zweite Salve, es war die letzte Ladung seines Drachenbluts, goß er direkt ins Herz der Kreatur, die einmal Vitel gewesen war. Der Schattendämon strauchelte. Theo stürzte sich auf ihn. Er schwang das Gewehr wie eine Keule. Vitel taumelte weiter zurück. Jetzt waren sie an der Backsteinwand am hinteren Ende der Halle angelangt, die in eine der neun feuer- und raucherfüllten Vorstufen zur Hölle verwandelt worden war.

Da streckten sich die übriggebliebenen Tentakel nach Theo aus. Alle richteten sich auf ihn schlugen ihm von hinten auf Kopf, Rücken und Beine. Die Knie knickten ihm ein, aber er fiel nicht. Ein schwarzes Seil peitschte ihm übers Gesicht - Theo fing es mitten in der Luft ein. Er hielt es in beiden Händen und riß es, angefeuert von seinem Blut und dem Feuer in seinem Körper, in Stücke. Der Schattendämon Vitel ächzte vor Angst. Das Tentakel, das Theo mit bloßen Händen zerrissen hatte, löste sich in Nichts auf.

Noch bevor Vitels Schrei aus seinem klaffenden schwarzen Rachen ausgestoßen war, hatte sich Theo Christofs Breitschwert vom Boden geschnappt. Der Archont schwang es mit Macht. Er wollte Blut sehen, aber was herausquoll, waren klebrige Schatten. Er hieb noch ein Tentakel ab, und dann den letzten. Vitel fluchte mit haßerfüllten Augen vor Wut und Schmerz. Finsternis floß aus seinem Körper und schwappte über Theo zusammen in einer riesigen Woge des Vergessens. Aber der Brujah wollte sich nicht unterkriegen lassen. Er holte wieder aus. Das Schwert schnitt durch den Schatten, mitten durch den Rumpf des Vitel-Monsters hindurch, bis die Schwertspitze an der Backsteinwand anstieß. Funken flogen durch die Dunkelheit, als das Schwert die Wand einritzte. Theo hätte nicht sagen können, ob das schreckliche Geräusch von der Stahlklinge kam, die gegen Backstein und Mörtel rammte, oder aus Vitels Lungen. Doch als er sein Schwert zum nächsten Schlag erhob, begann der Schatten aufzubrechen. Die Finsternis zog sich zusammen, schien welk und brüchig zu werden. Und einen Moment später bedeckte feiner schwarzer Puder die Stelle am Boden, wo Vitel soeben noch gestanden hatte. Zurück blieb nur fettiger Staub auf dem Zement.

„Das war der verdammteste Ventrue, den ich je getroffen habe", sagte Theo lakonisch.

Jan versuchte ein Lächeln, aber es fiel gequält aus. „Ja... das kann man wohl sagen."

Dicht hing noch der Rauch in der Lagerhalle. Sie wollten die Tore nicht öffnen, um nicht unnötig Aufmerksamkeit zu erregen. Glücklicherweise hatte keiner von ihnen eine Rauchvergiftung. Die wenigen Ghule, die Jan noch hatte, hielten draußen Wache. Die Wände der Halle standen noch, aber die Schießereien waren wild gewesen, und niemand wollte sich die Polizei an den Hals holen.

„Habt ihr Jungs nicht ein geheimes Erkennungszeichen oder sowas?" fragte Theo. „Bei uns ist es so, daß wir uns um sowas nicht kümmern müssen. Es würde sowieso keiner von sich behaupten, er sei ein Brujah. Schon gar nicht ein Prinz. Wahrscheinlich laufen zehn oder zwanzig Prinzen 'rum, die behaupten, irgendwas anderes zu sein."

Jan nestelte nervös an dem Schloß von Vitels Brieftasche herum und tat so, als würde er sich nur darauf konzentrieren. Es war schon lang her, fand Theo, seit er sich so an der Verlegenheit eines anderen geweidet hatte. Und es kam ihm gerade recht, daß er sich auf Kosten eines Ventrue amüsierte.

„Was ist mit Lucinde?" fragte Theo und rückte ein bißchen näher, damit niemand mithören konnte. „Weiß sie davon? Hat sie 'ne Ahnung, wer er war?" Er wußte die Antwort, aber er konnte es einfach nicht lassen, danach zu fragen. *Gott im Himmel, ich gäb was dafür, dabei zu sein, wenn Jan ihr das alles erzählt*, dachte Theo. Er wartete vergeblich auf eine Antwort, aber Jan hörte betont weg. Er probierte Zahlenkombinationen auf dem Schloß der Brieftasche aus.

„Die Falle mit den Bullen lief gut", sagte Theo. „Das mit den Bullenautos und dem Feuer im Westen."

„Hm?" Jan schaute einen Augenblick hoch. „Ja, gut." Wieder wandte er seine Aufmerksamkeit dem Schloß zu.

„Glaubst du, du kriegst die Zahlen 'raus?" fragte Theo und klopfte auf die Brieftasche.

„Ich bezweifle es."

„Okay." Theo nahm die Brieftasche und hielt sie sich fest an die Brust gedrückt. Er grub seine Finger in die Spalte beim Griff und drückte das Leder so fest auseinander, bis es nachgab und der darunterliegende Metallverschluß nachgab und aufsprang. „Hier." Er gab die Tasche Jan zurück und überließ es dem Ventrue, den Inhalt zu sortieren.

In ihrer Nähe saßen Lydia und Christof niedergeschlagen neben Frankie, der mit dem Rücken an die Seite des Lexus gelehnt saß. Sein Genick war wie verdreht.

„Der hat mich ganz schön fertiggemacht", sagte Frankie, als er Theo sah.

„Sieht so aus", sagte Theo.

„Aber wir ihn auch, oder? Ich komm schon wieder in Ordnung. Ich brauch nur ein bißchen Zeit und ein bißchen Blut."

„Ja, klar." sagte Theo, aber er war keineswegs überzeugt. Klar, Blut konnte gebrochene Knochen heilen, aber sie heilten oft nicht richtig zusammen und Verletzungen an der Wirbelsäule waren oft eine echte Plage. Schwer zu sagen, was passieren würde, wenn das Genick gebrochen war. Also wandte er sich an Lydia und Christof, die wesentlich weniger zum Reden aufgelegt waren als Frankie. Christof war sowieso nie zur Unterhaltung aufgelegt. Was hatte Lydia mal über ihn gesagt? *Der hat Launen wie ein verdammtes kleines Mädchen.* Christof schliff sein Schwert.

„Hoffentlich hab ich nix dran kaputt gemacht", sagte Theo. „Ich hatte nicht vor, es durch eine Backsteinmauer zu rammen."

„Hat 'ne starke Klinge", sagte Christof. „Ich bin froh, daß es den Kampf entschieden hat. Auch wenn ich es nicht selbst geführt habe."

Theo nickte. Christof redete manchmal Stuss, wenn er überhaupt mal den Mund aufmachte, aber im Kampf war er echt zu gebrauchen.

„Mann, es tut mir echt leid", sagte Lydia von ihrem Platz neben Christof aus.

„Das muß dir nicht leid tun", sagte Theo. Er stand auf, um wegzugehen. Er war nicht in der Stimmung, sich irgendwelche Bekenntnisse anzuhören; sein Gesicht und seine Brust taten ihm weh - aber Lydia war noch nicht fertig.

„Es ist meine Schuld", sagte sie. Sie deutete auf das Häufchen Asche, das einmal Baldur gewesen war, aber sie schaute nicht hin. „Ich hätte ihm helfen sollen. Und Frankie auch."

„Du hättest nix machen können", beschwichtigte Frankie.

„Dich hab ich nicht gefragt", fuhr sie ihn an. „Er stand in Flammen. Ich hätte ihn retten können, hätte... "

Ihre Stimme brach, als sie sich an den unkontrollierbaren Schrecken erinnerte, der sie überfallen hatte. Ihre Augen füllten sich mit Tränen, als sie diese Augenblicke noch einmal durchlebte.

„He", sagte Theo, „einer deiner Leute hat's nicht gepackt. Das passiert. Und das wird wieder passieren." Sie warf ihm einen herausfordernden, funkelnden Blick zu. „Gewöhn dich gefälligst daran." Dann ging er weg.

Teil drei:
Das Hütchenspiel

Liebster Lucius,

mit Aufregung blicke ich einem jeden Deiner Sendschreiben entgegen, du, dessen Name schon seit so langer zeit in meinem Herzen eingeprägt ist, du, dessen Gedanken ich besser zu kennen glaube als mein eigenes Spiegelbild. Meine größte Angst – die mir angesichts Deiner jüngsten Taten und wütenden Worte wohlbegründet scheint – ist, daß Du meine Absichten mißverstehen könntest. Du sollst wissen, daß ich Deine Botschaften ausschließlich als Wahrheitsträger einschätze, daß ich mich durch Deine Worte näher bei Deinen Gedanken fühlen darf und damit näher bei Dir selbst. Wenn Du mir Deine Anschuldigungen entgegenschleuderst, sollst du wissen, daß nicht ich es bin, die nach mehr verlangt, sondern die Wölfe an der Tür. Sogar in Deiner eigenen Rasse sind welche dabei, und sie sind die Undankbaren, die nur für Unachtsamkeit und Unvorsicht sorgen. Vor allem sollst Du wissen, daß es mir, mehr als allen anderen, sehr darum zu tun ist, daß Du keinen Schaden nimmst von fremder Hand.

Sei versichert, daß ich Dir nicht übel will, trotz aller Verletzungen, die Du mir und den Meinen zugefügt hast. Zweifellos entsprang das alles nur aus Mißverständnissen. Ist es nicht so, daß Eifersucht keimt, wenn die Herzen der Kainskinder getrennt werden? Wisse, daß ich Dir jedes Vergehen verzeihe und daß ich Dich immer noch so hoch schätze wie einen geliebten Freund oder ein Schoßtier.

Deine Stadt habe ich in schönster Ordnung angetroffen, und ich muß Dich dafür loben, sie in so ordentlichem Zustand zurückgelassen zu haben. Auf Schritt und Tritt erinnert mich hier etwas an Dich. Fürchte nicht, du würdest vielleicht keine Belohnung für Deinen Aufenthalt unter den Ungetreuen erhalten. Keine gute Tat bleibt unbestraft, heißt es nicht so? Fürs erste muß ich Dich noch entbehren, mich nach Dir sehnen und mich mit dem Wunsch begnügen, Dich berühren zu dürfen.

Immer Deine ehrerbietige und ergebene Dienerin,

—Vykos

**Freitag, 5. November 1999, 23:24 Uhr
Präsidentensuite, Lord Baltimore Inn
Baltimore, Maryland**

„Hm." Theo gab Jan den Brief zurück. Er war eines von mehreren Schriftstücken aus Marcus Vitels Brieftasche, aus denen hervorging, daß der abgesetzte Prinz von Washington nicht der war, der er vorgegeben hatte zu sein. Allerdings hatte Theo ohnehin keinerlei Zweifel mehr daran - nach dem Kampf in der Lagerhalle vor ein paar Tagen und nach dem ausführlichen Beweismaterial, das Jan und Colchester gesammelt hatten.

„Es sieht nicht so aus, als ob er und Vykos sich gut verstünden - *verstanden hätten*", sagte Theo. Alle Briefe äfften ironisch den Tonfall von Liebesbriefen nach. Nur ein Dummkopf hätte das für echtes Gefühl gehalten. In Wahrheit stand pure Verachtung hinter jeder Zeile.

„Kein Wunder", sagte Jan Pieterzoon. „Was ich von Vykos weiß, hört sich nicht gerade einladend an."

„Das gilt aber auch für Marcus Vitel."

„Stimmt. Und ganz offensichtlich mit gutem Grund." Jan gestand damit mehr oder weniger ein, daß er und sein ganzer Clan getäuscht worden waren, daß ein Schwindler die US-Hauptstadt dreißig Jahre lang im Namen des Clans Ventrue regiert hatte. Natürlich hatte niemand von den Mächtigen in der gesamten Camarilla die Wahrheit ausfindig gemacht. Eine ganze Schar von Archonten und ein Justicar hatten in den späten 60ern Vitel an die Macht gebracht. So engstirnig war der Horizont der Prinzen und der „Organisation" der Camarilla, daß in einer Stadt, die von der Sekte „kontrolliert" wurde, niemand darauf kam, Vitel könnte ein Verräter sein.

„Wie wird es Lucinde aufnehmen?" fragte Theo, der sich diesen Joker nicht entgehen lassen wollte.

„Wie sieht's mit der Verteidigung aus?" wechselte Jan das Thema.

Theo rieb sich die Hände, quälte Jan aber nicht länger. Dann wurde der Archont wieder ernst. „Wir haben die Linien so eng zurückgezogen, wie wir konnten. Ich denke, wir sind bereit... so bereit wie möglich. Der Sabbat ist uns dicht auf den Fersen. Sie strömen nach Westen und Norden aus. Wenn der Angriff kommt - und ich rechne in den nächsten paar Nächten damit - dann wird er von Westen kommen. Genauso wie ich es Vitel erzählt habe. Nur daß es diesmal echt sein wird."

Jan schaute sich einige von Theos Unterlagen durch, eine Liste von Patrouillen. Einige der Namen waren erst kürzlich durchgestrichen worden.

„Was ist mit denen passiert?" fragte Jan.

„Unterwegs gefangen worden. Ghule."

„Oh."

Jan vertiefte sich in die Liste. Offenbar zählte er die vielen durchgestrichenen Namen und die wenigen Streitkräfte, die ihnen geblieben waren. Viele von den Ausgestrichenen waren, wie Theo wußte, schon an den Sabbat gefallen. Einige hatten wohl auch eine Gelegenheit gewittert, ihre eigene Haut zu retten und hatten sich in der Nacht davongestohlen. Ob ein Kainskind, das nicht von der Patrouille zurückkam, sich aus dem Kriegsgebiet abgesetzt hatte oder vom Sabbat geschnappt worden war, das konnte man nie so genau wissen. Zum Beispiel Clyde und Maurice. Zuletzt in der Nähe von Green Haven geortet. Sie waren eigentlich auch nicht der Typ des Deserteurs. Aber wer weiß, vielleicht traf man sich zufällig in ein paar Jahren auf der Straße. Dann wehe ihnen! Theo hoffte für sie, der Sabbat hätte sie erwischt.

„Das wird eng, nicht wahr", sagte Jan, den Blick immer noch auf die Liste geheftet.

„Ja, richtig, aber das haben wir von Anfang an gewußt." Theo griff sich eine Zigarette. „Hast du nur wenige, kannst du dich auch nicht in vielen täuschen."

„Du hattest vor, Vitel als Unterstützung heranzuziehen, nicht wahr?" fragte Jan.

Theo zündete die filterlose Zigarette an, nahm einen tiefen Zug und zuckte dann mit den Schultern. „Pläne ändert man", sagte er. „Kein Vitel, kein Garlotte, keine Victoria... "

A propos Victoria. Sie hatten nichts mehr von ihr oder über sie gehört, seit sie nach Atlanta aufgebrochen war, und das lag Monate zurück. Es gab ein paar unbestimmte Gerüchte über einen Sabbat-Bischof namens Sebastian dort unten im Süden, dem angeblich was Schlimmes zugestoßen war, aber selbst wenn das stimmte, mußte es nicht unbedingt was mit Victoria zu tun haben.

„Wir tun, was wir können", sagte Theo. „Es wird auf das richtige Timing ankommen. Wie sieht's bei dir aus?"

Jan nickte. „Es ist alles soweit."

Theo nickte feierlich. „Gut." Denn wenn sie nicht soweit *wären,* dann ... naja, besser man dachte gar nicht darüber nach.

**Mittwoch, 10. November 1999, 2:56 Uhr
Westlich von Baltimore, Maryland**

Jasmine drückte sich mit dem Rücken fest an die Seite des Wagens. Vom langen Kauern hatte sie Krämpfe in den Beinen, aber sie stand nicht auf. Nicht solange sie unentdeckt bleiben konnte - und damit relativ sicher - unter all den Schrottkisten auf diesem Gebrauchtwagengelände.

Hatte Boris es geschafft? Sie war sich nicht sicher. Bei den anderen wußte sie Bescheid. Sie hatte sie zu Boden gehen sehen und mitgekriegt, wie sie in Stücke gerissen wurden von... nein. Sie wollte nicht mehr dran denken. Sie konnte nicht, nicht jetzt und nicht, solange sie die Hoffnung hatte, irgendwie von hier wegzukommen.

Was war das?

Beinahe wäre sie aufgesprungen und geflohen. Sie wollte unbedingt weg, obwohl es bestimmt nicht das Klügste wäre, was sie tun konnte. Aber sie wußte ohnehin nicht, ob ihr die Beine noch gehorchen würden. Sie wußte es nicht. Sie wußte überhaupt gar nichts mehr. Hatte sie da nicht eben was gehört, ganz in ihrer Nähe? Irgendwas hörte sich komisch an. Plötzlich wurde ihr klar, daß es ziemlich still war. *Sehr* still sogar. Die normalen Geräusche kamen alle von draußen. Ein Auto fuhr auf der Hauptstraße vorbei, die billigen Straßenlampen, die das Gebrauchtwagengelände nur spärlich beleuchteten, summten leise. Was fehlte, waren die Laute, die von ihr selbst hätten kommen müssen, wenn sie noch ein normales menschliches Wesen gewesen wäre. Sie atmete nicht schwer, obwohl sie soviel gerannt war, und ihr Herz pochte nicht vor Anstrengung und Angst. Nicht, daß sie keine Angst gehabt hätte - sie war sogar in höchster Angst. Aber ihr Körper signalisierte ihr gar nichts.

Sie fühlte sich wie tot. Und falls der Sabbat was damit zu tun hatte... Nein. Sie verwarf diesen Gedanken sofort, sperrte sich einfach gegen diese Vorstellung.

Eine *normale Patrouille*. Das hatte Theo gesagt. *Scheißdreck!* Jasmine biß sich auf die Lippen, um nicht laut zu fluchen über diesen arroganten, übermächtigen Archont. Sie war überzeugt, daß er das alles mit Absicht getan hatte, daß er ihr absichtlich die Steine in den Weg gelegt hatte. Eine *normale Patrouille*. Das hatte er in diesem tiefen, ausdruckslosen Ton gesagt, der für ihn typisch war. Aber sie kannte sich aus - sie spürte den falschen Ton und wußte, er würde hinter ihrem Rücken hämisch grinsen. Er hatte herausgefunden, daß sie nicht jede Nacht draußen war. Sie hatte dem Druck in diesem ganzen System nicht nachgegeben - *so wie er es getan hatte*. Das nahm er ihr übel. Dafür haßte er sie. Sie hatte den Mut, der ihm fehlte, und das ertrug er nicht.

Es war eben *keine* normale Patrouille gewesen. Sie und ihre drei Partner hatten mindestens fünf andere Patrouillen getroffen - das war viel mehr, als man sonst in ein- und derselben Gegend antraf. Es waren also mindestens fünfzehn oder zwanzig Kainskinder im Westteil der Stadt, und sie hatte gesehen, wie es denen erging, die der Sabbat niederschlug...

Jasmine schaute auf das Gewehr herunter, das sie mit der Hand umklammerte wie einen Rettungsanker. Sie hatten es ihr am Anfang der Nacht zugeworfen. Es war eine, ach irgendwas mit Zentimeter oder Millimeter. Sie hatte noch keinen einzigen Schuß daraus abgefeuert. Noch nicht. Als sie an sich herunterschaute, fiel ihr auf, daß ihre Schlaghosen zerrissen waren. Ihr Mund fühlte sich ganz trocken an, als sie das Blut entlang dem Riß sah - ihr Blut. Plötzlich wurde sie sich der pochenden, klaffenden Wunde an ihrer Wade bewußt. Ein schwacher, dumpfer Ton entschlüpfte ihrem Mund.

„Jasmine?"

Sie zuckte zurück, schlug sich den Kopf an der Autotür an und verfluchte sich leise.

„Jasmine?"

War das Boris' Stimme? War das möglich? Jasmine kämpfte gegen ihr Verlangen zu fliehen an. Sie wußte nicht, wie ernst ihre Verletzung war, wie lange sie sich auf den Beinen halten könnte. Und sie wußte nicht, was da draußen los war...

Das war nicht wahr. Nicht ganz. Sie hatte genug gesehen, um sich einen Reim darauf machen zu können. Sie waren mit Dutzenden von Autos hereingebraust, waren rausgesprungen, wenn sie jemand sahen, egal ob Kainskind oder nicht, und hatten schreckliche Sachen angestellt... Die Patrouillen, die nicht schon von der ersten Welle weggeschwemmt worden waren, hatten sich verteidigt, und dann war die Polizei erschienen. Von da an hieß es nur noch rennen - Jasmine war meistens vor irgendwem davongelaufen. Und jetzt wußte sie nicht genau, wo sie sich befand. Sie versteckte sich zwischen Autos, mehr wußte sie nicht.

„Jasmine?" Die Stimme kam näher. Es hörte sich verzweifelt an. Vielleicht war er verletzt.

„*Boris, bist du's?*" flüsterte sie.

Sie hörte eine Bewegung ganz in ihrer Nähe, am Heck des Autos. Er spähte über die Kofferraumhaube. Jasmine konnte seinem schmerzverzerrten Gesicht und seiner verdrehten Haltung ansehen, daß er verletzt sein mußte.

„Boris...", sagte sie leise und war das erste Mal in dieser langen, langen Nacht ein bißchen erleichtert. Doch ihre Erleichterung sollte nicht lang anhalten.

Als er um den Wagen kam, sah sie, daß Boris nicht allein war. Er ging nicht verzerrt, sondern wurde gepackt. Und beim Anblick des Geschöpfs, das ihn hielt, gefror Jasmine das Blut in den Adern.

Ein knochiger Grat - vielleicht war es mal eine Nase gewesen? - führte mitten in seinem Gesicht von der Stirn bis hinunter zur Oberlippe. Auf beiden Seiten flohen Braue und Wange in einem scharfen Winkel nach hinten. Der Kiefer war so weit zurückgesetzt, daß es aussah, als gehörte er gar nicht zu diesem aalglatten Gesicht. Anstatt der Haare gingen ihm fahlweiße Hautfetzen in Flechten bis über die Schultern.

Tzimisce. Satan. Der Name paßte nur zu gut.

„Jasmine... ", sagte Boris, und seine Augen verdrehten sich vor Schmerz. Als sie um den Wagen herumkamen, konnte Jasmine erkennen, daß der Satan Boris nicht am Kragen gepackt hielt, wie sie geglaubt hatte. Vielmehr hatte das Ding seine Hand bis zum Unterarm durch Boris' Haut bis in seinen Rücken gebohrt. Es sah aus, als würde er mit den Fingern seine Wirbelsäule packen und ihn wie eine dämonische Marionette tanzen lassen.

Jasmine konnte diesen Anblick nicht ertragen. Einen Moment lang hatte sie keine Angst. Mit einem trotzigen Schrei stand sie auf, hob ihre Pistole und drückte ab - nichts rührte sich. Jasmine wußte nicht, wie man entsichert. Keiner hatte daran gedacht, ihr das beizubringen. Und so verpuffte ihr furchtloser Augenblick sinnlos. Boris und der Dämon waren nicht allein. Die anderen Sabbat-Kreaturen stürzten sich auf sie, schlugen sie zu Boden, entrissen ihr das Gewehr...

Mittwoch, 10. November 1999, 4:07 Uhr
Friendship Park
Anne Arundel County, Maryland

Zur Hölle damit, entschied Lydia. Sie stand hinter der Mülltonne auf, suchte die Dunkelheit nach feindlichen Bewegungen ab und feuerte ihre letzten beiden Schüsse. „Wichser." Sie kniete sich wieder hin, nahm das leere Magazin ihrer Desert Eagle heraus und füllte es wieder auf, ebenso wie die beiden Ersatzmagazine. Der Abfallbehälter in dem großen Holzcontainer war eine gute Deckung. Die Wichser hätten sie wohl auch in den nächsten paar Minuten nicht gefunden, wenn sie ihre Position nicht durch die Schüsse verraten hätte. Nun würden sie gleich auf sie losstürmen und ihr in die Mündung laufen. Das kam ihr gerade recht. Lydia hatte das Versteckspielen ohnehin satt.

Sie blickte dahin, wo sie Frankie und Christof zuletzt gesehen hatte, aber sie waren jetzt nicht mehr da. Sie und Frankie waren ungefähr gleich gut im Kampf, nur war er nicht so schnell wie sie. Und Christof schien mit seinem Megaschwert, auf das sie keinen Cent verwettet hätte, noch am besten zu fahren. Gegen die guten alten Waffen war eben doch nichts auszurichten.

Das nannte sich nun *Freundschaft,* im Friendship Park.

Der Park schien ihnen die letzte Möglichkeit, ihre Verteidigungslinien zu halten. Die Schlacht aus den fahrenden Autos war ihnen ziemlich schnell entglitten; es gab einfach zu viele Sabbat, die über den ganzen verdammten Platz ausschwärmten. Das war kein Angriff. Es war die reinste Scheiße, und Lydia und ihre Jungs waren mittendrin gefangen.

Die Sache könnte ein bißchen heiß werden, hatte Theo gesagt.

Ein bißchen heiß. „Leck mich am Arsch, du schwarzer Wichser", murmelte Lydia. *Ein bißchen heiß - ja, und die Sonne könnte ein bißchen ungemütlich werden.*

Sie legte ein gefülltes Magazin ein und horchte auf die Schritte, die kommen würden, kommen mußten. Die Wichser waren vielleicht groß und nahezu unverwundbar, aber verstohlen waren sie nicht gerade. *Da.* Sie hörte die stapfenden Tritte. Für ihre Größe waren sie recht schnell, aber mit ihr konnten sie es nicht aufnehmen. Sie schätzte ab, wie weit sie noch entfernt waren, dann sprang sie auf.

Das Ding war vielleicht ein paar Meter vor ihr und polterte auf sie zu. Ein Tzimisce Kriegs-Ghul. Groß, häßlich, gestachelt und teilweise bedeckt mit einer Art Panzerung aus Knochen. Lydia hatte schon viele Geschichten gehört, aber nie zuvor hatte sie so ein Ding mit eigenen Augen gesehen.

Sie leerte ihr Magazin in ihn. Sieben .44er Magnum-Kugeln geradewegs in seine Brust aus nächster Nähe. Nichts. Vielleicht hatte sie den Panzer ein wenig aufgekratzt. Sie nahm das leere Magazin heraus und warf ein neues rein. Sie war sich nicht sicher, ob dieser Kriegs-Ghul lächeln konnte - auch sein Gesicht war unbeweglich wie seine Panzerung - aber irgendwie kam es ihr so vor, als lächelte er, während er auf sie zukam.

„Oh, ja? Okay, Junge, leck mich!"

Wieder leerte sie ihr ganzes Magazin auf ihn. Sieben Schuß genau ins Gesicht. Diesmal taumelte er, stolperte einen Schritt, zögerte, kam aber immer noch näher. Lydia sah Risse in seinem harten Gesicht, Flecken, wo die Panzerung weggebröckelt war, obwohl das Ding offenbar nur ein bißchen Kopfweh abgekriegt hatte. Lydia regte sich auf, daß das Ding immer noch aussah, als ob es lächeln würde.

„Gefällt dir das, Wichser? Willst noch 'ne Ladung?"

Sie riß das Magazin heraus, und lud ihre letzte Munition. Nochmal sieben Schuß ins Gesicht aus allernächster Nähe. Der Kopf explodierte. Knochen und zerfetztes Fleisch flogen in die Luft und landeten ringsum, als folgte ein grotesker Regen dem Donner der Desert Eagle auf den Fuß. Noch drei mühsame Schritte schaffte der Kriegs-Ghul, dann hielt er an, als hätte er sich's anders überlegt, und fiel dann wie ein Baumstamm nach vorn.

Lydia hatte kaum drei Sekunden Zeit, ihren Erfolg zu genießen, bis sie den riesige Schatten aus der Dunkelheit auftauchen sah. Er kam aus der gleichen Richtung und sah so ähnlich aus wie ihr grinsender, kopfloser Kriegs-Ghul.

„Wichser."

„Nimm dich in acht, Mädchen."

Lydia wirbelte herum und richtete ihr Gewehr - auf Theo. Er lächelte nicht - das tat er fast nie - aber irgendwie wirkte er so, als würde er grinsen, ganz wie vorhin der Kriegs-Ghul.

Theo klopfte auf die Desert Eagle, deren Lauf immer noch auf ihn zeigte. „Ich würd mir nicht die Mühe machen und anlegen, wo du doch deine ganze Munition verschossen hast." Er wies mit dem Kinn auf den Ghul-Kadaver, der schon zerfiel, und setzte dann hinzu: „Wenn du sie unbedingt alle zu dir locken möchtest, machst du's schon ganz richtig."

Lydia antwortete nicht; sie hätte nicht gewußt, was sie sagen sollte. Nicht weil sie Angst vor ihm hatte, sondern weil sie wütend war. Vor allem, weil er so eiskalt über Baldurs Tod hinweggegangen war. Theo hatte ihr nur gesagt, daß sie drüber wegkommen müßte, und das war alles. Er war einfach zur Tagesordnung übergegangen, als wäre nichts gewesen, als hätte Baldur seinen Job nicht gut gemacht und hätte nicht für seine Genossen gekämpft. *Gut, dann leck mich mal, Theo,* hatte sie gedacht.

Und jetzt war er wieder da, in seiner schwarzen Lederjacke und der Yankee-Mütze und tat so, als ob hier gar nichts los wäre. Es ging Lydia schrecklich auf den Keks. Es war wieder genauso wie in der Lagerhalle, als Baldur oder was von ihm übrig war, auf dem Boden lag. Aber es war nicht der richtige Ort, um die Sprache darauf zu bringen. Es blieb einfach keine Zeit, jetzt, wo die anderen Kriegs-Ghule schon im Anmarsch waren. Also sagte Lydia das nächstbeste, was ihr in den Sinn kam:

„Scheißyankee, Mann."

Theo tat überrascht. „Hat dich wohl mal einer enttäuscht?"

„He", sagte Frankie, der gerade mit Christof dazukam, „stimmt es, daß Greg Maddux einer von uns ist?"

„Wie könnte er denn dann tagsüber loslegen, du Schwachkopf?" fuhr ihn Lydia an.

„Vielleicht mit Sonnenschutzcreme?"

„Ui... " Christof schien irritiert von diesem Wortwechsel. „Sieht außer mir noch jemand, was hier des Wegs kommt?"

Lydia schaute über die Schulter zurück. Die Kriegs-Ghule waren in der Tat schon viel näher gerückt, und ihre grobschlächtigen Silhouetten waren trotz der Dunkelheit klar zu sehen. Sie füllte ihr Magazin wieder, aber sie hatte nur noch genügend Patronen für eineinhalb Füllungen.

„Die sind hier überall," sagte Frankie, „es stinkt schon... "

„Ja, ich hab dich schon verstanden", sagte Theo. „Paßt auf. Ihr seid die letzte Patrouille draußen. Ich wollte euch selber 'reinbringen. Wir haben nicht viel Zeit."

„Letzte Patrouille?" Lydia glaubte, nicht recht zu hören. „Was redest du da für beschissenes Zeugs?"

Er sah sie mit einem Blick an, der halb ungeduldig, halb drängend war. „Ich sage, wir holen uns noch diese drei da, und dann nichts wie weg hier. Leute, ihr schnappt euch den auf der rechten Seite. Verstanden?" Lydia und Christof nickten. Frankie konnte nicht mehr richtig nicken und auch nicht mehr aufrecht stehen. Es mußte mit seinem schlecht verheilten Genick zusammenhängen, aber Lydia fand, es war immer noch besser, einen permanenten Knacks im Genick zu haben als permanent tot zu sein.

„Meinst du rechts von uns oder von denen aus gesehen?" fragte Frankie.

„Von uns."

„Was ist mit den beiden anderen?" wollte Frankie noch wissen, aber Theo war schon unterwegs. Er nahm sich mit Schwung die linke Seite vor.

„Kommt." Lydia rannte dem Kriegs-Ghul entgegen, der getrennt von den anderen beiden unterwegs war. Christof hielt mit ihr Schritt, aber Frankie fiel zurück. Als sie bis auf ein, zwei Meter herangekommen waren, umkreiste ihn Lydia von der Seite, während Christof näher vorrückte. Die Kreatur hatte keinen Hals. Sein Kiefer lag im Rumpf noch tiefer als die massiven Schultern. Seine Arme waren nicht verlängert wie bei vielen anderen Kriegs-Ghulen. Dafür hatte es gleich sechs, was die Sache absolut ausglich. Und diese Arme waren auch noch gut gepanzert. Der Ghul wehrte Christofs Hiebe einen nach dem anderen geschickt ab und versuchte ihm nach jedem Schlag das Schwert zu entreißen, aber es gelang Christof immer wieder, zuzuschlagen und dann den Fangarmen zu entkommen.

Lydia bezog seitlich Stellung und achtete darauf, daß sie Christof nicht in die Schußlinie bekam. Dann schoß sie dem Ghul aus nächster Nähe in den Kopf. Sie schoß nicht wild drauf los, weil sie Christof nicht treffen wollte und auch mit ihrer verbliebenen Munition sparsam umgehen mußte. Frankie, der dazugestoßen war, half ihr und nahm den Ghul mit seiner H&K 9 mm unter Beschuß.

Ihre Schüsse verletzten den Kriegs-Ghul nicht sehr, aber sie brachten ihn ziemlich durcheinander. Immer öfter brauchte er jetzt eine seiner Hände, um sein Gesicht vor ihren Kugeln abzuschirmen, und das machte ihn für Christof angreifbarer. Der hieb mit mächtigen Schlägen auf ihn ein, bis die Panzerung absplitterte und Blut floß.

Schließlich hatte das Tier genug von den Angriffen Christofs, wandte sich von ihm ab und ging nun auf Lydia und Frankie los. Diese Wendung kam für die beiden überraschend, aber es machte nichts. Christof nutzte seine Chance, schlich sich hinter den Kriegs-Ghul und erwischte ihn in den Kniekehlen, wo seine Klinge auf zartes Fleisch traf. Mit durchtrennten Kniesehnen sackte der Ghul ein und gab in unwahrscheinlich hohen Tönen ein jämmerliches Wimmern von sich. Er wand sich aus der Hüfte heraus und versuchte gleichzeitig Christof und die Geschoße abzuwehren.

Jetzt lief Christof zu Hochform auf. Er arbeitete schnell und unablässig und nutzte jede Schwäche des Gegners aus, um zuzustoßen. Seine Klinge fand Ritzen in der Panzerung und schälte ganze Knochenplatten vom Fleisch der Kreatur ab. Er begann, nacheinander die Glieder abzutrennen, gegen die er kämpfen mußte: Ein Arm hing dem Ghul schon schlaff und nutzlos herab, zwei Hände waren ganz oder fast ganz abgeschnitten, und schließlich noch eine dritte.

Schließlich arbeiteten sich Lydia und Frankie wieder heran. Christof trat zurück, als die beiden das Gesicht der Bestie derart unter Beschuß setzten, daß seine Schädeldecke zerbarst und wie eine Eierschale zerkrachte. Die drei Brujah standen schweigend und triumphierend um den monströsen Kadaver.

„Okay", sagte Theo dicht hinter ihnen. „Wenn ihr fertig seid, zum Teufel, dann laßt uns abhauen, aber schnell."

Die anderen drei Brujah sahen ihn an. Da war er wieder, als wenn gar nichts passiert wäre, als wenn der Park, ja die ganze Stadt nicht gestopft voll von Kriegs-Ghulen des Sabbat wäre. Lydia überlegte einen Moment. Sie konnte sich nicht erinnern, sein Gewehr gehört zu haben, aber sie war auch voll und ganz von ihrem eigenen Kampf in Anspruch genommen... Dann sah sie genauer hin und bemerkte Blut an seinen Händen. Es war sein eigenes Blut an seinen Fingerknöcheln, an denen weiß die Knochen hervortraten. In der Dunkelheit hinter ihm konnte sie undeutlich zwei Häufchen ausmachen, die noch vor ein paar Minuten Kriegs-Ghule gewesen waren.

Mittwoch, 10. November 1999, 4:32 Uhr
U-Bahnhaltestelle Lexington Street
Baltimore, Maryland

Kardinal Francisco Domingo de Polonia stand unter der Stadt, die seit neuestem zu seinem Sprengel gehörte. Die U-Bahn fuhr jetzt in der Nacht nicht. Aber sie würde wohl noch länger still liegen. Ein paar Straßenbanden hatten einige Gleisabschnitte demoliert, und es würde die U-Bahnbehörden einige Zeit kosten, bis alles wieder hergestellt war.

Um Polonia stand eine Handvoll seiner Mitarbeiter, alles Vertraute, die ihm loyal ergeben waren - je nach den eigenen ehrgeizigen und oft grausamen Ambitionen. Sie folgten Polonia, weil er stark war. Gott hatte offenbar ein wohlwollendes Auge auf den frisch ernannten Kardinal geworfen, anders als bei den übrigen Sabbat-Größen: Moncada, der versucht hatte, seinen Einflußbereich über den Atlantik hinaus auszudehnen, war zerstört; Borges, der in Miami nach vielen Jahren des Kampfes die Oberhand gewonnen hatte, war erschlagen; sein Schützling Sebastian war in einem bizarren Kampf gefallen. Die Eroberung der Ostküste der USA war für Polonia die glorreiche Krönung seiner Ziele. Jetzt würde er seine eigenen Erzbischöfe und Bischöfe einsetzen und die ganzen Kandidaten ablösen, die nur aufgrund von Kompromissen mit Borges und Vykos im Amt waren. Vykos war auch eine von denen, deren meteorhafter Aufstieg schon gedämpft war. Der Stern am Tzimisce-Himmel war sicher am Untergehen, obwohl es die verrückte Erzbischöfin selber kaum zu bemerken schien. Vykos, die ursprünglich Moncadas Gesandte war, hatte ihr Augenmerk mehr darauf gelegt, Macht zu ergreifen als Macht auszuüben. Nun, da Moncada sie nicht mehr unterstützen konnte, war diese Kreatur zurückgezogen und eigenbrötlerisch geworden. Sie kümmerte sich kaum mehr um Verwaltung und Politik, was für die Regierung einer so großen Stadt wie Washington, D.C. unabdingbar war. Aus unbekannten Gründen hatte Vykos weder die Machtbasis der Stadt ausgebaut, noch die Tremere-Stiftung vorangetrieben, noch Bischöfe eingesetzt, um die innerstädtischen Angelegenheiten, an denen die Erzbischöfin selbst kein Interesse hatte, zu regeln. Diese Tzimisce war Polonia ein ewiges Rätsel. Aber wenn er Vykos' Motive auch nicht erraten konnte, so konnte - und würde - er doch sehr bald all diese Mängel beheben und die Erzbischöfin loswerden. Wenn er Baltimore erst einmal fest im Griff hatte und die

Camarilla-Kämpfer eingekreist waren und im Feuer schmorten, dann bräuchte er Vykos' Spionage nicht mehr – und das war der einzige Faktor gewesen, der ihn davon abgehalten hatte, gegen die Tzimisce vorzugehen.

Die Stadt würde ihm schon sehr bald gehören, gehörte ihm praktisch schon, wenn die Berichte, die hereinkamen, zuverlässig waren – was nicht immer der Fall war. Aber wenn auch nur die Hälfte aller strategischen Punkte, die angeblich schon erobert waren, wirklich in den Händen des Sabbat war, dann hätten sie schon haushoch gesiegt, weit höher noch als damals zu Beginn der Kampagne, als sie Atlanta einkassierten. Im Westteil der Stadt hatte es nur ganz wenig Widerstand gegeben. Im Süden der Stadt, in der Nähe des Internationalen Flughafens Baltimore-Washington, hatte es erbitterte Kämpfe gegeben. Aber die Sabbat-Truppen, die vom Westen her in die Stadt geströmt waren, hatten den Flughafen schnell abgeriegelt und von der Stadt isoliert. Ein paar Camarilla-Kämpfer am Flughafen hielten zwar die Stellung, aber was nützte es, wenn den Kainskindern aus der Stadt der Fluchtweg abgeschnitten war?

Nach Erkenntnissen von Vykos' Spion würde ein Teil des Camarilla-Packs versuchen, über die Straßen nach Norden zu fliehen, und darum hatte man eine beträchtliche Zahl von Streitkräften im Norden zusammengezogen, um eine Massenflucht in dieser Richtung zu verhindern. Das alles wäre nicht nur die Eroberung einer Stadt, sondern zugleich die totale Säuberung der Ostküste von der ganzen Camarilla, wenn nicht sogar die gesamte Vernichtung des Camarilla-Widerstands. Und es würde bedeuten, daß Polonia uneingeschränkt herrschen könnte.

Während er auf die neuesten Nachrichten wartete, ging der Kardinal die einzelnen Mitglieder seines Mitarbeiterstabs durch: Costello, ein altgedienter Leutnant, der in Polonias Kielwasser an die Macht gelangt war; Hardin, ein Kriegsmann ohne festen Sitz, der sich auf Polonias Seite geschlagen hatte, als feststand, wer im Sabbat die meiste Macht hatte; Bolon, ein Tzimisce-Befehlshaber von Kriegs-Ghulen, so entschlossen wie riesig. Von allen beeindruckte er am meisten durch seine körperliche Riesenkraft, aber Polonia wußte, daß er der ungefährlichste war. Wichtig waren auch die, die im Augenblick nicht dabei waren. Vykos hatte nicht direkt an dem Angriff teilgenommen, würde aber in Kürze dazustoßen, da war sich Polonia sicher, um sich im Glanz des Siegs zu sonnen. Vallejo war auch nicht da. Der Legionär war nach Madrid zurückgekehrt, nachdem die Nachricht von Moncadas Abgang ihn erreicht hatte. Polonia war froh, daß er ihn los hatte. Was Vykos zu unberechenbar war, war Vallejo zu diszipliniert und zu unbeirrt in seiner Loyalität gegenüber Moncada. Das war eine Eigenschaft, die Polonia unangenehm war, sogar in den Reihen der eigenen Bewunderer. Armando Mendes, Polonias fähigster Leutnant, war in New York geblieben, wo er die Macht an sich reißen wollte. Das war gewesen, bevor Polonia in den Rang eines Kardinals erhoben wurde. Polonia hatte vor, Armando als Belohnung die Stadt zu überlassen - und ihm dann Friedensverträge aufzuzwingen, die kaum zu erfüllen waren. Gleichzeitig würde er den neuen Erzbischof lahmlegen, indem er von ihm die Abgabe des Zehnten bei den finanziellen Einkünften und bei den Arbeitskräften verlangte.

Ja, Polonias Untergebene hielten ihn auf Trab. Da fühlte man sich wie ein Mann, der auf Rasierklingen balancieren muß. Aber eins war sicher: Wenn ihm seine Leutnants in die Quere kämen, hätten sie bald die Klinge an der eigenen Kehle.

„Kommandant Bolon", sagte Polonia. „Bitte den neuesten Bericht."

„Ja, Eure Eminenz." Der Tzimisce kniete, aber er war immer noch fast so groß wie Polonia. Überall an ihm schauten große, spitze Knochen hervor: an der Schultern, Ellbogen, Knöcheln, Knien und entlang des Kamms seines Knochenhelms, der mit seinem Kopf verwachsen war. „Der Flughafen ist abgeriegelt. Wir haben die Radarüberwachung zerstört, so daß die Cammies höchstens noch 'reinkommen, aber dann stecken sie fest. Die Verluste, die wir hatten..."

„Wie hoch?" fragte Polonia.

„Beträchtlich, aber nicht über ein akzeptables Maß hinaus."

Das gefiel Polonia. Diese Scharmützel im Süden der Stadt waren die einzigen größeren Verluste gewesen, die seine Truppen in der ganzen Nacht hatten hinnehmen müssen. „Gut. Fahren Sie fort."

„Diese Verluste", konstatierte Bolon, „gehen hauptsächlich auf das Konto Theo Bells."

Bell. Verdammte Brujah-Archonten. Erst hatte Julius in Atlanta eine Schneise durch das Kriegsbataillon der Ghule geschlagen, und jetzt hinterließ Bell in der Gegend von Baltimore verbrannte Erde, wo immer er auftauchte. *Sollen sie doch nach Afrika gehen und dort ihr Karthago wieder ausbuddeln oder sonst was.* Polonia wunderte sich über diesen Typen. Aber egal, Hauptsache, Baltimore war jetzt fest in seiner Hand.

„Wurde Bells Vernichtung bestätigt?"

Bolon machte eine Pause. „Nein, Eure Eminenz. Es liegt mir kein Bericht vor."

Polonia war darüber weder überrascht noch erfreut. Er wandte sich an Hardin, den Lasombra, der die Truppen von Westen angeführt hatte. Der Kardinal hatte Hardins Truppen bei ihrem heutigen Angriff begleitet, damit sie schneller zum Stadtzentrum vorstoßen und vor Ort eine starke Kommandozentrale aufbauen konnten. Polonia hatte sich zu Beginn in eine reine Beobachterrolle begeben. Wie sonst hätte er Hardins Kampfgeist testen können? Und Hardin hatte eine gute Figur abgegeben, obwohl der Widerstand mäßig war. Die Sabbat-Streitkräfte hatten ihre Gegner am Westrand der Stadt geschickt eingekesselt und zerstört. Danach waren sie zielstrebig ins Herz von Baltimore vorgedrungen - wo es keinen nennenswerten Widerstand gab. Polonia, der angesichts der enttäuschend niedrigen Verluste auf der Seite des Feindes langsam ungeduldig wurde, befahl Hardins Truppen, sich zu zerstreuen und die Stadt nach Widerstandsnestern durchzukämmen. Zu diesem frühen Zeitpunkt befürchtete man, es könnte zu Fluchtbewegungen aus der Stadt kommen, aber dann kamen beruhigende Nachrichten aus anderen Stadtvierteln. Der Flughafen war von der Stadt abgeschnitten; Gregorios Truppe für die Flankendeckung war auf ihrem Posten im Norden und drängte in Richtung Süden vor. Ein Ausbruch aus der Stadt war nicht möglich. Nun mußte Polonia nur noch auf die Nachricht warten, daß der Feind endgültig niedergestreckt und zerstört war. Wenn er dann noch Glück hatte, fielen ihm vielleicht ein paar der Camarilla-Größen in die Hände: Bell, Pieterzoon, Vitel. Und ganz zum Schluß würde die Stadt Polonia gehören.

„Was sind die neuesten Nachrichten?" fragte der Kardinal Hardin.

„Südteil der Stadt in gutem Zustand, wenig oder kein Widerstand mehr. Innerer Hafen ruhig, außer im Lord Baltimore Inn, der derzeit in Flammen steht. Meine Leute strömen nach Norden aus. Die meisten von der Camarilla müssen diese Richtung eingeschlagen haben. Sie werden Gregorio direkt in die Arme rennen."

„Keineswegs!" ließ sich jetzt eine Stimme vernehmen. Sie kam von einem Krieger, der sich im Lauf des Kriegs vom Bandenführer hochgearbeitet hatte. Es war Gregorio, der gerade angekommen war und einen weißen Arbeitsanzug trug, der mit der weißen Alabasterhaut des Albino eine beinahe perfekte Einheit bildete. Sein glänzender Schädel war so glatt und blaß wie eine Porzellanpuppe. „Meine Leute sind nach Süden bis zur Stadtgrenze vorgedrungen und haben keine Feinde auf der Flucht gesehen. Sie fliehen nicht in dieser Richtung."

„Das ist unmöglich", sagte Polonia.

Gregorio schien echt bedrückt. Enttäuscht legte der Tzimisce seine Stirn in Falten. „Ja, ich befürchtete schon, Hardin hätte den Feind haufenweise im Hafen zusammengetrieben, noch bevor ich auch nur ein einziges Härchen von der Camarilla entdeckt hätte. Aber hier ist es ebenfalls ganz ruhig."

Das war auch Kardinal Polonia nicht entgangen. Es gab keinen nennenswerten Widerstand in der Stadt. Sichere Verteidigungslinien waren abgesteckt. Der Flughafen zu. Und keine Schiffe, die aus dem Hafen fliehen konnten.

Entschiedenes Handeln, das war es, was diese verräterischen Leutnants, die wie die Geier kreisten, brauchten, und genau das würde ihnen Polonia geben. Was er am Oberkommando am meisten haßte, war dieser Kriegsnebel. Immer mußte man sich auf Informationen von Untergebenen verlassen. Sie waren seine Augen, seine Ohren, er war der Kopf. Viel lieber leitete er eine Truppe, observierte alles selbst und hatte seine Informationen aus erster Hand, so wie er es früher die meiste Zeit gewöhnt war. Aber die Position an der Spitze hatte eben auch ihren Preis. Er mußte erreichbar sein für seine Kommandeure an allen Fronten, er mußte ihre Berichte anhören und nach ihren Schilderungen die Situation neu interpretieren, auch wenn sie selbst die Vorgänge, von denen sie berichteten, nicht immer in ihrem Gesamtzusammenhang verstanden.

„Sie haben verloren", sagte Polonia. „Und jetzt verstecken sie sich, warten, daß wir unvorsichtig werden, und gehen dann zur Gegenattacke über." Das war die Erklärung. So mußte es sein. „Seht zu, daß eure Leute eine Unterkunft kriegen", sagte er zu seinen Kommandanten. „Es ist spät. Und heute abend rotten wir sie aus. Wir finden sie, und wenn wir dafür die ganze Stadt anzünden müssen."

Polonia war imstande, genau das zu tun.

Mittwoch, 10. November 1999, 4:45 Uhr
Flughafen, Abteilung Frachtverkehr/Europa
Internationaler Flughafen Baltimore-Washington

Theo war relativ guter Stimmung, das heißt er war sogar gedämpft optimistisch, und das war für ihn schon das höchste der Gefühle. Im Augenblick wußte er noch nicht, daß sein Boss einem Ventrue mehr Vertrauen entgegengebracht hatte als ihm. Es machte ihm eigentlich nichts aus, daß Lydia sauer auf ihn war. Er machte sich nicht mal Sorgen, daß der Sabbat praktisch ungehindert in Baltimore einmarschierte. Denn zumindest das verlief plangemäß. Seit Wochen hatten er und Jan den Sabbat angelockt, immer näher an Baltimore heran, und durch Vitel gezielte Falschinformationen über eine angebliche letzte Verteidigungsstellung ausgestreut, und hatten dann die meisten Camarilla-Verteidigungskräfte aus der Stadt abgezogen. Die Sabbat-Befehlshaber würden denken, sie hätten den Flughafen vom Rest der Stadt abgeschnitten und würden deshalb diesen Fluchtweg gar nicht in Betracht ziehen. Dabei waren bereits gut zwei Drittel aller Kainskinder aus der Stadt am Flughafen versammelt und viele von ihnen waren bereits in der Luft, als der Sabbat angriff.

Theos Genugtuung war gedämpft durch die schweren - sprich: *totalen* - Verluste bei den Patrouillen im Westteil der Stadt. Daran konnte auch die Tatsache, daß man mit diesen Verlusten gerechnet hatte, wenig ändern. Auch nicht das Wissen, daß er die Kainskinder für diese Selbstmordaktion ganz gezielt ausgewählt hatte. Er wollte auf keinen Fall die Geheimhaltung des Plans aufs Spiel setzen und hatte deshalb keine Freiwilligen eingesetzt, die über ihr eigenes Schicksal entscheiden wollten. Stattdessen hatte er die Spreu vom Weizen getrennt und all diejenigen in den Westteil geschickt, die entbehrlich waren und auf die man sich in den schweren Nächten, die vor ihnen lagen, nicht würde verlassen können - denn auch das gewagte Manöver, Camarilla-Leute aus Baltimore abzuziehen, war nur ein Teil des Plans. Es lag noch viel vor ihnen, und es würde ganz gewiß nicht leichter werden.

Deshalb war Theos Optimismus wirklich nur gedämpft, aber im Moment mußte er nur eine Hürde nehmen: das Frachtflugzeug in die Luft bringen. Er hatte bereits die letzten Verteidigungskräfte im Süden der Stadt zusammengezogen; Lydia, Christof und Frankie hatte er von ihrer zunehmend hoffnungslosen Stellung im Friendship Park weggeholt und zu diesem letzten Flieger von Pieterzoon gebracht, der auf der Startbahn wartete. Sie waren schon an Bord und waren bequem untergebracht - wenn man in einem Frachter von bequem sprechen kann. Die Motoren liefen leise. Nach Monaten von Streß und Anspannung konnte Theo nun für ein paar Stunden entspannen.

Damit war es schlagartig vorbei, als die Stimme des Piloten über Funk verkündete: „Radarüberwachung ist ausgeschaltet. Wir kriegen vom Tower keine Startgenehmigung. Starten unmöglich."

Theos Optimismus schwand, und seine normale Einstellung gewann wieder die Oberhand. Regel Nummer eins für Theo hieß: Es kann alles schiefgehen, und es wird auch fast alles schiefgehen. Er schrie ins Funkgerät: „Starten Sie. Jetzt."

„Wie bitte?"

„*Starten... Sie... sofort.*"

„Wir haben keine *Genehmigung.*"

„Das weiß ich. Das heißt auch, daß im Augenblick niemand landen kann, richtig?"

„Aber es sind Flieger in der Luft, in der Warteschleife, warten auf Landegenehmigung..."

„Wenn Sie nicht sofort starten, sind in ein paar Minuten Leute da, die das ganze Flugzeug in die Luft jagen, und uns alle mit." Kurzes Schweigen. „Das können Sie nicht riskieren", fügte Theo hinzu.

Aber der Pilot hörte Theo gar nicht zu. Stattdessen mußte der Brujah über Funk mit anhören, wie der Pilot außer sich vor Aufregung rief: „Was um Himmels Willen ist denn das? Wer sind die Leute auf der - ? *He!*"

Theo und die anderen hörten die Gewehrsalven gleich doppelt - über Funk und von draußen.

„Was zum Teufel?" schrie Lydia und duckte sich reflexartig.

„Starten Sie endlich!" Theo drückte den Knopf des Funkgeräts so heftig, daß er fast zerbrach. Der Frachtraum hatte keine Fenster. Deswegen konnte er nicht sehen, was draußen vor sich ging.

„*Heilige Maria, Mutter Gottes*", schrie der Pilot jetzt.

„Los, los, los!" schrie Theo. Wenn der Sabbat die Startbahn blockierte, saßen sie in der Falle. „Starten!"

Plötzlich machte der Flieger einen Satz nach vorne. Theo wankte und stemmte sich mit den Händen an die Seitenwände, Kugeln schossen ganz in seiner Nähe durch den Rumpf des Frachters. War der Sabbat in Autos gekommen? Blockierten sie die Startbahn? Durch die dröhnenden Flugzeugmotoren konnte er nichts hören. Und er konnte nichts sehen.

Der Pilot keuchte übers Funkgerät: „*Jesus, Maria und Josef...!*"

„Verdammte, verfluchte Scheiße!" Lydia, Frankie und Christof gingen in Deckung.

„*Starten Sie endlich durch!*" brüllte Theo jetzt ins Funkgerät, als er sein Gleichgewicht wieder hatte. „*Los!*"

Ein paar schreckliche Sekunden lang hatte es den Anschein, als ob die Schüsse lauter wurden. Theo rechnete schon damit, daß das Flugzeug zum Anhalten gezwungen würde oder der Pilot einen Kopfschuß abbekäme. Das würde sie endgültig auf den Boden zurückbefördern. Theo betete, das Flugzeug möge nicht explodieren. Fast begrüßte er den Gedanken, wieder zu Boden zu gehen. Wenigstens wäre er dann nicht so auf den Piloten angewiesen, der sie 'rausbringen sollte, und auf diesen Flieger, daß er dem Beschuß standhielt. Die erzwungene Untätigkeit machte ihn ganz verrückt.

Endlich wurde das Gewehrfeuer leiser und schließlich ganz vom Motorengeräusch übertönt. Die Beschleunigung des Flugzeugs drückte Theo an die Wand. Er spürte den Moment, als die Räder den Kontakt zum Rollfeld verloren.

Endlich waren sie in der Luft.

„Frachtraum sichern - fertig zum Start", kam jetzt die verspätete Durchsage des Piloten über Funk. Er war offensichtlich sehr mitgenommen und mußte sich selbst gut zureden, indem er sich mit der Flugroutine, Durchsagen, und so weiter zu beruhigen suchte.

Das Frachtflugzeug stieß mit keinem der in der Luft wartenden Flugzeuge zusammen. Der Pilot blieb auf niedriger Höhe und brach damit wahrscheinlich sämtliche Flugvorschriften, bis sie die unmittelbare Umgebung des Flughafens verlassen hatten. Theo schluckte. Seine Ohren waren zu. Er und die anderen machten es sich bequem, so gut sie konnten.

Christof versuchte jetzt, wo die ganze Aufregung vorüber war, sich nicht anmerken zu lassen, daß er furchtbare Flugangst hatte. Sobald die Schießerei vorbei war, schnallte er sich fest, und machte dann die Gummibänder unauffällig immer noch einen Knoten enger. Er hatte noch genug Spielraum für zwei oder drei Knoten. Theo fragte sich, was er danach anfangen würde. Der Archont kannte das Phänomen, es kam recht oft vor bei Kainskindern, die aus einer Zeit stammten, als es noch keine Flugzeuge gab. Christof, der ja auch das Schwert einer modernen Feuerwaffe vorzog, war ein Paradebeispiel dafür.

Frankie hielt sich recht gut, dafür daß ihm erst vor einer Woche fast der Kopf abrasiert worden wäre. Körperlich hatte er sich schlecht und recht erholt, aber irgendein Schaden an den Nerven war zurückgeblieben. Und das war kein Wunder, denn Theo und alle seine Leute hätten ja im Grunde gar nicht existieren dürfen. Untote Körper waren in ihren Reaktionen oft unberechenbar. Bei Frankie jedenfalls hatte das Trauma seines gebrochenen Halses, vielleicht auch die Trauer um seinen verlorenen Freund Baldur, deutliche Narben hinterlassen. Früher hatte er für einen Brujah ein ziemlich ausgeglichenes Temperament besessen. Er war berechenbar und verläßlich gewesen, auf ihn konnte man sich sogar hundertprozentig verlassen. Jetzt hatte er sich im Frachtraum zwischen zwei Stapel von Kisten gequetscht und verharrte völlig regungslos. Er hatte sich nicht zusammengekauert, aber er bekam nichts von dem mit, was um ihn herum vorging. Theo dachte, Frankie würde es wahrscheinlich nicht mal merken, wenn er ihm jetzt in den Fuß schoß. Diese völlige Abwesenheit von der Realität kam und ging bei Frankie. manchmal war er ganz der Alte, aber dann wieder ...

Ein anderer Körper, dachte Theo. Wahrscheinlich war es das, was mit Frankie zur Zeit passierte. Noch so ein wandelnder Toter. Aber so würde es ihnen allen einmal ergehen. Vielleicht war Frankie nur einen Schritt näher an diesen Zustand gerückt, auf den sie letzten Endes alle zugingen. Man war immer weniger eine Person und immer mehr ein wandelnder Toter.

Zu allem Überfluß war da auch noch Lydia, die Theo mit ihren Blicken erdolchte, während der Flieger durch ein paar Turbulenzen flog. Als die Schießerei vorbei war, hatte sie ihre Fassung wiedergewonnen und sich beruhigt, als sie in der Luft waren. Sie war einfach sauer auf ihn. Sollte sie ihn doch böse anstarren. Es war ihm egal. Entweder sie kommt darüber weg, dachte Theo, dann wird sie wieder in Ordnung sein. Falls nicht, falls sie sich immer wieder von Dingen runterziehen läßt, die sie eh' nicht ändern kann, Dinge, die sich in ein, zwei Jahrhunderten nur zu oft wiederholen, dann wird sie früher oder später einfach dran glauben müssen.

Theo mußte nur achtgeben, daß sie nicht dafür sorgte, daß *er* dran glauben mußte. Aber damit hatte er viel Erfahrung. Abgesehen von dem Start, den sie soeben hinter sich hatten, hielt er normalerweise nicht seinen Hintern in die Schußlinie. Er brachte sich nicht freiwillig in Gefahr. Vielleicht war es das, was ihn bei der Sache mit Jan so mitgenommen hatte. Daß er nichts über den Spion wußte, nicht wußte, ob die Sache wirklich geheim geblieben war, und nicht wußte, ob seine ganze Arbeit vielleicht umsonst gewesen war. Im Grunde war das nicht viel anders als das, was Lydia erlebt hatte. Aber Theo konnte sich davon nicht beeindrucken lassen, und so hatte er einfach seine Arbeit getan, hatte sie gut getan, und die Dinge hatten sich ganz gut entwickelt. Bis jetzt wenigstens.

Theo schaute auf seine Uhr. Wenige Stunden noch. Sie sollten kurz nach Sonnenaufgang ankommen. Pieterzoon würde für sie sorgen - da vertraute ihm Theo mehr oder weniger, denn da ging es um Dinge, in denen der Ventrue geübt war: Die Planung, vier ungefähr mannsgroße Kisten zu organisieren und sie darin zu einem sicheren Unterschlupf zu bringen. Und dann würde es erst richtig losgehen.

Theo schloß die Augen und freute sich auf ein, zwei Stunden Entspannung, in denen er an nichts denken mußte, bevor er in eine der Kisten schlüpfen mußte.

Lydia hielt ihren Schmerz aus so gut sie konnte, aber auch das gleichmäßige dröhnende Brummen der Motoren konnte sie nicht beruhigen. Im Gegenteil, die ständigen Vibrationen regten sie nur noch mehr auf. Und da saß Theo ihr gegenüber und beachtete sie gar nicht. Er hielt die Augen geschlossen und den Kopf zurückgelehnt - als ob er schlafen würde, als ob er jemals wieder schlafen könnte...mitten in der Nacht!

Bevor sie sich versah, war Lydia auf den Beinen und ging zu ihm hinüber. Sie stand über ihm und schaute, dieses eine Mal, auf ihn herunter. Sie wußte, daß er es merkte. Sie konnte es förmlich fühlen. Aber er machte die Augen nicht auf, rührte sich nicht, sagte nichts.

Lydia stand da, schaute auf ihn hinunter, spürte die Vibration der Motoren in ihren Füßen und Beinen. Noch vor wenigen Wochen hatte sie Theo gefürchtet - zum Teufel, sie fürchtete ihn immer noch. Erst heute nacht hatte er, draußen im Park, wieder vorgeführt, wozu er fähig war. Aber etwas war jetzt anders. In all den Wochen, in denen sie Patrouille gefahren, Sabbatvampire aufgespürt und ihnen das Gehirn aus dem Kopf geschossen hatten, war etwas anders geworden. Nicht Theo hatte sich geändert. Er war so beständig, so unangreifbar und überlegen wie eh und je. Der mußte nicht mal seine Stimme erheben. Er hatte es auch nicht nötig, in irgendeiner heruntergekommenen Bar auf Jasmine zu schießen. Und er hatte es nie nötig, jemanden reinzulegen. Vielleicht, dachte Lydia, hatte sie selbst sich geändert.

Sie versetzte Theos Fuß einen unsanften Tritt.

Ganz langsam öffnete er jetzt die Augen. Er schaute sie an, mit diesem coolen, unbeteiligten Blick, den er immer drauf hatte. Ganz so, als ob er sie eben auf der Straße getroffen hätte. Als ob nichts gewesen wäre, die Schüße in ihr Flugzeug, Lydias Fußtritt, nichts. Also trat sie ihn wieder.

„Was denn?" war alles, was er dazu sagte. Seine Stimme klang dunkel und war im Motorenlärm kaum hörbar. Dennoch war die Botschaft dieser zwei Worte völlig klar: *Mach das nochmal und du wirst es bereuen.*

Also tat sie es nochmal. Sie trat ihn, genauer gesagt sie trat nach ihm, aber Theo griff sich ihren Fuß. Jedenfalls dachte Lydia, daß es so gewesen sein mußte, als sie sich nach ihrem Sturz gegen die Wand wieder aufrappelte. Sie war schnellstens wieder auf den Beinen - ihre Ohren dröhnten im Einklang mit den Motoren - und zum Äußersten bereit. Theo hatte sich nicht von seinem Platz bewegt. Er war nicht mal aufgestanden.

„Hörst du endlich damit auf!" schrie sie ihn an. „Hör endlich auf, so zu tun, als ob ich gar nicht da wäre, du verdammter Hurensohn! Wag es bloß nicht, die Augen nochmal zu schließen!"

Frankie war ganz in der Nähe, aber er ließ sich nicht aus der Ruhe bringen und schien völlig absorbiert von den Gedanken, in die er sich eingesponnen hatte. Christof schaute wie ein verwirrter Houdini, rührte sich aber nicht. Auch Theo schaute sie an. Er schien völlig unberührt, weder erfreut, noch verärgert. Einfach nur...er selbst. Grimmig und unterschwellig wütend. Er blieb ruhig, und das machte Lydia nur noch wütender.

„Leck mich!" Sie spuckte vor ihm aus. Sie ging wie ein gefangenes Tier im Käfig hin und her. Ihre Hände zitterten.

Theo schaute sie reglos an. „Was denkst du dir eigentlich?" fragte er mit ruhiger Stimme, aber keineswegs beruhigend. Zwar war er noch nicht aufgestanden, um ihr den Kopf einzuschlagen, aber seine Geduld schien nun begrenzt.

Was denkst du dir eigentlich? Als ob er das nicht verdammt gut wüßte. Die Frage war so simpel.... *schien* so simpel. Aber Lydia fand einfach nicht die richtigen Worte für eine Antwort. Ihre Gedanken überschlugen sich. Sie kriegte sie nicht zu fassen. Sie wirbelten in ihrem Kopf herum wie die Windböen, die das Flugzeug beutelten.

Endlich sagte sie: „Du tust, als sei nichts gewesen. Als sei nichts passiert."

Baldur. Er hatte den endgültigen Tod erlitten, war vor Lydias Augen zu Staub zerfallen. Seit einer Woche sagte Theo schon kein Wort dazu, tat, als wäre nichts. Genau wie er vorhin getan hatte, als sei Lydia gar nicht da. Lydia wußte, es gab einen Grund. Er hatte es ihr gesagt, hatte es allen gesagt, aber Lydia kaufte es ihm nicht ab.

Das ist nie geschehen, hatte Theo gesagt, ehe sie in jener Nacht die Lagerhalle verließen. *Vitel ist verschwunden, wie aufgelöst. Soweit bekannt, ist er aus Baltimore geflohen. Wollte die eigene Haut retten. Nichts von alledem,* sagte er in der rauchgeschwängerten Lagerhalle voller herumliegender Leichen, *nichts davon ist je geschehen.*

Das bedeutete, Baldur war nur verschwunden. Hatte sich aufgelöst. Spurlos. Und das ertrug sie nicht.

„Sag schon, was los ist", drängte Theo. Seine Stimme war vor Motorenlärm kaum vernehmbar. „Dies eine Mal... ", sagte er, hielt inne und ließ den zweiten Teil des Satzes ungesagt, *und dann nie mehr.* „Sag schon."

Lydia blieb stehen. Darauf war sie nicht gefaßt gewesen. Sie wußte nicht, was sie erwartet hatte, aber nicht *das.* Ihre Gedanken überschlugen sich immer noch, jeder Muskel war vor Wut gespannt, das Blut raste in ihren Adern, sie war bereit zum Streit. Sie ballte die Hände zu Fäusten, um das Zittern zu stoppen.

„Ich weiß, daß wir nicht über Vitel reden können", sagte sie schwach. Auf Worte konnte sie sich nicht verlassen. Sie waren nicht, worauf sie eigentlich hinauswollte. Was sie wirklich wollte - das wurde ihr plötzlich bewußt, als der Impuls in ihr hochkam und wieder abebbte - war Blut. Sie wurde schwach in den Knien. Sie fühlte sich bleich, kalt, und nie zuvor war ihr das so klar gewesen. Sie fühlte sich *toter* als je zuvor. Es war, als hätte sie nun mit ihrem ganzen Körper begriffen, was sie verstandesmäßig schon lange wußte.

„Jesus." Sie setzte sich langsam auf den Boden und streckte die zitternden Beine in ihren schwarzen Jeans, die ihr kaltes, totes Fleisch bedeckten, vor sich aus.

„Baldur war immer für uns da", sagte sie. „Und nun ist er einfach weg, und wir ließen ihn einfach gehen. Als ob es ihn nie gegeben hätte. Ich hasse das."

Theo verschränkte die Arme. „Und was soll ich deiner Meinung nach tun? Eine Todesanzeige in die Zeitung setzen?"

Lydias Wut kochte wieder hoch, aber jetzt war sie zu müde, ausgebrannt. Ihr Körper schien nicht mehr zu ihr zu gehören, der ganze Frachtraum kam ihr riesig vor und Theo unendlich weit weg. Ihre Gedanken, die zuvor so mächtig und drängend gewesen waren, drifteten jetzt weg, lösten sich auf wie Morgennebel, der von der Sonne verdrängt wurde. Vielleicht ging ja draußen gerade die Sonne auf.

„Schau", sagte Theo. „Ich bin nicht deine Mama, und ich bin auch nicht dein Seelenklempner. Ich bin nicht hier, um dir das Händchen zu halten. Wenn du dir weiter so in die Hosen machst, wirst du bald niemandem mehr was nützen."

Lydia sank langsam zu Boden. Normalerweise hätte sie Theo zum Teufel geschickt. Aber er schien ganz weit weg. Vielleicht kam es von der Sonne, daß sie sich so verändert fühlte, vielleicht kam es von ihrem Blut, das sie wie magisch 'runterzog. Es kam ihr so vor, als wäre sie geklettert, immer höher hinaus, bis zum Gipfel von... irgendwas. Und nun, wo sie fast am Ziel war, fiel sie zurück und taumelte den Berg wieder hinunter.

„Baldur ist weg", hörte sie Theo sagen. „Seine Zeit war abgelaufen. Eines Nachts wird auch deine Zeit abgelaufen sein, und einmal wird es für mich soweit sein. Vielleicht weint dann jemand um mich, vielleicht auch nicht, aber da scheiß ich sowieso drauf. Ich konzentriere mich auf die Aufgaben, die ich hier habe."

Vielleicht sagte er noch mehr. Lydia wußte es nachher nicht mehr. Wahrscheinlich nicht. Theo war kein großer Redner. Egal. Lydia schlüpfte in eine der langen Kisten, zwang ihren Körper hinein und zog den Deckel über sich zu. Spreißel gruben sich in ihre Finger, doch sie achtete nicht darauf. Sie lauschte dem tiefen Brummen der Motoren, fühlte das Vibrieren ihrer Knochen gegen die Holzwände der Kiste, lauschte dem Brummen...

„Er hat recht", sagte die Stimme. „Er hat recht." Ein leichter französischer Akzent. Christof. Lydia machte die Augen nicht auf. Sie wollte, aber sie hatte nicht die Kraft. „Wir alle haben Aufgaben zu erfüllen, solange wir hier sind. Andernfalls sind wir bald weg vom Fenster. Kämpfen nur um des Kämpfens willen - das reicht nicht."

Lydia konnte Christofs Worte nicht richtig aufnehmen. Er hatte ihre Kiste aufgemacht. Sie konnte die kalte Luft spüren. Oder war es nur die eigene Haut, die sich so kalt anfühlte?

„Du mußt dir einen Sinn suchen, eine Aufgabe, Lydia."

Was zum Teufel redete er da? Sie wollte nichts hören, wollte nicht nachdenken.

„Such dir einen Sinn."

Ja. Was immer das sein soll. Leck mich doch am Arsch.

„Und jetzt mach die Riegel am Deckel zu", sagte die Stimme. Der Deckel war wieder geschlossen, die Stimme war nun schwächer vernehmbar. „Laß die Riegel einschnappen!" Ein heftiger Schlag auf den Deckel riß Lydia aus der Ruhe. Sie tat, was ihr die Stimme befohlen hatte, fummelte an den Schnappschlössern, bis sie eingerastet waren. Jetzt war die Stimme weg. Nur noch das leise Brummen der Motoren war zu hören. Es lullte sie ein.

Donnerstag, 11. November 1999, 3:18 Uhr
Alfred-Thayer-Haus
Baltimore, Maryland

Wegen Reparaturarbeiten vorübergehend geschlossen stand auf dem Schild am Tor des restaurierten Hauses aus dem 19.Jahrhundert, das früher einem angesehenen Mann aus der Stadt gehört hatte. Innen brannte kein Licht. In dem weiträumigen Empfangszimmer saß Parmenides im Dunkeln. Er saß und wartete. Worauf, das wußte er nicht so genau.

„Bist du soweit, mein kleiner *Philosophe?*" säuselte Vykos von ganz nah. Ihre Stimme klang immer noch wie eine Frauenstimme, hörte sich aber jetzt etwas näselnd an, fast mechanisch, so als ob etwas an ihrem Kehlkopf verändert worden wäre. Aus ihren Worten war die feminine Note ganz getilgt. „Wir sind jetzt nah dran."

Parmenides wartete schweigend. Er hatte es längst aufgegeben, ihre Handlungen vorherzusagen oder ihre Äußerungen zu interpretieren. Sie saß da, in Dunkelheit eingehüllt, und ihre schwarzen Kleider waren von den Schatten ringsum nicht zu unterscheiden. Man sah nur ihr knochengebleichtes Gesicht, ein abstoßendes Fanal in der Nacht, sowie eine skelettierte Hand an ihrer Kehle, als ob sie sich jeden Augenblick selber würgen wollte.

„Bist du soweit, kleiner *Philosophe?*" stichelte sie.

„Ja, ich bin soweit." Was immer er tun mußte, der Assamit war bereit. Dieser Feind, an den ihn seine Herren ausgeliefert hatten, hatte ihm in den letzten Monaten so viele Taten abverlangt, vom Gefährlichen bis zum Schändlichen, vom Perversen bis zum Niedrigsten. Er war Ravenna und diente dieser launischen Scheußlichkeit von Kreatur, die sein Herz und seinen Verstand einnahm; er war Parmenides, der verpflichtet war, die schrecklichen Absichten seiner Herren in die Tat umzusetzen.

„Hervorragend", sagte Vykos. Ihre Augen waren unsichtbar. Sie lagen in tiefen Höhlen unter haarlosen, rasierklingenscharf gezogenen Brauen. „Wenn meine Rivalen mich anfallen, mußt du mich niederstrecken."

Die Worte hingen in der Dunkelheit zwischen ihnen, zwischen dem Kainiten und dem Kind von Haqim. Parmenides glaubte nicht recht zu hören - dieser Feind unterstützte die schrecklichen Absichten seiner Herren, indem sie ihre eigene Vernichtung forderte.

„Du sagst gar nichts", sagte Vykos. „Habe ich deinen Geist nicht ein bißchen angeregt, so wie es mir mit deinem Körper gelungen ist?"

„Ein Gedanke ist immer noch ein Gedanke, auch wenn er nicht ausgesprochen wird."

„Sieh an, da ist er wieder, unser *Philosophe*", sagte Vykos, aber ihre Worte klangen kalt, ganz so wie sie sich schon seit Wochen in ihrer merkwürdig fühllosen Art über ihn lustig machte. Gespött über Gespött. So wie sie selbst zum Gespött aller Kainiten geworden war, die wiederum zum Gespött jeglicher zarter Menschlichkeit geworden waren. „Gut. Ich hab dich also nicht verloren. Wenn die Rivalen mich angreifen, streckst du mich nieder", sagte sie erneut.

„Ich... " Parmenides wußte nicht, was er antworten sollte und konnte seine widerstrebenden Impulse nicht schnell genug ordnen.

„Das machen doch Leute wie du gemeinhin, oder?" Vykos Worte klangen nun nicht mehr spöttisch, sondern gemessen. Und sie hörten sich in ihrer ganzen Unvernunft vollkommen vernünftig an. „Wir werden herausfinden, wieviel vom *Philosophen* übrig bleibt, nicht wahr, Ravenna?"

Parmenides gab keine Antwort, denn er wurde vom Geräusch mehrerer Autos abgelenkt, die draußen vor dem Eingangstor anhielten.

„Bald", sagte Vykos. „Sehr bald."

Einige Sekunden vergingen. Parmenides hörte Autotüren zuschlagen; dann schwang das Tor auf und Schritte kamen die Treppe zur Veranda hoch. Die Eingangstür flog auf und herein schritt Kardinal Polonia. Er war, was nun schon ein vertrautes Bild war, begleitet von Costello auf der einen und Hardin auf der anderen Seite. Parmenides hörte noch andere, aber sie blieben draußen, schwärmten aus und umstellten das Haus.

Wenn meine Rivalen mich angreifen...

„Du hast uns verraten", schnitt Polonias stahlharte Stimme durch die Dunkelheit, die genauso mächtig war wie ein jeder seiner Schattenlakaien.

Ein bißchen Licht kam durch die offene Eingangstür bis in den Empfangsraum. Die versammelten Kainiten blieben im Dunkeln, wie es Polonia zweifellos angeordnet hätte. Parmenides indessen wurde von Lichtern regelrecht überflutet. Für ihn war es, als ob Blitze aufzuckten; er lehnte sich auf seinen Stock aus Furcht, er könnte zu Boden fallen. Fürchterliche Bilder sprangen ihn an: Polonia, wie er auf Vykos losging, das Hier und Jetzt, aber auch Bilder von sich selbst, wie er auf Händen und Knien lag und schwarzes Zeug kotzte, das er aus Vykos fauliger Brust gesaugt hatte.

Du mußt mich niederstrecken.

Was ist deine größte Leidenschaft? hatte Vykos ihn gefragt. Tod. Er war dafür erzogen und trainiert worden. Zerstörung. *Wen würdest du zerstören?* Er hatte Moncada genannt, hatte sie irregeführt und ihr seine schreckliche Aufgabe verheimlicht. Die Erinnerungsschichten überlagerten sich wie Wolken, die sich aufeinandertürmten, ein Blitz durchkreuzte den nächsten. Vor der Lüge - der Lüge, die zu *seinen* Gunsten war, nicht zu ihren - hatte er ihr alles enthüllt: sein heimliches Treffen mit Fatima, die Information, nach der er suchte, seine Aufgabe, die er zu erfüllen hatte in dem Moment, wo das Wissen weitergegeben wurde.

Wen würdest du zerstören?

Ich würde dich zerstören.

Ah, die Nacht war vom Schicksal bestimmt, sie mußte kommen. Du bist auch keine Ausnahme. Wenn meine Rivalen mich angreifen, dann mußt du mich niederstrecken. Du kannst deine Natur nicht verleugnen.

„Ich dich verraten, mein Kardinal?" sagte Vykos. „Aber die Stadt gehört doch schon dir... Wenn das Verrat ist, dann kann ich nur sagen: Lang lebe der Verrat des Sabbat."

„Wir haben die Stadt nicht eingenommen." Polonia spie die Worte geradezu aus. „Sie haben sie uns gegeben, einfach *ausgehändigt*... und du hast es gewußt. Dein Spion hat es gewußt. Der Widerstand letzte Nacht war nichts als Show, eine Verteidigung nur zum Schein. Wir haben die Stadt umzingelt, den Flughafen abgeschnitten. Es gab keine Massenfluchten nach Norden oder in irgendeine andere Richtung, nicht zu Lande und nicht zur See, und doch *sind sie nicht da*. Die warten nicht in Verstecken auf uns. Sie sind nicht hier!"

„Dann gehört dir die Stadt", sagte Vykos wieder, als würde sie mit einem begriffsstutzigen Kind reden. „Die letzte Camarilla-Stadt an der gesamten Ostküste wurde von dir unblutig erobert. Was willst du mehr?"

„Ich möchte sie zermalmen", sagte Polonia zwischen gefletschten Zähnen.

Parmenides, der immer noch unter dem Schock der blitzartigen Selbstentdeckung taumelte, spürte die Spannung in des Kardinals Muskeln und sah sogar im Dunkeln die Umrisse seines Schwerts, das ihm am Gürtel hing.

„Du hast uns verraten", wiederholte Polonia. „Nun wirst du mit mir kommen und ich werde selbst sehen, was du uns noch alles verheimlicht hast."

„Ach", seufzte Vykos. „Das mußte ja kommen, nachdem Moncada dich nicht mehr überwachen kann, stimmt's? Sag mir, bist du aus Angst vor ihm nicht gegen mich vorgegangen oder bloß damit ich dir erst noch helfen könnte, deinen Krieg zu gewinnen?"

„Sag was du willst. Wir stehen vereint gegen dich, Erzbischöfin."

Vykos lachte: Es war das Geräusch von Knochen, die aufeinander knirschten. „Du magst deine Städte haben, Kardinal. Mir liegt nichts an ihnen. Daß ihr vereint gegen mich steht, daran zweifle ich überhaupt nicht. Du hast demnach mit Bolon gesprochen, der es nicht mal schafft, die eigenen Kriegs-Ghule zu kommandieren. Und mit dem guten alten Gregorio, meinem Clansbruder?"

„Gregorio verhält sich loyal, soweit man das von einem Feind sagen kann", erwiderte Polonia. „Mit Bolon wurde verhandelt." Der Kardinal markierte eine leichte, spöttische Verbeugung. „Nun... kommst du mit uns." Polonias Hand bewegte sich zum Griff seines Schwerts, hielt aber inne.

Jetzt waren wieder Schritte zu hören. Einer kam die Treppe herauf und trat ins Haus. Ein junger Gehilfe Polonias, ein junger Lasombra, den Parmenides schon einmal gesehen hatte, kam in den Empfangsraum. Der Gehilfe zögerte, da er die Spannung zwischen den beiden Führern spürte, wollte aber den Auftrag, mit dem er betraut war, erfüllen.

„Eure Eminenz", sagte er zum Kardinal, „Nachrichten von Bischof Mendes. Es gibt Schwierigkeiten in New York."

Polonia, der Vykos nicht aus den Augen ließ, schaute den Boten skeptisch an. „Schwierigkeiten - welcher Art? Was hat Armando gesagt?"

„Die Nachrichten kommen nicht vom Bischof *persönlich*", erklärte der junge Lasombra etwas schüchtern. „Offensichtlich ist er... beschäftigt."

„Beschäftigt? Ja?"

„Offensichtlich wird New York... angegriffen."

Parmenides hatte den Eindruck, daß Polonia vor seinen Untergebenen seine Überraschung nicht zugeben wollte, denn der offensichtliche

Schock der Nachricht verwandelte sich bei ihm sofort in Wut. Seine Augen, die sich einen Moment lang geweitet hatten, verengten sich zu schmalen Schlitzen. Sein dunkles, gutaussehendes spanisches Gesicht verzog sich grimmig. Es sprach für ihn, daß er nicht anfing, über die Unmöglichkeit eines solchen Angriffs zu räsonnieren, wie es Borges wahrscheinlich gemacht hätte. Aber Polonia konnte nicht erkennen, daß der *Fehler* möglicherweise bei ihm selbst lag. Stattdessen wandte er sich wieder an Vykos.

„Das geht auf euer Konto! Du und dein Spion, ihr habt das eingefädelt!" bellte Polonia, und dann riß er sein Schwert aus der Scheide und schwang es. Der Schlag schien auf Vykos' Kopf gezielt, wurde aber im letzten Moment abgelenkt. Der Stock wäre von der exquisiten Toledo-Klinge zerschmettert worden, hätte Parmenides nicht so perfekt und ungeheuer geschickt pariert.

Mit einer einzigen Bewegung blockierte er Polonias Schwert mit seinem spitzigen Stock und holte mit einer anderen Klinge aus. Zwei schnelle Schläge auf Costellos Augen. Der Lasombra stürzte schreiend zurück, die Hände über dem Gesicht. Blut strömte ihm durch die Finger.

Polonia gewann schnell die Fassung wieder und schlug erneut zu - dahin, wo Vykos noch vor einem Augenblick gestanden hatte. Das Schwert des Kardinals sauste durch leere Luft. Vykos hatte geschickt ihren Assassinen-Ghul genau zwischen sich und ihre Angreifer geschoben.

Wenn meine Rivalen mich angreifen, mußt du mich niederstrecken. Parmenides stand jetzt zwischen der Erzbischöfin und dem Kardinal. Vykos' Worte schossen ihm wie Blitze durch den Kopf. Das war unbestreitbar der Moment - der Moment, in dem er den Wunsch seiner Herrin vollstrecken mußte, der Moment, in dem er die schreckliche Pflicht erfüllen mußte, die ihm von seinen Herren aus Alamut auferlegt worden war. Es war der Moment, in dem er sich umdrehen und den Tzimisce-Feind niederstrecken mußte, der ihn an Leib und Seele verletzt hatte.

Aber der Assassine konnte nicht zuschlagen, konnte weder Hand noch Klinge gegen seine Peinigerin erheben... seine große Liebe, sie, die ihn zu dem gemacht hatte, was er war. *Wir werden sehen, wieviel von unserem Philosophen übrigbleibt, nicht wahr, Ravenna?* Und genau in diesem Moment der Ohnmacht beantwortete sich diese Frage. Nicht genug vom *Philosoph* blieb übrig, und nicht genug vom Assassinen, dem Assamiten. Er war Ravenna. Ausersehen, seiner Herrin zu dienen. Er hatte eine Prüfung bestanden, nur um an der nächsten zu scheitern. Und das im Zeitraum eines einzigen Herzschlags.

Polonias erhobenes Schwert fiel. Ravenna blockierte es diesmal nicht mit dem Stock, sondern mit dem bloßen Arm. Stahl bohrte sich tief ins Fleisch, schnitt in den Knochen, aber trennte den Arm nicht ab. Schmerz loderte auf in Ravennas Arm, und er lächelte. Er lächelte, weil Vykos genau in diesem Moment weggegangen war, mit einem Rauschen ihrer schwarzen Kleider und einem letzten höhnischen Alabaster-Lächeln. Ravenna wußte, sie war jetzt frei. Und er hatte seine Bestimmung erfüllt - die Aufgabe, für die sie ihn bestimmt hatte.

Das Schwert im Arm des Ghuls lenkte Polonias Aufmerksamkeit für einen Augenblick ab, den Ravenna dazu benutzte, den eisenbeschlagenen Stock durch die rechte Hand des Kardinals zu bohren. Knochen splitterten, Sehnen und Nerven wurden durchtrennt. Polonia riß die Hand zurück. Kaum konnte er das Schwert halten, als es sich aus Ravennas Arm löste.

Hardin eilte mit seinem Säbel herbei, als der Kardinal zurückwich. Auch der Lasombra-Bote hatte eine Waffe gezogen, eine Pistole, die er jetzt ziemlich wirkungslos über ihren Köpfen abfeuerte. Ravenna, der sein Stilett in der unverletzten Hand hatte, traf auf Hardin. Der verwandelte Assassine fuhr mit der Klinge an seinem verletzten Arm hoch und tränkte damit seine Waffe in dem Gift des Assamiten-Bluts. Er wehrte Hardins linkischen Schlag ab und stieß ihm das Stilett tief in den Bauch. Das Gift wirkte sofort. Sein Säbel fiel zu Boden. Hardin bäumte sich wütend hoch, aber das Gift in der brennenden Wunde in seinem Bauch breitete sich bereits aus und schoß durch seinen ganzen Körper.

Noch bevor Hardin zu Boden fiel, hatte Ravenna seine Klinge auf den Boten gerichtet. Es schlitzte ihm die Speiseröhre auf und blieb in der Wirbelsäule stecken. Es klebte immer noch ausreichend Gift an seiner Klinge...

Die Wachen von draußen würden bald hereinstürmen, das wußte er. Aber er hatte noch etwas Zeit. Als er jedoch nach einem weiteren versteckten Schwert griff, zogen sich die Schatten über ihm zusammen und verlangsamten seine Bewegungen. Er versuchte, darunter wegzutauchen, aber die Finsternis war beinahe stofflich. Sie hielt ihn fest - und machte aus ihm allzu leichte Beute für Polonia, obwohl dieser sein Schwert mit der kaputten Hand führen mußte.

Der Stahl fraß sich durch Ravennas Schulter. Hätte der Schlag ein paar Zentimeter weiter vom Hals weg getroffen, hätte er seinen rechten Arm abgetrennt. Der nächste Hieb zerstörte sein rechtes Knie, und Ravenna brach langsam auf dem Boden zusammen. Die Finsternis dämpfte seinen Fall.

Polonia stand außer sich vor Wut über ihm und hackte Ravenna in Stücke, aber Vykos' Ghul lächelte bei jedem neuen Hieb.

Donnerstag, 11. November 1999, 3:51 Uhr
East 129th Street, Harlem
New York City, New York

Das blutbespritzte Loch zischte. Auch die Kleidung und das Fleisch rund um das große, verkohlte Loch in der Brust des Mannes, der da auf dem Boden lag, zischten. Ein paar züngelnde Flammen verliehen den Rauchschwaden, die aus der Wunde aufsteigen, geisterhaft Gestalt. Der Eingangsflur war ganz dunkel. Keine Elektrizität. Das ganze Mietshaus war unbewohnt bis auf ein paar Illegale, die hier hausten: Obdachlose, die am Ende waren, Drogenabhängige, illegale Einwanderer, Geisteskranke, lauter solche verkrachte Existenzen. Sie waren alle nur Futter für die Raffgierigen unter ihnen.

Theo füllte sein Magazin noch einmal mit Drachenblut-Munition auf. Komplett. Er brauchte es - er hatte schon die ganze Nacht sehr viel gebraucht. Heute nacht würde er mehr Munition verschießen als in dem Kampf gegen Vitel. Und die Nacht war noch nicht vorbei. Nicht ganz.

Er stieg über den Körper. Die Phosphorladung aus nächster Nähe hätte wahrscheinlich gereicht, diesen Kainiten auszulöschen, aber der Leichnam hatte aus gutem Grund auch einen eingeschlagenen Schädel, dessen tiefes Loch verräterisch übereinstimmte mit dem Metallschaft von Theos Franchi SPAS. Sie waren wie Küchenschaben, diese Sabbatlakaien. Einzeln waren sie nicht besonders bedrohlich, jedenfalls nicht für Theo, aber sie trugen das Übel in sich. Dieses Übel breitete sich aus, wo immer sie sich niederließen. Die Gesellschaft zerbröckelte dann. Die Armen und Schwachen litten am meisten, die Benachteiligten machten aufeinander Jagd. Das gab es anderswo auch, aber wenn das Sabbat-Geschmeiß eine Gegend oder eine Stadt verseuchte, dann war das viel schlimmer. Sie scherten sich einen Dreck um die Sethskinder. Das galt zwar auch für die meisten Camarilla-Mitglieder, wie Theo wußte, aber der Befehl, den die Maskerade herausgegeben hatte, gab den Sterblichen wenigstens eine kleine Chance, ihre Haut zu retten und gegen die Vorurteile in der eigenen Gesellschaft zu kämpfen statt von hungrigen Schattengeiern verzehrt zu werden. Der Archont konnte nicht alles gutheißen, was heute nacht passiert war, aber Fortschritt war Fortschritt und hatte seinen Preis.

Theo blieb stehen, schaute zurück auf den Leichnam und spuckte drauf. Dann öffnete er die Tür, die in den Keller führte und ging in die Finsternis hinunter.

Fast vierundzwanzig Stunden war es jetzt her, seit die Eurofreight Frachtmaschine am John F. Kennedy-Flughafen gelandet war. Theo hatte sich schon in einer der Kisten angeschnallt und sich dem Vergessen des Tages anheimgegeben, aber er kam immer wieder soweit zu Bewußtsein, daß er spürte, wie die Fracht gelöscht wurde. Sein Bewußtsein reichte allerdings nicht soweit, daß er sich Sorgen machte - und das hätte er sicher getan, wenn er dazu in der Lage gewesen wäre.

Pieterzoon hatte für diesen Teil der Reise alles organisiert. Das war soweit ganz akzeptabel. Aber Jan war auch gezwungen gewesen, mit einigen Repräsentanten des Giovanni-Clan zu verhandeln. Das Einschmuggeln eines einzelnen Camarilla-Kämpfers nach New York war an sich nichts Ungewöhnliches und kam besonders am JFK-Flughafen oft vor. Oft genug schickte die Sabbat-Führung deshalb Spitzel in den Flughafen - vor allem Polonia, der dem Vernehmen nach die Kardinalswürde der Oststaaten Amerikas erhalten hatte. Aber die Flughafenverwaltung war so durchsetzt mit Camarilla-Agenten und Sympathisanten der einen oder der anderen Richtung, daß das Schmuggeln nicht aufhörte.

In den vergangenen achtundvierzig Stunden waren praktisch alle Camarilla-Mitglieder, die aus Baltimore geflohen waren, einschließlich der meisten Flüchtlinge der restlichen Ostküste, durch den JFK-Flughafen und La Guardia eingeschleust worden. Ein halbes Dutzend unbekannter Luftfrachtunternehmen hatten New York angeflogen, wobei viele die Flugroute geändert und mit gefälschten Routenpapieren unterwegs waren. Aber alle waren über Baltimore gekommen. Und alle Unternehmen waren im Besitz oder unter der Kontrolle von einem von drei Großkonzernen, die - wenn jemand Mühe und Kosten nicht gespart und nachgeforscht hätte - letztlich alle auf Jan Pieterzoon zurückgingen. Nicht zu ihm selbst natürlich, aber zu einer Briefkastenfirma, mit der er nicht in nachweisbarem Kontakt stand. Hätte ihm jemand bis hierhin nachspioniert, wäre das der Aufmerksamkeit Mr. Pieterzoons nicht entgangen, und es hätte ein schnelles Ende mit dem Ausspionieren.

Für eine Unternehmung dieser nie dagewesenen Größenordnung gab es noch eine andere Clique, die durch verschiedene Schiebereien und

Geldwäscherei ihre Finger in fast so vielen Vereinen und Verwaltungen hatte wie der Ventrue, und die man deshalb nicht außer Acht lassen durfte: der Clan Giovanni. Pieterzoon brauchte an sich weder die Hilfe noch die Zustimmung der Nekromanten - noch ihr Stillschweigen. Ein paar schlechte Geschäfte, ein bißchen die Muskel spielen lassen nach Ventrue-Art, und schließlich ein paar kleine Drohungen, die italienische Währungskrise betreffend - das hatte schon ausgereicht, daß Giovanni in diesem Fall beide Augen zudrückte. Also lief die Flucht nach New York wie geschmiert, und Theo verbrachte den ersten Tag in einer Kiste in einer Frachthalle am JFK-Flughafen.

Die Tatsache, daß der Brujah-Archont zu sehr unter dem Bann der Sonne stand, um sich Sorgen zu machen, ließ ihn umso verletzbarer werden. Er hatte das schon vorher gewußt, und so hatte er schon im Voraus nachgegrübelt. Daß er unter den allerletzten war, die Baltimore verließen, als der Sabbat hereinbrach, hatte ihm weiter nichts ausgemacht. Das gehörte zum Plan - *sein* Teil des Plans. Das hier gehörte auch zum Plan, wie er unwillig zugeben mußte, aber es war der Teil, in dem er von anderen abhängig war, von einem Ventrue und - gnade ihm Gott - irgendeinem gesichtslosen Giovanni, der im Ernstfall niemanden wirklich unterstützen würde außer der eigenen Sippe. Was kümmerte es einen schmierigen Schnüffler beim Zoll in den USA, wenn Italiens Wirtschaft in den Keller sackte? Überhaupt war Loyalität noch nie die Stärke von Italienern gewesen - Axis, Allies, Sabbat, Camarilla und wie sie alle hießen.

In den Wochen vor dem Abzug aus Baltimore hatte Theo seine Augen auf andere Teile des Plans gerichtet. Es hatte immer das Risiko gegeben, daß sie vielleicht nie soweit kommen würden. Aber jetzt waren sie da, und Theo kletterte aus der Kiste in dieser Nacht. Jemand wartete schon auf ihn.

„Hier lang geht's", sagte Hans van Pel. Theo schaute erst Pieterzoons Ghul und dann die anderen Kisten an, in denen Lydia, Frankie und Christof waren. Van Pel folgte seinem Blick. „Sie werden einzeln geholt werden."

Theo und van Pel stiegen in den Laderaum eines von zwei Lieferwagen, die ohne Kennzeichen fuhren. Nach dreißig Minuten bog der Wagen auf den Grund der Aqueduct Pferderennbahn ab. Der Pferdegeruch war überall: Schweiß, Stroh, Dung. Diese Gerüche erinnerten Theo an seine Jahre als Sterblicher in Mississippi, die Jahre auf der Plantage, die

Jahre, in denen Menschen wie Vieh gekauft und aufgezogen wurden. Theo kam aus dieser Welt, aber er hatte sich dagegen aufgelehnt, sein Leben für einen Umsturz riskiert, und hatte es letzten Endes überlebt. Als er jetzt über die Schulter des Fahrers nach draußen sah, konnte er nur ein paar Reinigungsdienste vorbeifahren sehen. Nachts war es hier vollkommen ruhig und leer. Nur die Pferdegerüche waren da, und jetzt bemerkte er auch andere Gerüche: kalten, abgestandenen Zigarettenrauch und Bier, Schweiß von Menschen. Die Gerüche vermischten sich und schmolzen in Theos Gedächtnis zu einem Geruch zusammen, der für ihn gleichbedeutend war mit Verzweiflung.

Diese erdigen Gerüche der einfachen Leute verschwanden, als van Pel Theo in die Büroräume führte, in eine Reihe von Zimmern, die offenbar eine Zweigstelle des New Yorker Racing Association waren. Das war der Rennsportclub der Superreichen, im Grund nichts anderes als ein Handel mit Pferdefleisch.

„Ah, da ist ja unser Archont Bell", sagte Jan Pieterzoon freundlich. Er erhob sich von seinem Stuhl hinter einem überfüllten Konferenztisch.

Van Pel stellte sich hinter Jan, aber Theo blieb in der Tür stehen. Er und Jan hatten ihren Plan soweit ausgeführt, aber die anderen Kainskinder, die hier um den Tisch saßen? Theo fragte sich, ob ihre Pläne alle zur Hölle geschickt worden waren. Lucinde war da; das war diesmal keine Überraschung. Der Ventrue-Justicar war mit Jan aus Baltimore gekommen. Sie hatte ihm geholfen, die Giovanni zur Mitarbeit zu überreden; sie hatte irgendeinen Handel mit Hesha abgeschlossen, sie hatte sich mit Jan verständigt, was den Spion betraf. Jetzt saß sie hier, in Handschuhen und Hosenanzug, und sah täuschend jung aus.

Auch die Anwesenheit Michaelas, des Prinzen von New York, überraschte ihn nicht. Jan hatte schon seit einiger Zeit Kontakt mit ihr. Immerhin war es ihre Stadt - mindestens auf dem Papier - auf die sie nun alles setzten. Michaela war sehr stolz, daß sie die Stadt für die Camarilla freigehalten hatte. Sie hatte sich lange Zeit damit gebrüstet, den Sabbat fast ganz aus Manhattan herausgehalten zu haben. Für Theo hieß das nichts anderes, als daß sie den adligen Finanzdistrikt behalten hatte - denn der Sabbat würde zuallererst in die Börse vordringen - und daß sie alles andere zur Hölle schickte, nämlich den größten Teil der Stadt, die ganzen *echten* Stadtteile. Zu diesem - nach Theos Auffassung sehr zweifelhaften - Erfolg kam hinzu, daß sie ein paar höhere Camarilla-Leute ernsthaft vergrault hatte, indem sie eine beachtliche Zahl von acht oder neun Superreichen mit steifen Krägen den Kuß empfangen ließ. Sogar Lucinde hatte das kritisiert. Was würde passieren, hatte der Justicar gefragt, wenn Michaela zu Tode kam und eine ganze Anzahl gleich mächtiger Kinder zurückließ, die sich dann in das Erbe teilen müßten? Ein gegenseitiger Vernichtungskrieg. Ein Bürgerkrieg in der Stadt, der sehr viel Blutzoll fordern würde, oder eine dauerhafte Zersplitterung in feindliche Kleinstaaten. In jedem Fall würde die Bastion Manhattan gefährdet, und der Sabbat wäre ein ganzes Stück näher an seinem Ziel.

In den vergangenen Jahren hatte sich das Problem jedoch verringert. Einige von Michaelas Nachkommen hatten sich selbst ein unglückliches Ende gesetzt, einigen war von Sabbatrudeln, die offenbar genau wußten, wo sie zu finden waren, in der Stadt aufgelauert worden. Ein paar schließlich waren einfach verschwunden. In der Camarilla gab es einige, die glaubten, daß der Sabbat große Anstrengungen unternahm, um Michaelas Machtbasis zu unterminieren und dann Manhattan zu stürmen. Theo hatte einen anderen Verdacht. Er war nicht der Mann, der Verleumdungen ausstreute und unbegründete Vorwürfe machte, aber es gab bestimmt nicht wenige in den eigenen Reihen, die Michaela gern aus dem Weg gehabt hätten. Nach solchen Stimmungen richtete man sich gern, vorausgesetzt sie waren vehement genug und wurden von sehr vielen Kainskindern geteilt.

Nur drei von Michaelas Brut blieben übrig, und sie saßen alle mit am Tisch. Allesamt die Schlips-und-Kragen-Sorte. Theo fand, sie wurden viel zu hoch eingeschätzt. Sicher, das war ihr eigenes Revier, aber wozu zum Teufel mußten sie alle hier 'rumsitzen? Immerhin war nicht mal Lladislas hier und Goldwin auch nicht, der immerhin den Titel eines Prinzen gehabt hatte, bevor sie Baltimore verließen. Gainesmil war nicht hier. Verdammt, nicht ein einziger Toreador war im Raum. Mit solchen Mätzchen - die anderen Clans austricksen - brachte sich Michaela selbst in Schwierigkeiten.

Zwei weitere Kainskinder saßen noch in der Runde. Einer war robust und gutaussehend. Er trug Kleider, die Theo topmodisch gefunden hätte und die in der Oberschicht höchstens als Freizeitdress durchgegangen wären. Dieses Kainskind sah aus wie das Titelbild eines Modejournals - vielleicht war er's auch. Theo kannte Federico diPadua von früher und wußte, daß das quadratische Kinn und die starken Brauen das knochige, häßliche Wesen versteckten, das nur Nosferatu sein konnte. Dabei war Federico noch einer von der angenehmeren Sorte.

Der andere Mann am Tisch trug einen Anzug, aber er gehörte nicht zu Michaelas Krawattenträgern. Seinen Revers zierte eine weiße Orchidee.

„Archont Bell", sagte Jaroslav Pascek kurz angebunden, „wir warten schon die ganze Zeit."

Du blöder Kerl, du blöder, dachte Theo, sagte aber nichts. Es war meistens keine gute Idee, einen Justicar zu verhöhnen. Außerdem ging es hier um was Wichtiges, etwas so Wichtiges, daß gleich zwei Justicare gekommen waren, ob Theo das nun gefiel oder nicht. Er schaute zu Jan, aber der Ventrue erwiderte seinen Blick nicht. Irgendwas in Jans Benehmen - diese allzu perfekt zur Schau gestellte Selbstverständlichkeit - ließ Theo ahnen, daß auch für ihn einiges hier neu war. *Scheiße,* dachte Theo und unterdrückte seinen Ärger über die Heimlichtuerei und die beschissene Leck-mich-am-Arsch-Politik der Camarilla, oder zumindest ihrer Oberklasse. *Es könnte schlimmer sein,* sagte er sich selbst vor.

Pascek beobachtete Theo mit Ungeduld. Die grünen Sprengel in den haselnußbraunen Augen des Justicars glühten wie mit einem inneren Feuer. „Sie und Mr. Pieterzoon haben einen passablen Plan skizziert", sagte er zu Theo. „Wir haben einige Änderungen daran vorgenommen."

Und jetzt wußte Theo, daß es eben doch *schlimmer* kam. Das ungute Gefühl im Bauch sagte ihm, daß es immer so sein würde.

Im Keller des Miethauses in Harlem warteten sie auf Theo. Nachdem er vor wenigen Minuten im oberen Stockwerk sein Gewehr abgefeuert hatte, blieb kaum mehr Raum, sich herauszuwinden, also wartete er auch auf sie. Bei solchen Gelegenheiten zeigte sich Theos Stärke, daß er seine Feinde besser einschätzen konnte als seine Verbündeten. Als er die Treppe hinunterging und die Dunkelheit immer tiefer wurde, spürte er, wie sich die Schattenschlinge um seinen Fuß schlängelte, um ihn zu Fall zu bringen. Er bückte sich, um nicht an die Decke zu stoßen, sprang über die Schlinge und die letzten Stufen hinunter.

Sowie er den Boden berührte, wirbelte er herum und feuerte in den Raum. Das Mündungsfeuer und die explodierende Phosphorkapsel erhellten den Raum wie ein Blitzstrahl um Mitternacht. Einen Sekundenbruchteil lang konnte sie Theo klar sehen. Zwei waren ganz in seiner Nähe, einer mit einem Baseballschläger, der andere richtete einen Revolver auf ihn. Der Dritte war auch nicht weit weg. Vielleicht der Lasombra. Ein Vierter - mit aufgerissenen Augen, ein mißgestaltetes Monster, ein Nosferatu, der seine Konzentration verloren hatte, keine Tzimisce-Kreatur - stand in der Ecke.

Nach den Blitzen versank der Raum in absoluter Dunkelheit. Theo ging zu dem Sabbatmitglied mit dem Schläger, hieb direkt in den Schlag hinein, der kommen mußte. Der Angreifer dachte, er schlüge nach etwas, das einen halben Meter weiter weg war. Der Griff des Schlägers und die Hand des Sabbatmitglieds fielen schwer auf Theos Schulter.

Gleichzeitig krachte der Revolver. Theo hatte sich so bewegt, daß die Kugel ihn zwar traf, aber nicht durch seine kugelsichere Weste drang. Wieder feuerte Theo das Gewehr ab - in die Ecke. Der Nosferatu würde ihm am ehesten entkommen. Und Theo wollte keinen von ihnen entwischen lassen. Das ungestalte Ding wurde von den Phosphor-Leuchtkörpern in Brand geschossen, prallte gegen die Wand und schrie gellend.

Noch eine Salve aus dem Revolver - diesmal genau in den Rücken. Der Kainit hatte eine bessere Vorstellung von Theos Standort, nachdem er den hellen Lichtschein des Gewehrs gesehen hatte. Die Weste hielt zwar einiges ab, aber diese Kugel kam trotzdem durch und brannte wie der Teufel.

Instinktiv stellte Theo die SPAS von Einzelschuß auf Automatik um und feuerte. Der Lasombra löste sich in einem Feuernebel auf. Der Schuß tauchte eine ganze Wand in künstliches Licht. Es war reines Glück, daß der Schuß auch den revolverschwingenden Kainiten traf, der schreiend fiel. Phosphorspritzer und brennende Kleiderfetzen bildeten eine Art Wolke im Raum, der sich schnell mit Rauch und dem abstoßenden Gestank brennenden Fleisches füllte. Theo hielt nach dem Nosferatu Ausschau - und sah, wie er sich zur Treppe schleppte. Mit den Wunden, die sich nicht heilen ließen, konnte er nicht schnell laufen und er war offenbar zu aufgelöst, um sich zu konzentrieren und zu verschwinden.

Der Sabbat mit dem Schläger, ein Rausschmeißertyp beinahe so groß wie Theo, war eher verwegen und rasend als clever. Er schwang seinen Schläger und schlug zu. Theo blockierte den Schlag mit seinem Unterarm. Holz splitterte und flog über Theos Schulter. Theo hieb den Kolben seiner SPAS dem Sabbat mitten ins Gesicht und schlug ihm die Nase und den noch übrig gebliebenen Wangenknochen ein. Blutüberströmt krümmte sich der Schläger am Boden. Zurück auf Einzelschuß. Noch ein weißglühender Schuß, und es war vorüber.

Doch es blieb noch einiges zum Aufräumen. Der Sabbat, der auf Theo geschossen hatte, bewegte sich noch. Theo ersetzte die beiden Drachenblut-Patronen, die er noch im Magazin hatte, mit normaler Munition und schoß ihm den Kopf ab.

Dann ging er zu dem Nosferatu hinüber - der Nosferatu *antitribu* - der sich inzwischen bis zur fünften Stufe hochgearbeitet hatte. „Ich habe sie nur ausspioniert", preßte er bettelnd zwischen seinen gelben, vor Schmerz zusammengepreßten Zähnen hervor.

Das glaube ich nicht, dachte Theo. Der Nosferatu war loyal und wußte genau, was vor sich ging. Federicos wenige Worte hatten das klar gestellt. Wenn das ein Camarilla-Nossie wäre, würde er jetzt nicht hier sein. Nicht heute nacht. Theo hatte keinen Bedarf an *antitribu*. Lasombra und Tzimisce waren schon schlimm genug, aber wenn es nicht diese Überläufer von der Camarilla gäbe, könnte der Sabbat nicht so aufblühen. Vielleicht war ja einer der anderen Wichser da auf dem Boden ein *antitribu*.... gewesen. Es war ein verführerischer Gedanke für einen, der es leid war, immer nur Befehle entgegenzunehmen, zu tun, was man ihm sagte und letztlich nur herumgestoßen zu werden. Aber man wechselte ja doch nur die Herren.

Theo fragte sich manchmal, was wohl aus ihm geworden wäre, wenn Don Cerro ihn nicht gefunden hätte, wenn er nicht den Kuß empfangen hätte. Seine Freiheit hatte er als Sterblicher schon erlangt. Wahrscheinlich wäre er erschossen worden, als er anderen Sklaven zur Flucht verhalf. Oder man hätte ihn eingefangen und gehängt. Aber er wäre als freier Mann gestorben. Stattdessen hatte er sich auf einen Handel mit dem Teufel eingelassen. Er hatte die Macht erlangt, sich selbst und sein Volk zu rächen. Er war zwar nicht der Sklave seiner Camarilla-Herren, aber wirklich frei war er weiß der Teufel nicht. Heute nacht war ihm das so klar geworden wie nie zuvor.

„Bitte..." bettelte der Nosferatu.

Theo legte an, schoß. Brachte den Job zu Ende. Dann stieg er die rechtlichen Stufen hoch und suchte die anderen.

Etwas früher, bei der Versammlung in der Aqueduct-Pferderennbahn, hatte niemand ein Blatt vor den Mund genommen. Theo hatte nicht mal

Platz genommen. Der anwesende Ventrue sagte nicht viel. Vielleicht wirkte die Einsatzbesprechung deshalb so ungewöhnlich, fast irreal. Jan und sogar Lucinde lauschten aufmerksam. Pascek redete am meisten, und als der Brujah-Justicar sprach, gelangte Theo immer mehr zu der Überzeugung, daß vieles von dem, was hier vor sich ging, auch für Jan ganz neu war.

„Sie und Mr. Pieterzoon haben einen passablen Plan entworfen. Wir haben einiges geändert", begann Jaroslav.

„Es hat gewisse Vorbereitungen gegeben, die es uns erlauben, ein etwas aggressiveres Tempo vorzulegen, und die Schlagtruppen, die Sie koordiniert haben, wurden etwas verändert. Archont diPadua wird eine dieser Truppen leiten, Prinz Michaela und ich werden je eine übernehmen, eine werden Sie übernehmen und die anderen Führer, die Sie ausgewählt haben, Lladislas und so weiter." Obwohl er mit einem slawischen Akzent sprach, klangen Pasceks Worte scharf und kurz angebunden. Es war klar: Er gab Anweisungen, er holte keinen Rat ein. „Die heutigen Aktivitäten waren außergewöhnlich erfolgreich", sagte er, „und ich vertraue darauf, daß es heute nacht nicht anders sein wird."

„Die heutigen Aktivitäten..." wiederholte Theo.

„Ja. Unsere Ghule haben ganze Arbeit geleistet", sagte Pascek schnell. „Schärfere Gesetze und straffere Stadtverwaltung haben uns gute Dienste geleistet: Bekannte Sabbat-Ghule konnten verhaftet oder hingerichtet werden, Sabbat-Lager konnten weiträumig vernichtet werden. Und die lokale Presse konzentriert sich nach unseren Anweisungen ganz auf die selbstlose Einsatzbereitschaft der Feuerwehrleute, Sanitäter und so weiter. Niemand wird in den nächsten Tagen einen Zusammenhang sehen zwischen den Industrieunfällen, dem Feuer, den geplatzten Gasleitungen, Verwüstungen und so weiter. Da kriegen unsere Jungs mal im Fach Mentalität Nachhilfeunterricht. Da seid Ihr Amerikaner ganz hilfreich."

Niemand lachte bei diesem Versuch Pasceks, ein bißchen trockenen Humor an den Tag zu legen. Für seine Fröhlichkeit war der Justicar nicht eben berühmt. Als nächstes ratterte er wie eine Maschinenpistole die Namen der Einsatztruppen herunter: „Prinz Michaela, Sie und Ihre Leute werden mit vier Teams die Bronx abdecken. Archont Bell, Sie kennen sich in Harlem aus. Drei Teams. Ihre Liste..."

Theo war nicht überrascht, daß alle Anwesenden sich Pascek gegenüber so ehrerbietig zeigten, sogar Lucinde und Michaela. Michaela freilich machte einen ziemlich mürrischen Eindruck, und Theo hatte den Verdacht, daß sie genau wie er und Jan nicht in den Gesamtplan eingeweiht worden war. Pascek gab entschiedene Anweisungen - und da war er ganz in seinem Element: Verfolgen und zerstören, das Böse ausrotten, in diesem Fall den Sabbat. Es war eine grandiose Untertreibung, wenn er behauptete, daß die neuen Anordnungen „aggressiver" waren. Er hatte ungefähr gleich viele Kainskinder zur Verfügung wie Theo und Jan zusammen - da ihm die Massenflucht aus Baltimore zugute kam - , aber es war schon erstaunlich, wieviel ein paar kampferprobte erfahrene Leute ausmachten.

Und einen Extra-Archonten und zwei Justicare, in Gottes Namen, dachte Theo. Das nagte an ihm. Je länger Jaroslav sprach, desto mehr ging er ihm auf den Geist. Theo und Jan hatten zusammenraffen müssen, was sie konnten, waren auf sich allein gestellt gewesen und mußten sehen, wie sie zurecht kamen - während es durchaus noch Streitkräfte gegeben hatte, die ihnen aber vorenthalten und für einen parallel laufenden Plan eingesetzt wurden. Sie beide hatten die schweren Entscheidungen getroffen: Sie hatten Buffalo und Hartford opfern müssen, um die Streitkräfte zusammenzuziehen und den Spion dingfest zu machen. Dann hatten sie ihre Verteidigungslinien langsam nach Baltimore zurückgezogen, so daß der Sabbat schon glaubte, er könnte jetzt zum Gnadenstoß ansetzen. Und genau in diesem Moment wollte die Camarilla anderswo zuschlagen, nämlich in New York, wo viele der Sabbatangreifer in Baltimore soeben hergekommen waren. Jan und Theos Plan war natürlich bescheidener ausgefallen. Sie wollten die Küste aufwärts nach Manhattan vordringen, dann in die Bronx einfallen und einen Landekopf in Brooklyn errichten. Das alles hatten Sie mit Michaela ausgehandelt, die zwar erfreut war, soviel Leute zur Unterstützung zu bekommen, aber weniger Interesse hatte, sich mögliche Rivalen ins Nest zu setzen. Sie hatten alles auf den Weg gebracht - hatten den Sabbat ferngehalten, ihn unterwandert, den Spion bekämpft, Baltimore verlassen und waren jetzt in New York angekommen, nur um herauszufinden, daß...

Daß andere das Steuer übernommen hatten, und daß ihre eigenen Anstrengungen nur als Tarnung und Ablenkungsmanöver gedient hatten. Denn nach allem, was Pascek sagte, war es klar, daß die Vorbereitungen schon seit Monaten am Laufen waren, vielleicht schon seit Jahren. Die Ghul-Angriffe, das erfaßte Theo mit einem Blick in die Kampfberichte, waren alles andere als hastig arrangiert. Sie waren mit chirurgischer Präzision ausgeführt und das Nachrichtenmaterial war nahezu komplett. Nach Theos Einschätzung war bereits ein Viertel bis ein Drittel der Sabbat-Kräfte in der Stadt abgemurkst worden - zumeist Ghule oder niederrangige Typen, deren Namen Theo nicht kannte. Und heute nacht würde es über die Hälfte werden. In der Zwischenzeit feierte der Sabbat in Baltimore und fing vielleicht grade mal an, sich zu überlegen, was eigentlich passiert war.

Das ganze roch nach Lucinde. Es war bis zur letzten Sekunde so undurchsichtig gewesen. Es hätte Theo nicht überrascht, wenn Michaela ihre Finger im Spiel gehabt hätte. Vielleicht hätte sie, wohl wissend, was da gespielt wurde, ihn und Jan hergelockt und ihnen zu einem guten Start verholfen. Aber nein, sie würde sich eher ins Fäustchen lachen. Und im Moment war sie ausgesprochen verärgert. Sie war ausgebootet, und das bedeutete nichts Gutes für einen Prinz, sich gegen einen Justicar behaupten zu müssen.

Gegen zwei Justicare, verdammt, dachte Theo.

„Mr. Pieterzoon", sagte Pascek, „Sie werden die Einsätze der Streitkräfte mit Unterstützung der Tremere koordinieren. Regentin Sturbridge wird bald eintreffen."

Jan nickte. Auch er schien nicht gerade erfreut, wie Theo bemerkte. Aber der Brujah-Archont und Pieterzoon verbargen ihre Verstimmung. Michaela gelang das nicht.

Wenn wir nur den Sabbat drankriegen, sagte sich Theo. Dann wäre die ganze Mühe nicht umsonst gewesen. Dieser Pascek - Justicar, Fanatiker und Arschloch in einer Person - hatte ihn vielleicht hingehalten, aber wenn es klappte, dann war das die Hauptsache. Wie bei so vielen Dingen, die Theo als Archont tat, heiligte der Zweck die Mittel. Es mußte einfach sein.

Donnerstag, 11. November 1999, 4:10 Uhr
Eldridge Street, Lower East Side
New York City, New York

„Das ist das Beschissenste, was ich je gesehen habe", sagte Reggie. Eustace ging neben seinem Freund und nickte. „Ich glaub', dieses weiße Mädchen und das schwarze Mädchen waren... die hatten... " Er suchte nach dem passenden Wort. „Na du weißt schon, gevögelt." Jetzt schüttelte er immer wieder den Kopf. „So bekommen sie diese Mischlinge."

„Mit zwei Frauen?"

Eustace erriet, was sein Freund sagen wollte. „Naja, du weißt schon, was ich meine."

Sie gingen schweigend nebeneinander her. Um sie herum herrschte Geschäftigkeit. Es war zwar noch sehr früh, aber es waren viele Leute unterwegs, entweder auf dem Weg nach Hause oder schon auf dem Weg zur Frühschicht.

„Das ist die Stadt, die niemals schläft", sagte Reggie zu sich selbst.

„Was?"

„Die Stadt, die niemals schläft - so sagt man das in New York."

„Oh. Sie sollten es lieber die Stadt nennen, in der niemand Englisch kann. Ich schwör dir, ich hab heute nacht noch keine zehn englischen Wörter gehört. Wir *sind* doch noch in Amerika, oder?"

„Mhm."

„Alle drei Sabbat-Typen, die wir gekriegt haben, haben irgendwas gelabert. Hast du was verstanden?"

„Ne."

„Naja, schließlich sind wir ja auch nicht für ein Schwätzchen mit denen hergeschickt worden."

„Ne."

Drei Aufträge hatten sie erfolgreich erledigt, jetzt hieß es nur noch zurück in den Unterschlupf und sich einigeln bis morgen nacht.

„Sind wir schon im richtigen Viertel?" fragte Reggie.

Eustace nahm im Gehen einen Zettel aus der Tasche. Er prüfte die Adresse und suchte das nächste Straßenschild. „Noch nicht."

Ein Block sah fast genauso aus wie der andere. Reihe für Reihe nichts als Backsteinhäuser mit Mietwohnungen. Im Erdgeschoß Läden und Cafés. Überall zickzackförmige Feuerleitern. Nur die Mundart der Leute wechselte von Block zu Block.

„Ist das ein Jude, bei dem wir wohnen können?" fragte Eustace. „Ich kann kein Jüdisch. Hoffentlich spricht er Englisch."

„Jiddisch."

„Wie?"

„Sie reden jiddisch."

„Echt?"

„Ja-a."

„Also, hoffentlich spricht er..."

Reggie und Eustace hatten den Fremden fast gleichzeitig wahrgenommen. Sie hatten heute nacht schon einiges gesehen an heruntergekommenen Gestalten, aber der hier war nicht einfach nur ein schäbiger Vagabund. Er war so ärmlich angezogen wie die meisten Leute hier, aber er fiel auf, weil ihm ein dicker, gelblicher Eiter aus dem Auge lief und über Gesicht und Brust rann.

Eustace blieb stehen und packte Reggie am Arm und deutete auf die Gestalt. „Jesus. Schau dir diese Fresse an. Das ist ja ekelhaft!" Eustace schüttelte sich und gluckste.

Reggie fand das nicht so witzig. Je näher er hinsah, desto mehr wurde ihm klar, daß irgendwas nicht stimmte mit dem Landstreicher. Es war sein linkes Auge. „Es paßt nicht zu ihm."

„Was war das eben?" fragte Eustace.

„Da schaut ihr, was?" fragte der Landstreicher. Anscheinend redete er mit ihnen. „Was sucht ihr denn?" Er kam näher.

Eustace schnüffelte. „Jesus, riechst du das? Sieht so aus, als ob wir vom italienischen Viertel direkt in die Lepra-Station gestolpert wären."

„Was sucht ihr denn? *Ihr findet es ja doch nicht...* " Der Landstreicher kam immer näher.

Reggie trat einen Schritt zurück. Er hatte ein grausiges Gefühl, ein Gefühl, das ihm selbst die unmenschlichen Sabbat-Kreaturen nicht eingeflößt hatten, denen er in den vergangenen Monaten begegnet war. „Kumpel, bleib mir vom Leib, oder es passiert dir was."

Der Landstreicher blieb stehen, lächelte, nickte eifrig. Und dann öffnete sich der Gehsteig unter Reggie und Eustace. Er verschwand einfach, und sie fielen. Sie landeten hart auf dem Grund einer steilen Grube, hatten aber keine Zeit mehr für irgendwelche Überlegungen. Die Wände der Grube schmolzen weg, und schmelzende Steinbrocken fielen auf die beiden und schütteten die ganze Grube zu.

Ein paar Sekunden lang konnte Reggie in Todesangst das Auge sehen, das auf ihn herunterschaute und glühte...

Donnerstag, 11. November 1999, 4:17 Uhr
Eldridge Street, Lower East Side
New York City, New York

Sie bäumte sich mit ihrer ganzen Kraft gegen ihn auf, aber irgendwie gelang es Hesha, ihren Arm nicht loszulassen. So hielt er sie davon ab, in ihr eigenes Unglück zu rennen. Ramona warf ihm einen Blick voll tiefer animalischer Wut zu. Er fürchtete, das Tier konnte vollends von ihr Besitz ergreifen - es war bei ihr sowieso immer dicht unter der Oberfläche, selbst in ihren besten Momenten. Sie fletschte ihre Fänge und knurrte ihn mit wilden, gurgelnden Lauten an, die tief aus ihrer Kehle kamen.

„*Ramona!*" herrschte er sie gerade so laut an, daß sie ihm zuhörte, und leise genug, daß Leopold sie nicht entdeckte. Die Zunge schoß Hesha immer wieder aus dem Mund. Trotz seines Alters und der vielen Jahre, in denen er gelernt hatte, ruhig Blut zu bewahren, fand er die Raserei des Mädchens fast ansteckend.

Sie erhob ihre Hand, um ihn zu schlagen, und ihre Krallen glänzten dabei im Mondlicht. Hesha wich nicht aus und wandte sich nicht ab. Er begegnete ihrem wilden Blick und schaute sie fest an, so daß sie nicht wegsehen konnte.

„Ramona!" flüsterte er streng. „Wenn du jetzt nicht aufhörst, wirst du deine *Ahnen scheitern lassen*. Ihr Blut wird an deinen Händen kleben."

Bei diesen Worten kuschte sie. Sie zog ihre Hand zurück, ohne zu schlagen. Hesha schaute sie immer noch fest an und brachte sie mit seinem Blick zur Vernunft. Ganz langsam schwand die rotglühende Wut aus ihren Augen. Sie schaute jetzt weg von ihm und warf einen seltsamen Blick auf ihre eigene erhobene Hand, auf die Krallen, die nicht mehr ausgefahren waren. Ramona ließ den Arm sinken.

Hesha ließ ihren anderen Arm los. „Das war er", sagte er.

„Verdammt, ja, das war er", knurrte Ramona. Ihre Worte verrieten Bitterkeit. Sie hatten Leopold gesehen, hatten ihn *wieder* töten sehen, und hatten nichts dagegen unternommen.

„Du mußt Geduld haben", sagte Hesha, „Oder es geht dir noch einmal so wie..."

„Ich weiß, ich weiß." Sie strich sich das Haar zurück und streckte ihre Finger auf ihren Beinen aus wie eine Katze die Krallen. „Aber wir haben ihn gehen lassen..."

„Wir werden ihn wiederfinden. Was immer ihn von mir abgeschirmt hat, das gibt es jetzt nicht mehr. Der Edelstein, den ich dir gezeigt habe - damit kann ich ihn wieder aufspüren."

Ramona grinste höhnisch. „Naja, so verdammt gut hat das bis heute nacht jedenfalls nicht funktioniert. Und was, wenn das Ding wieder mal kaputt geht?"

Sie hatte ganz recht. Wieder einmal. Das machte ihn noch verrückt. „Ich werde ihn finden", beruhigte sie Hesha. Laß sie nur höhnen, sagte er sich. So sehr sie einen enttäuschen konnte, er brauchte einfach ihre Hellsicht. Er mußte wissen, was nur sie sehen konnte. „War es genauso wie früher?" fragte er.

„Das Auge", nickte sie, „ja. Er hatte es in der Hand... und der blutige Nerv hing 'runter, ging bis in den Boden hinein."

Hesha beobachtete sie genau. Das war nicht das, was er gesehen hatte. Überhaupt nicht. Aber er hatte Grund genug, ihr zu glauben. In der Tat war Ramona und das, was sie zu sehen vorgab, sein Hoffnungsschimmer.

„Komm jetzt", drängte Hesha, nahm sie beim Arm und führte sie weg, diesmal ganz sanft. „Wir werden ihn wiederfinden. Und du kriegst deine Chance."

Ramona leistete keinen Widerstand, aber sie schien auch nicht beruhigt. Ihr Blut war in Wallung. Und Blut muß für Blut zahlen.

Donnerstag, 11. November 1999, 4:49 Uhr
West 132th Street, Harlem
New York City, New York

Christof hatte sein Schwert vom Blut gereinigt und wieder umgehängt. Er trug es unter seinem Regenmantel versteckt am Rücken. Frankie wartete ... geduldig ? Das nervöse Schulterzucken, das er seit kurzem hatte, schien kein Zeichen von Ungeduld zu sein. Es war nur einfach manchmal da, wie eben jetzt. Lydia hatte einen Blutfleck auf der Wange. Theo leckte seinen Daumen naß und wischte ihr grob das Gesicht ab.

„Was soll das, verdammt?" Lydia wich zurück.

„Tu nicht so fein", sagte Theo und setzte dann hinzu, „Gehen wir." Sie hatten gerade noch ausreichend Zeit, um wieder zurückzukommen.

„Sollten wir nicht noch ein paar Plätze, wo wir schon waren, nachchekken, um sicherzugehen, daß niemand sich 'raustraut, jetzt, wo wir weg sind?"

„Nein", sagte Theo. Sie *könnten* es tun. Lydias Vorschlag war nicht schlecht. Sie könnten in diesem Stadtteil problemlos einen Ort finden, wo sie den Tag verbringen könnten. Aber sie hatten schon volles Programm in der Nacht, und Theo mußte auch noch ein paar persönliche Angelegenheiten erledigen. Das war bei ihm eher selten. Normalerweise tat er seinen Job, und das war alles. Theo hatte nicht viel Privatleben. Aber wenn er was vorhatte, dann ließ er sich bestimmt nicht davon abbringen, weil Lydia gerade Lust aufs Töten hatte.

Sie schaute ihn verwundert an, sagte aber nichts und machte ihm auch keine Szene wie im Flugzeug. Wahrscheinlich war sie einfach müde. Kein Wunder nach so einer langen Nacht, in der sie Sabbatrudel aufgespürt und ihnen die Köpfe weggeblasen hatten. Lydia hatte weiß Gott mehr getan als ihr Job in Baltimore eigentlich von ihr verlangte. Aber diese Nacht war ein einziges Ausrotten dieser Bastarde gewesen. Vielleicht war sie aber auch gar nicht müde. Vielleicht spürte sie gerade dieses Feuer im Bauch. Theo schaute sie scharf an, bis sie den Blick abwandte. Er hätte es ja gern gewußt. Sie war ein guter Kumpel. Besser als die meisten. In den letzten Wochen hatte er sich auf sie verlassen können. Und es wäre wirklich zu schade, wenn sie diesem Feuer nun nachgeben würde. Wenn das Tier in ihr sich durchsetzen würde.

Aber Theo hatte schon viele Leute verloren, auf die er sich verlassen zu können glaubte. Sich auf jemand verlassen können war eben ein Luxus, keine Notwendigkeit. Leute zu verlieren, das war nicht zu umgehen. Er war auch schon früher drüber weggekommen, und wenn's soweit wäre, würde er wieder drüber wegkommen.

Donnerstag, 11.November 1999, 6:03 Uhr
Aqueduct-Rennbahn, Queens
New York City, New York

Theo stapfte den kahlen Korridor entlang, der nur selten mit Leuchtstoffröhren erhellt war. Er trug seine mit Stahlkappen verstärkten Springerstiefel. Wenn man näher hinguckte, hätte man getrocknetes Blut - recht frisch noch - an Fersen und Kappen erkennen können. Die Nacht war lang gewesen, länger als üblich, und es war schon spät. Er würde nicht mehr lang aufbleiben können. Lydia und die anderen waren bereits schlafen gegangen. Die meisten Schlagtruppen waren nicht hier in den Rennbahn-Gebäuden untergebracht. Sie waren auf mehrere sichere Unterkünfte verteilt, die in sicheren Stadtteilen lagen. Offenbar wollte aber Pascek Theo bei sich in der Nähe haben. Im Moment kam das Theo ganz gelegen.

Als er bei einer schweren Stahltür angelangt war, blieb er stehen und klopfte.

„Herein", sagte Jaroslav Pasceks Stimme von der anderen Seite. Theo öffnete die Tür und ging hinein. Trotz seiner Abneigung gegen seinen Boss war Theo beeindruckt von Pasceks simplen Lebensstil. Er hatte seine privilegierte Position nicht dazu benützt, sich extravagant einzurichten. Alles war ganz einfach, verdammt, es gab nicht den geringsten Komfort. Der Raum war klein, die Betonwände schmutzigweiß, der rohe Zementfußboden nackt. Ein sorgfältig gemachtes Metallklappbett war da. Kissen, Laken und Decke penibel und faltenlos. Am Fußende des Betts stand ein Schrank mit geschlossenen Türen. Sonst gab es nur noch einen Metallstuhl, auf dem Pascek saß, einen kleinen Metallkasten mit geschlossenen Türen und einen Metalltisch an der Wand. Auf dem Tisch lag ein Streitkolben. Ein echter, richtiger Schlagstock, um jemand den Schädel einzuschlagen. Der klobige Stahlgriff glänzte wie poliert, aber Theo wußte, daß er heute nacht in Gebrauch gewesen war, genau wie seine eigenen Stiefel und sein Gewehr. Pascek trug ein lose fallendes Gewand, das um die Hüfte gebunden war. Seine Brust war nackt, und er schien über Theos Erscheinen erfreut. Es gab keinen zweiten Stuhl. Theo setzte sich nicht auf das faltenfreie Bett. Der Raum schien ihm so klein, daß er gar nicht erst eintreten wollte. Er stand im Türrahmen und überragte den sitzenden Pascek, der auch im Stehen noch viel kleiner als Theo war. Der Archont verschränkte die Arme.

„Theo", sagte Pascek kurz, „erfolgreich, die Nacht?"

Theo nickte.

„Gut. Morgen helfen uns die Tremere, die Überlebenden aufzuspüren, aber den Überraschungseffekt von heute nacht haben wir dann natürlich nicht mehr. Es war eminent wichtig, daß heute nacht alles gut lief. Wir haben übrigens Armando Mendes schon im Visier. Polonia ist zweiter Befehlshaber." Pascek sah Theo einen Moment an. Dann nahm sein Gesicht eine leicht verwunderte Miene an. Er hatte alles gesagt, und er konnte sich nicht erinnern, seinem Archonten eine Frage gestellt zu haben. „Was wollen Sie noch?"

Eine beschissene Frage, dachte Theo, während ihm einiges einfiel, was er jetzt sagen könnte, aber nicht sagen würde. Es war sicher nicht klug, einen Justicar, und ganz besonders Pascek zu sehr zu reizen. Am besten, man reizte ihn *gar nicht*. Es war von Anfang an schlecht gelaufen und lief jetzt immer schlechter. Theo wußte, er hätte erst gar nicht hier herkommen dürfen. Aber er spürte das Feuer. Feuer und Hunger, die beiden Flüche, die über ihm hingen. Alle Kainskinder spürten den Hunger, aber nur der Brujah kannte das Feuer, die nie nachlassende Wut. Der Hunger war in dieser Nacht mit Blut gestillt worden, und das Feuer war durch das Blutvergießen die meiste Zeit besänftigt worden, aber sobald Theo an Pascek dachte, war es wieder da. Es war wieder da und loderte hoch.

„Möcht' wissen, warum ich nicht informiert worden bin", sagte Theo.

Pasceks Gesichts blieb unverändert, aber sein Blick wurde mit einem Mal stahlhart, so als würde er im nächsten Moment die Betonwände einreißen und Theos massive Brust darunter begraben. „Sie wissen, daß es bei uns keine mittlere Befehlsebene gibt", sagte Pascek ruhig. „Oder möchten Sie mich in Frage stellen?"

Keine mittlere Befehlsebene. Mit uns oder gegen uns. Du mußt die Camarilla lieben oder verlassen. Das alles hatte Theo schon gehört. „Ich hab meinen Job getan, oder etwa nicht?" sagte er. Aber er wußte, daß der Justicar, selbst wenn er nicht provoziert wurde, oft schon Verrat witterte, wo andere nichts dergleichen vermuteten. Und Theo provozierte ihn jetzt. Er warf seine Erfolge in die Waagschale, um für sich selbst zu sprechen. Motive freilich konnten immer verdächtig sein.

Pascek betrachtete Theo noch einen Moment und lächelte dann. Es war kein herzliches Lächeln. Es war das Lächeln eines Mannes, der einen erst in Wut versetzt und dann eiskalt verlangt, daß man bereut. Abrupt ging der Justicar zu einem anderen Thema über. „Dieser Prinz Goldwin von Baltimore, was ist über den zu sagen?"

Theo zuckte die Achseln. „Der ist einen Scheißdreck wert."

Darüber lachte Pascek. „Aha. Und Gainesmil? Könnte er eine Stadt regieren?"

„Vielleicht."

„Und Lladislas?"

„Er hat schon Erfahrung damit. Wie ich höre, ist er im Gespräch."

Pascek dachte nach und seufzte. „Aber wir könnten nie einen Ventrue durch jemanden aus unseren Reihen ersetzen", sagte er.

Theo ließ sich nicht beeindrucken von Pasceks Anspielungen, die in diesen betont allgemeinen Sätzen verborgen lagen. Dachte der Justicar wirklich, er könnte Theo davon überzeugen, daß er ihn ins Vertrauen zöge, wenn er andeutete, Michaelas Position sei gefährdet? Als ob Theo das nicht schon längst erraten hätte. Oder wollte Pascek seinen Untergebenen an den Einfluß und die *Macht* erinnern, die einem Justicar verliehen war? Das war Theo auch nicht neu, aber es konnte das Feuer in ihm nicht dämpfen.

„Sie haben meine Frage nicht beantwortet", sagte Theo.

Jetzt verhärteten sich Pasceks Züge. Sehr langsam stand er auf. Normale körperliche Maßstäbe hatten für Kainskinder oft keine Gültigkeit, das wußte Theo. Pascek war kaum einen Meter fünfzig groß, aber seine Haltung war die eines Rachegotts. Einen Moment fragte sich Theo, ob er zu weit gegangen war. Es würde hart hergehen, wenn er und der Justicar aufeinander losgingen.

„Dieser Angriff", sagte Pascek kühl, „wurde schon seit einiger Zeit in Betracht gezogen. Ich, Lucinde, Lady Anne, Prälat Ulfila... wir warteten auf eine passende Gelegenheit..."

„Und der Sabbat lieferte euch diese Gelegenheit", sagte Theo. *Worum ging es euch eigentlich? Wolltet ihr die Stadt einnehmen oder Michaela abservieren?* Er hatte den Verdacht, daß die Einnahme der Stadt nur ein angenehmer Nebeneffekt gewesen war.

„Ganz genau", sagte Pascek ohne weitere Erklärung.

„Und dabei ergab sich auch gleich die Gelegenheit, mich zu testen", knurrte Theo.

Pascek seufzte wieder. Er schaute auf seine Uhr. „Den Test haben Sie mit fliegenden Fahnen bestanden, und ich hatte auch nichts anderes erwartet. Umso besser für Lucinde, die jetzt aus erster Hand erfahren konnte, wie zuverlässig meine Archonten sind."

Scheißdreck, dachte Theo. *Du bist ein verdammter hinterhältiger Wichser, und du hättest mir liebend gern was angehängt.*

Pascek sah, daß er Theo nicht überzeugt hatte, aber der Justicar war mit seiner Geduld am Ende. „Wenn Sie sich davor fürchten, daß man Ihre Loyalität prüft, muß es ja einen Grund geben!"

„Ich fürchte einen Scheißdreck."

„Sehr schön gesagt, Archont. Und daß Sie nicht über alles informiert waren, so wie Sie's gern gehabt hätten", Pascek machte eine wegwerfende Handbewegung, „nun, dafür gibt es viele Gründe. Sie waren an vorderster Front. Was wissen Frontsoldaten von den Plänen ihres Generals? Aber was viel wichtiger ist", - der Justicar machte einen Schritt auf Theo zu; er reichte ihm gerade bis zur Brust, aber er schaute ihn mit zusammengekniffenen Augen drohend an -, „ich habe es so gewollt."

Die beiden Brujah standen jetzt nah beieinander. Theo wollte nicht so weit gehen, unloyal zu sein, und Pascek wollte nicht so weit gehen, seinen Archonten zu feuern.

Ich denke, du hast gekriegt, was du wolltest, dachte Theo. Das Feuer brannte immer noch in ihm, aber es glimmte nur wie orangerote Kohle. Es hätte der Hitze in einem Hochofen Konkurrenz machen können, aber es war unter Kontrolle. Er könnte es außer Kontrolle geraten lassen, wenn er wollte. Nichts leichter als das. Aber als er hier vor Pascek stand, mußte er an Lydia im Flugzeug denken, wie sie ausflippte und die Kontrolle verlor. Nur daß *er* diesmal an Lydias Stelle war, der sich über die Entscheidungen seines Bosses mokierte. Vielleicht hatte Lydia damals recht gehabt, vielleicht hatte er jetzt recht. Oder vielleicht hatte er damals recht gehabt und Pascek hatte jetzt recht.

Oder vielleicht müßte ich einfach nur jeden in den Arsch treten, dachte Theo.

Jaroslav Pascek wußte nicht recht, was er von dem angedeuteten Lächeln halten sollte, das jetzt in Theos Gesicht erschien, bevor der Archont sich umdrehte und hinausging. Er stapfte in seinen Dreckstiefeln den Flur hinunter. Heute würde er sie bestimmt nicht mehr putzen. Es war schon spät. Und morgen nacht würden sie sowieso wieder dreckig werden.

Donnerstag, 11. November 1999, 20:37 Uhr
In den unterirdischen Kanälen Brooklyns
New York City, New York

Die anderen folgten mit Abstand, knöcheltief in fauligem Wasser und Fäkalien watend. Sie redeten nicht mit ihrem Anführer. Sein Schweigen wirkte ansteckend und bedrückend. Sie wagten es nicht einmal, untereinander zu sprechen. Selbst die Abwasserrohre schienen still zu werden angesichts des schweigenden Anführers: Das vertraute Geräusch tropfenden Wassers fehlte. Kreischende Ratten verstummten und schauten den vorübergehenden, entstellten Leichen zu wie einer makabren Totenparade.

Oben - in der Welt, wie der Führer zu sagen pflegte, wenn er überhaupt sprach - begann der Krieg von neuem. Sollen sie ihren Krieg haben. Wir haben ihnen schon genug geholfen. Antitribu waren Freiwild und gleichzeitig gaben sie ein passendes Alibi ab. Aber im Unterirdischen, wie er diese Tunnel und Röhren, Höhlen und Nischen nannte, waren noch größere Beutetiere versteckt.

Er blieb stehen, horchte in die Stille und zog seinen Fuß durchs Wasser, so daß kleine Wellen entstanden und das Spiegelbild seines Gesichts verwischten. Wir werden dich finden, dachte er. Ja, wir werden dich finden.

Oben, an der Oberfläche, hundert Meter über ihnen und ein paar Kilometer weiter verfolgte Theo Bell den Sabbat in Harlem. Der Brujah-Archont konnte nichts wissen von diesen Leuten in der Tiefe, von dem dritten Justicar der Stadt und dem Haß, der in seinem Herzen wütete.

Die Clansromane

Clansroman: Toreador
Diese Künstler sind die kultiviertesten Kainskinder.

Clansroman: Tzimisce
Fleischformer, Experten für Arkanes und die grausamsten der Sabbatvampire.

Clansroman: Gangrel
Wilde Gestaltwandler, die sich von der Gesellschaft der Kainskinder entfernt haben.

Clansroman: Setiten
Die allseits verhaßten, schlangengleichen Meister der moralischen und spirituellen Verderbtheit.

Clansroman: Ventrue
Die politischsten Vampire, die die Camarilla führen.

Clansroman: Lasombra
Die Führer des Sabbat und machiavellistichten Kainskinder.

Clansroman: Ravnos
Diese teuflischen Zigeuner sind der Camarilla nicht willkommen und werden vom Sabbat nicht geduldet.

Clansroman: Assamiten
Der gefürchtetste Clan, denn er besteht aus Assassinen, die Vampire wie Sterbliche töten.

Clansroman: Malkavianer
Andere Kainskinder halten sie für wahnsinnig, doch sie wissen, daß im Wahnsinn Weisheit liegt.

Clansroman: Brujah
Straßenpunks und Rebellen, aggressiv und rachsüchtig, wenn es darum geht, ihre Überzeugungen zu verteidigen.

Clansroman: Giovanni
Dieser Händlerclan, noch immer ein geachteter Teil der Welt der Sterblichen, ist auch Heimat für Nekromanten.

Clansroman: Tremere
Der magischste und am straffsten organisierte Clan.

Clansroman: Nosferatu
Diese schrecklich anzuschauenden Schleicher kennen mehr Geheimnisse als die anderen Clans – Geheimnisse, die nur in diesem letzten der **Vampire-Clansromane** enthüllt werden.

............gehen weiter

Die Camarilla ist in Atlanta in einen Hinterhalt geraten und wurde in Richmond, Charleston und anderen Groß- und Kleinstädten an der Ostküste der USA ausgemerzt. Eine Gruppe mächtiger Gangrel wurde in den Adirondacks ausgelöscht. Wie hängen diese Vorfälle zusammen? Hängen sie überhaupt zusammen? Nun, Leopold war in Atlanta, als die Sabbatangriffe begannen... werden sie weiter Kreise ziehen?

Aufmerksame Leser dieser Serie werden beginnen, im Laufe der Reihe zwei und zwei zusammenzuzählen, aber jedem wird auffallen, daß das Enddatum jeder Folgepublikation nach dem ihres Vorgängers liegt... und daß sich die Handlung verdichtet, je mehr man weiß. Die Reihe wird chronologisch in den **Clansromanen: Giovanni** und **Tremere** fortgesetzt.

Clansroman: Giovanni
ISBN 3-935282-28-1
F&S 11111
DM 19,95

Clansroman: Tremere
ISBN 3-935282-41-9
F&S 11112
DM 19,95